中国科幻
经典大系

会合第十行星

主编 姚海军 刘慈欣

海峡出版发行集团 | 福建少年儿童出版社
THE STRAITS PUBLISHING & DISTRIBUTING GROUP | FUJIAN CHILDREN'S PUBLISHING HOUSE

图书在版编目（CIP）数据

会合第十行星 / 姚海军 , 刘慈欣主编 . — 福州 : 福建
少年儿童出版社 , 2024.5

（中国科幻经典大系）

ISBN 978-7-5395-7658-9

Ⅰ . ①会… Ⅱ . ①姚… ②刘… Ⅲ . ①幻想小说—小
说集—中国—当代 Ⅳ . ① I247.7

中国版本图书馆 CIP 数据核字（2021）第 196729 号

"中国科幻经典大系"入选"福建省优秀出版项目"

中国科幻经典大系
HUIHE DISHI XINGXING

会合第十行星

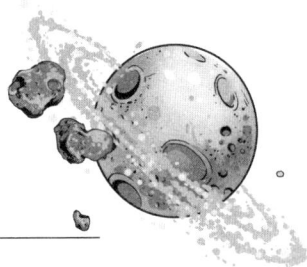

主编： 姚海军　刘慈欣
出版发行： 福建少年儿童出版社
社址： 福州市东水路 76 号 17 层（邮编：350001）
经销： 福建新华发行（集团）有限责任公司
印刷： 福州印团网印刷有限公司
地址： 福州市仓山区建新镇十字亭路 4 号
开本： 700 毫米 × 1000 毫米　1/16
字数： 196 千字
印张： 14.75
版次： 2024 年 5 月第 1 版
印次： 2024 年 5 月第 1 次印刷
ISBN 978-7-5395-7658-9
定价： 38.00 元

前　言

　　在时光列车即将驶入 21 世纪之际，我国著名科幻作家叶永烈先生在福建少年儿童出版社的支持下，主编了洋洋大观的六卷本"中国科幻小说世纪回眸丛书"，用精心遴选的 300 万字作品，勾勒出 20 世纪科幻文学发展的基本样貌。叶永烈先生不仅是一位影响深远、对科幻文学有着独到观察的科幻小说家，他在科幻史料的发掘和研究方面，也做了许多开创性工作。因此，"中国科幻小说世纪回眸丛书"在今天仍然是回望 20 世纪科幻文学的上佳读本。

　　叶永烈先生对科幻文学的未来抱有很高的期望，他在该丛书序言中甚至提议："以后在每个世纪末，都出版一套'中国科幻小说世纪回眸丛书'。"但令人痛心的是，2020 年，叶永烈先生过早地离开了我们。出版界的朋友始终铭记他生前的愿望，曾在福建少年儿童出版社工作多年、曾任福建人民出版社社长的房向东先生和福建少年儿童出版社现任社长陈远先生多次相约，希望我能与刘慈欣一起续编"中国科幻小说世纪回眸丛书"。

　　21 世纪不是才刚刚开始吗？当我抛出这样的疑问时，两位出版人不约而同给出了一个相同的理由：虽然 21 世纪只过去了 20 年，但这 20 年是中国科幻迄今为止最为光彩夺目的 20 年，我们有理由提前实施叶永烈先生的计划。

　　我深以为然。

　　自进入 21 世纪，我国科幻便进入了高速发展的快车道——

　　以吴岩、韩松、柳文扬、何夕、星河、潘海天、凌晨、杨平、赵海虹等为代表的新生代作家，进一步壮大了他们在 20 世纪最后 10 年悄然发起的新科幻运动，为科幻文学带来青春的律动和类型的大幅拓展。

　　1993 年偶然闯入科幻世界的王晋康，迅速在世纪之交成为中国科幻重要期刊《科幻世界》的台柱子作家，他的一系列短篇《生命之歌》《七重外壳》《终极爆炸》，以及后来的长篇《十字》《与吾同在》《蚁生》《逃出母宇宙》，为 21 世纪的中国科幻增加了文化上的厚重和哲学层面的思辨。

　　1999 年，中国科幻界另一位明星作家刘慈欣闪亮登场，并在其后的 10

年里密集发表了《流浪地球》《乡村教师》《中国太阳》等一系列高水准的中短篇佳作。2006年，刘慈欣的《三体》开始在《科幻世界》连载，一时洛阳纸贵。紧接着，2008年和2010年刘慈欣又相继出版了《三体2·黑暗森林》和《三体3·死神永生》，将《三体》三部曲发展成一个无与伦比的恢宏宇宙。2015年8月23日，刘慈欣的《三体》（英文版）获第73届世界科幻大会颁发的雨果奖最佳长篇小说奖，这是亚洲作家首次获得雨果奖，为中国科幻以及中国科幻与世界科幻的对话交流开创了全新局面。

《三体》引发了前所未有的科幻热潮，这一热潮甚至波及海外。《三体》在北美、欧洲以及日本都创造了中国科幻小说的销售纪录，并赢得了良好的口碑。《三体》在今天仍然备受关注，因此，最近10年也被很多评论家称为"后三体时代"。

"后三体时代"几乎无处不闪耀着《三体》的辉光，但就在这辉光中，新星的力量在悄然执着地生长。郝景芳、陈楸帆、江波、宝树、张冉、七月、拉拉、迟卉、长铗、谢云宁、夏笳、程婧波、顾适、阿缺、杨晚晴、梁清散、钛艺、廖舒波……新一代的科幻作家（亦称更新代作家）以更为敏锐的眼光审视并界定科幻的意义，试图在文化传统和国际潮流、现实和未来、科技和伦理的交织中找到立足的锚点。更让人惊喜的是，当下科幻舞台的中心，不仅有新生代、更新代，王诺诺、索何夫、陈梓钧、昼温、念语等90后作家也已经崭露头角。美国著名科幻作家大卫·布林预言，世界科幻的未来在中国。我想，有才华的年轻人不断涌现，应该是这预言最坚实的支撑吧。

科幻的繁荣，意味着我们无法仅以《三体》为轴心对这20年进行评说。中国科幻之所以丰富多彩，根本原因在于它的包容性。21世纪以来，以"何慈康"（指何夕、刘慈欣、王晋康）为代表的"核心科幻"取得了令人瞩目的成就，拥趸众多；韩松式"边缘科幻"也一直特立独行，绽放异彩。可以说正是由于有韩松式作家的存在，中国科幻才成为一个完美的大宇宙。韩松被认为是被严重低估的科幻作家，他的小说既有对当下至为深刻的洞察，也有对未来最为大胆的寓言式狂想，对飞氘、糖匪、陈楸帆等更新代科幻作家产生了深刻影响。

科幻的繁荣，还意味着针对不同年龄层读者创作分工的完成。在原本被认为属于儿童文学的科幻小说日益成人化的同时，在科幻的内部，少儿科幻分支开始重新被认识，并迅速发展。一方面，专门为儿童写作的科幻作家异军突起，包括杨鹏、赵华、马传思、王林柏、陆杨、彭柳蓉、超侠等，其中赵华、马传思、王林柏凭借自己的科幻创作获得了全国优秀儿童文学奖；另一方面，成人科幻作家进入少儿科幻领域也渐成趋势，王晋康、刘慈欣、吴岩、星河、江波、宝树等均创作了少儿科幻作品，吴岩的《中国轨道》也获得了全国优秀儿童文学奖。

这套"中国科幻经典大系"虽然未直接沿袭叶永烈先生"中国科幻小说世纪回眸丛书"的书名，但基本遵照了后者的编辑体例，将21世纪第一个20年科幻小说的主要创作成果分为12册呈献给广大读者，其中很多作品都获得了中国科幻银河奖、华语科幻星云奖等重要奖项，亦有不少作品被译成英、日、法、意等语言在国外发表。其中，《北京折叠》甚至获得了世界科幻大奖雨果奖，作者郝景芳也因此成为第二位捧得雨果奖奖杯的中国科幻作家。

佳作纷呈，但篇幅有限。因此，关于本丛书的选编，有几点需要说明：

一、因便利性等原因，本丛书未包含中国港澳台地区的科幻作品，将来有机会另补一编。

二、21世纪第一个20年科幻创作繁盛，为尽量多收录中短篇佳作，本丛书未收录长中篇及长篇作品。

三、同样因为篇幅有限，无法收录很多作家的全部代表作，我们只能优中选优。

四、个别作品因为版权原因，故未收录。

五、本丛书的编选由我和慈欣共同完成。我初选后，交由慈欣审定。慈欣阅读量惊人，很高兴和他一起完成这项有意义的工作。

六、感谢所有入选作者对主编工作的支持，感谢福建少年儿童出版社对本丛书选编工作的大力支持。福建少年儿童出版社是一家有科幻出版传统的出版社，20世纪90年代推出的"世界科幻小说精品丛书"、六卷本的"科幻之路"和六卷本的"中国科幻小说世纪回眸丛书"均影响深远。希望福建少年儿童出版社每隔20年，都能出一套"中国科幻经典大系"，直到22世纪，汇编成蔚为大观的第二套"中国科幻小说世纪回眸丛书"。

目　录

◆ 第 10 届银河奖三等奖获奖作品

偃师传说

潘海天

一个阳光明媚的下午，周穆王姬满的爱妃盛姬在自己的房间里收到了无数精美的礼物。在这些礼物中，有一只雕琢得晶莹剔透的汤匙，它像一只黑色的鸟儿在光滑如镜的底座上微微颤动，翘起的长喙固执地指向南方；在一个黄金雕成的盒子里，装着一把黑色的粉末，这些粉末蕴藏着一个惊人的秘密：在没有月光的晚上，把它们撒在火上，就会招来怒吼的蓝色老虎的精魂；在这些叫人眼花缭乱的珍宝中，还有一团神秘的永恒燃烧着的火焰，火光中两只洁白的浣鼠正在快活地上蹿下跳，这团永不熄灭的火焰就是它们的宇宙和归宿。

这些匪夷所思的礼物都没能让盛姬露出她那可爱的笑容来。她皱紧了好看的眉头，叹着气摆了摆手，围簇着的宫女和奴隶立刻倒退着把这些礼物撤了下去。

姬满听到侍从传来的报告，匆匆结束了和祭父的谈话，从前殿赶了回去。周穆王怜惜地扳过爱妃的肩头，问道："这些玩物没有一件不是天下最杰出的巧匠殚精竭虑、呕心沥血的杰作，没有一件不沾染着最勇敢的武士的鲜血。多少人惨遭杀戮，血溅五尺，只是为了一睹这些宝物的真容。我游历四方、网罗而来的这些天下至宝，难道就没有一件能讨你的欢心吗？"

王妃慵懒地叹了一口气："何必让那些贱民再去白白浪费生命呢？我不会从这些俗物中找到快乐。大王你东征西讨，日理万机，又何必在意一个小小妃子的苦乐呢？！"

被爱情激起了勇气的周穆王叫道："我拥有整个王国，环绕我的国土一周，快马也要奔驰三年；我的麾下有八十万甲士和三千乘战车，他们投下的马鞭就能让大江断流；我的属民像沙粒一样不计其数，他们拂起衣袖的风就能吹走满天乌云。难道我，伟大的姬满，竟然不能让所爱的人展露一下她的笑容吗？"

他快步奔出后堂，大声发布命令："传我的旨意，三十天内，召集天下最有名的术士艺者、最能逗人发笑的优伶丑角。不论是谁，只要能让我的爱妃露出一丝笑容，我就赐给他十座最丰美的城池，外加黄金五百镒，玉贝一千朋。"

他抽出那把伴随自己征战多年的锟铻宝剑往地上一插："如果这些人都没能成功，他们也就丧失了存在的权利。"锋利的剑刃穿透了垫地的花岗岩石砖，诉说着国王的决心。

五百名信使跳上他们的快马，汗流浃背地向四方奔驰而去，国王的承诺像野火一样迅速传遍了整个王国。

三足乌第三十次回到它在崦嵫之山的住所时，周王朝镐京王宫的大殿前已经竖起了象征帝王威严的九座铜鼎。熊熊燃烧的火焰照亮了鼎上的饕餮纹饰，也照亮了周围的巨大庭院。

这是一个巨大的空间，纵然里面摆放着五百张堆满了珍肴佳馔的桌子，也仍然能感觉到空旷。在每一张桌子后面，在火光照不清的黑暗角落里，挤坐着数不清的来自四方的奇人异士。云游四方的旅行家带着他们那奇形怪状的坐骑，来自遥远国度的流浪艺人小心翼翼地隐藏着他们赖以糊口的秘技，不少人脸上的尘土还未洗净，他们是为了那一份不可思议的丰厚赏金而匆匆从数千里外的地方赶来的。

这些最卑下的贱民，每日只能在风雨和泥尘中打滚，以求得一份口粮。也不知是他们上辈子修了什么德，才有福一睹这个天下最大的王国。

衣着华丽的奴隶在席前往来穿梭，端上来的都是他们见所未见、闻所未闻的山珍海味；貌若天仙的宫女在廊间轻歌曼舞，她们身上的香气和龙涎香燃烧的气味混合在一起，弥漫在空气中；五百名站在阴影中的青铜甲士寂然无声，只有微风拂过他们的长戈和甲衣时才能听到轻轻的呜咽声。在左右回廊围绕着的中央高台上，被贵族和百官簇拥着的，就是威震天下的国王和他宠爱的盛姬。

一个神情猥琐的老头捧着一件古怪的乐器率先登场。他向高台行了叩拜礼后坐下来，开始吟唱一首抑扬顿挫的颂歌。人们听不懂他的语言，却都迷醉在他的歌声中。两名衣着暴露的少女扭动着柔软的腰肢，跳起一种风格特异的舞蹈，她们那飞旋的脚尖宛如田野上跃动的狐狸，就连宫中最善舞的宫女都看直了眼。

国王偷眼看了看身边的爱妃，她的脸上露出了不耐烦的神色。他摆了摆手，老头的乐器落在了地上，传出最后一声颤动的低吟。

接着上场的是一位来自遥远国度的魔术师，他有一个傲慢的鹰钩鼻和一把桀骜不驯的大胡子，他的家乡远在胡狼繁衍生长的另一方土地。他倨傲地向国王和他的妃子鞠了一个躬，然后从随身携带的旧羊皮袋里抓出一把豆子撒在地上，喃喃念了几句咒语。周围传来一阵压低的惊呼，奇迹出现了，地上的黄豆和黑豆自动分成了两组，各自排兵布阵，有进有退地厮杀了起来。

可是王妃的眉头甚至连动都没有动。两名剽悍的卫兵立刻上前把这位不幸的异乡人连同他的豆兵带走了。

一位身材矮小、肤色黝黑、缠着头巾的汉子快步走了上来。他的手里提着一团毫不起眼的绳子。他盘腿在尘埃中坐下，把一支大家先前都没有注意到的短笛凑到了嘴边，顿时，一股低沉的魔音在夜空中响起。

慢慢地，那团放在地上的绳子动了一下，绳子的一端抬了起来，缓慢而坚定地沿着优美的轨迹向上升去，仿佛有一只无形的手在提着它上升，上升，直升到一朵低垂着的乌云中。围观的人群情不自禁地屏住了呼吸，就连一直从容镇静的王妃也忍不住展了一下眉头，但是自始至终，她的笑容都没有绽放过。

失望的国王招来了卫兵，但是那位机敏的艺人在卫兵还没有靠近他的时候，就一纵身跳上了那笔直挺立着的绳子，飞快地爬了上去，消失在那一团乌蒙蒙的积云中。一名卫兵对着绳子砍了一剑，绳子断成两截落了下来，可是那个矮小的黑皮肤汉子不见了。

包头巾的人引起的骚乱只持续了一小会儿，表演继续进行，可是再也没有谁能像他那样幸运地逃脱国王的惩罚，锟铻宝剑上留下的鲜血越来越多。

寥落的晨星从东方升起，盛姬望着高台下面那些耸动的人群，鼎下的烈火照得她的脸半明半暗。小时候，她曾经有过一个荒诞的梦想：有那么一天，能够拥有不计其数的财富，甚至连高山、湖泊、幽暗的森林和广袤的大海都归于她的名下；而所有自高自大的男人都只是她的奴仆，蹲伏在她脚下听候吩咐。那时候，她就是世界上最幸福的女人了。而这一切，身边的这个男人都替她做到了，甚至就连他自己也拜伏在她的裙下。现在她快乐吗？

高台下传来一片喝彩声。一个艺人完成了一个高难度的吞剑动作后，胆怯而又充满希冀地望过来。盛姬毫无表情地扭过头去，她知道这等于又宣判了一个人的死刑。无数的艺人玩命地表演他们的拿手绝技，只是为了赢得她的一个笑容。他们是为了她的快乐，还是为了那一份丰厚得足以拿生命去冒险的赏金呢？

夜晚眼看就要过去了，国王的神情变得越来越焦躁不安。就在这时，门边的卫兵和拥挤的人群骚动了起来，人们纷纷向后退去，一袭黑袍出现在晨曦之中，带着魔鬼的气息。

一名年轻的卫兵语带惊恐地低声说："我敢对神发誓，他是突然出现的。"

确实，他的出现是那么引人注目，就连盛姬也抬起了头，饶有兴趣地看着他。

黑袍人缓步走上前殿，谦卑地向王座行了礼，开口说道："至高无上的王啊，你是这个世界的主宰。我听到了你的承诺，从时间的溪流中泛波而下，穿过了物质和存在的象征，带来了我的作品，期望能得到王妃的赞许。"

他的话引起了一片惊叹，因为就连王国中最富有智慧的谋父都不能完全了解他的话。

"你知道失败的下场吗？"国王带着酒意，用威胁的口气问道。

时间的旅行者笑了笑，他拍了拍手，四名仿佛同样从黑暗中冒出的黑衣奴隶抬着一口透明的箱子快步走上前来。

箱子在晨星的光芒中宛如水晶般闪闪发光，旅行者猛地张开双手，他的手杖顶端放出刺目的光华。一只胡狼在远方发出一声凄厉的长啸。篝火余烬的红光照在水晶上，仿佛一阵水纹波动，箱子里显出一个人形来。

黑衣奴隶打开箱盖，箱中人直起身来，他带着惊异观望着身边的崭新世界，目光越过了骚动的人群和辉煌的殿堂，凝在了高台上。这是个多美的小伙子啊！他的鼻梁俊秀挺拔，他的目光明亮有神，他的笑容像火焰一样灿烂。

面对着这样一个奇迹，人群没有欢呼，没有激动，有的只是焦躁和狂乱的低语：

"只有神才有权造人，这是亵渎……"

"巫术！"

"抓住他，地狱里来的魔鬼！"

周穆王的脸色有些发白，他的权力足以让他藐视一切法术，但用造物主才能拥有的魔力去刺穿生命的庄严、放肆地侮辱神灵，那是另一回事。

他犹豫不决地回头看了看，看见他的王妃唇边浮起一抹微笑。他举起了一只手，人群安静下来。

王妃微笑着开口说道："异乡人，你的法术让人大开眼界。你说这是送给我的礼物，可我要这个卑贱的男人有什么用呢？"

她的话音犹如雪夜中的铃声一样清脆撩人，黑袍人在她的美貌面前也不得不低下了头，谦卑地回答："聪慧美丽的王妃啊，他叫纡阿，只是一个傀儡，既没有生命，也没有尊严，但他从娑婆那里学到了音乐，从阿沙罗加那里学到了舞蹈，当他展示他的才能的时候，就连石头也会欢笑。而他存在的唯一目的，就是尽其所有来让您拥有欢乐。"

黑袍人转过身，拍了拍手，喊道："跳起来吧，纡阿！"

仿佛一阵微风吹过琴弦，站着的年轻人微微一颤，指头曼妙地动了一下，就让所有的人都屏住了呼吸。突然间，他浑身上下都洋溢着舞蹈的气息，就连足迹踏过最遥远国度的旅行家也从未见过的华丽欢快的舞姿，如同流水一样，从他的头，从他的手，从他的足，从他的每一寸肌肤中喷涌而出。有什么东西能够比拟他的舞姿呢？飘零在急流中的花瓣，回旋在风中的火焰——让人看了止不住地想流出热泪，想放声长笑。一支长矛从卫兵的手中脱落，掉在国王脚下的尘埃中。国王费了很大的劲才把目光收回，转到了坐在身边的盛姬身上，他看到了渴盼已久的笑容就挂在王妃的嘴角。

一舞既罢，高台上下鸦雀无声。国王站起身来想说话，却发现自己嗓音嘶哑，他定了定神，说道："异乡人，你的礼物正是我想要的。我的承诺是有效的。我不想知道你的来历，从今天开始，你就是代地十座城池的城主了（大臣和贵族中传来一阵妒忌的低语，但国王只是威严地朝他们扫了一眼，低语声就消失了）。至于其他无聊的艺人，我限你们在十五天内，离开我的王国。第十六天起，只要在我的国土上发现你们的踪迹，格杀勿论！"

黑袍人匍匐在高台下，回应道："伟大的圣朝天子，我只是一介贱民，怎敢担当管理城池的重任？我不是为了赏赐才带来我的作品，如果陛下喜欢纡阿，那么请宽恕所有的艺人吧！我迷恋他们用自然的力量显示出的巧技，而后世的人已经忘了如何去表现它们。我们能借机械造梦，却忘记了自己曾拥有的魔力。我渴望能从这些艺人中找到我所寻求的东西，去创造另一个梦幻般的神话时代。"

　　周穆王听了他的话，微微一愣，随即哈哈大笑："你是个疯子吗？大海难道还要向小河寻求浪花？你的技艺在我看来已经出神入化了，还要向这些无用的流浪汉学什么呢？好，城池我就不给你了，大周国境内的流浪艺人我也不再驱赶，从今以后，他们都做你的奴仆好了。"他不容黑袍人再反对，大声叫道："来人哪！将黑袍先生送到驿站的精舍中，把我的礼物和这些艺人一并送去……哈哈哈……乐师，奏乐！我要与爱妃及各位爱卿继续狂欢。"

　　黑袍人鞠了一躬，如同来时一样寂然地消失在阴影中。

　　周穆王的狂欢持续了三天三夜，最后一堆篝火终于熄灭了，筋疲力尽的宾主离开一片狼藉的大殿，各自回去休息。

　　在后宫深处，重璧台那高高的回廊上，盛姬把她滚烫的额头贴在冰凉的大理石柱上。她问自己：我这是怎么了？为什么从看到纡阿的第一眼起，我心中就狂跳不止；为什么他的目光转向高台，我就情不自禁地想欢笑？她当然要笑，哪怕是为了纡阿的生命，她也要微笑。那些贪婪的艺人为了那份可望而不可即的赏金而送命，一点也引不起盛姬的怜悯。只有纡阿，是真心真意地为了她的欢乐而舞蹈。她难过地想，他不可能夹杂一丝其他的欲望，因为他只是一具傀儡，甚至没有生命，没有因为她的微笑而得以保存的生命。

　　我爱上了一个傀儡。她自嘲地摇了摇头，绕着寂静无人的回廊慢慢地蹀步。她的目光不由自主地望向了那些奴隶居住的低矮窝棚（对她来说，那些只能算是窝棚）。三天前，她第一次发现对纡阿那份令人惊异的感情后，就托词溜回了后宫，一个人体会那又惧又喜的感觉。

国王的盛宴持续了三天，那帮残忍粗鲁的家伙就让纡阿跳了三天的舞。他一定累坏了，盛姬怜悯地想。现在，所有的大臣和贵族都在呼呼大睡的时候，他也许正痛苦地躺在哪个窝棚中喘息。

仿佛为回答她的关切，一声鸟鸣打破了清晨的宁静，哀伤缠绵，仿佛一线游丝浮动在夜空中。然后，轻轻的、宛如青鸟般婉转的啼唱刺破了低沉的和音，欢乐和痛苦同时缠绕在一个孤独精灵的歌声里，犹如晨曦融合着光和影一般完美。天哪，盛姬又喜悦又痛苦地想，这不是夜莺的欢唱，而是一个傀儡令人难以置信的美妙歌喉。他知道她在这儿。

带着异乡情调的低沉的喉音轻轻地摇曳着她，让她不由自主地想起了遥远的过去，想起了一个清冷的早晨，桨叶打碎了水上的晨光；想起了一个烛影摇红的夜晚，父亲把她送入了宫中。她的父亲后来如愿以偿地当上了盛地的领主……

不，不行，盛姬绝望地想，我的心承受不了更多的负荷，我不能再见他了。爱情宛如躲藏着的河流在黑暗中流动。壁龛里的烛苗静悄悄地燃烧着，她惊恐地向四处看了看，把头伸出高台，向脚下花草掩盖着的黑暗低声问道："纡阿，是你在那儿吗？"

歌声戛然而止，一个发颤的声音回答："是我，我的女王。"

我的脸一定像少女一样发红，她心慌意乱地想。犹豫了一会儿，她柔声问道："纡阿，你为什么不去休息？跳了这么长时间的舞，一定累了吧？"

"我用不着休息……能源……我不知道，"他在黑暗中沉默了一会儿，"我的胸口有个地方跳动得厉害，我不能去休息。主人说过，我是为了你的快乐而存在的。离开了你，我不知道该做些什么。"

他低低地吟诵着："我不能闭上我的双眼，我只能让我的热泪流涧。"这句话的魔力让王妃心跳不已。

"我的心指引我为你歌唱，把我留在你的身边吧！我不想为那些庸俗的贵族舞蹈。我只有十天的能源……十天的生命，让我用这剩下的七天来陪你一个人，让你快乐。"

王妃低低地呻吟了一声，说："你不应该这样。"

"你不喜欢吗？"黑影的声调里充满了悲伤，"那么说一句话吧！只要一个词……一个词，我就可以为你去死。"

"你会为她死的！"一个粗暴的声音打断了他的话。盛姬惊恐地转过身，看见姬满正满脸怒容地站在高台的楼梯口处，他暴跳如雷地咆哮："一个木偶竟然也敢调戏我的王妃？！我要让你和你那该死的魔鬼主人一块儿粉身碎骨！"

"不！请不要杀死他！"盛姬恳求道。

妒忌的国王奔下高台，大声招呼着卫兵。

盛姬探出栏杆外，看见黑影还在那儿没动。他的声音依然平静："告诉我该怎么做，我只听从你的吩咐，也许我死了会更好。"

国王在高台下愤怒地咆哮着，一群卫兵沿着鹅卵石砌成的通道从远处跑来，铠甲和兵刃相互撞击着，打破了花园里的静谧。

盛姬拿定了主意。

"快跑，"她低声嘱咐，"从这儿逃走吧！"

傀儡依然恋恋不舍，他仰着头问道："你还让我再见你吗？"

盛姬眼角的余光看见几名士兵已冲进了内廷，正向着那个胆大包天的冒犯者跑去。"当然。现在，看在神的份上，快跑吧，为了你自己，"犹豫了一下，她加了一句，"也为了我。"

"我这就走，"纡阿低声而快速地说着，"燃起你召唤精灵的黑药粉，我一定会再来……"他转身向围墙跑去。王妃惊恐地看着两个卫兵挥舞着长戈追了上去，可是纡阿用一种令人难以置信的敏捷和技巧一下子就翻过了高高的围墙，不见了。

　　镐京里的大搜捕持续了整整三天，国王的卫兵仍然没有抓到纡阿和他的主人，尽心尽职的卫兵虽然几次发现了那个逃逸的傀儡的踪迹，但都被他从容逃走。

　　负疚的卫兵头领奔戎对暴怒的国王解释道："那个巫师就在我们眼前消失了，连同他那四个长得一模一样的仆人……有七八个人眼睁睁地看着哩！至于那个跳舞的木偶（他说到这儿，平板的脸上流露出一分惧意），他有着豹子一般的敏捷、大象一般的力量，他能空手扭断我们的铜戟，跑起来能超过最快的战车。他不是人类，而是一个扎扎实实的魔鬼小崽子，我们根本不是他的对手。"

　　停了停，他偷眼看了看国王的脸色，又补充说："依我看，他好像受到了什么禁制，每次当他可以轻而易举地拧断我们某个人的脖子时，却猛然停了手。要是逼得太紧或禁制解除了的话……"

　　国王哼了一声，大步在大殿里走来走去，脸色阴晴不定。连号称最精锐的国王卫队都对付不了一个小小的人偶，这个大胆的家伙竟敢在京城流连，国王隐隐感到一股逼向王座的不安全感。自从那个不幸的清晨之后，盛姬就只以沉默和流泪来回答他的恐吓和哀求，他烦躁地来回踱步，终于停下了脚步："来人，速请盛伯晋京！"

　　盛姬知道她的丈夫一直在搜捕纡阿，但她一点儿也不为纡阿担忧。因为她从负责搜捕的卫队那里打探到了他神出鬼没的消息，她相信自己所爱的人儿拥有的魔力是战无不胜的。他们知道只有她才能引出纡阿来，姬满每日里到她这儿来，或软语哀求，或大声恐吓，她始终无动于衷。宫里每个人都惶惶不安，她却仿佛带着一种恶作剧般的快乐。直到满头白发的老父亲跪在她的脚下，用整个家族的存亡兴衰来恳求她时，她才犹豫了起来。

　　"原谅我，纡阿，"她在心中想道，"你终究只是个傀儡，是个只有几天生命的木偶。我无法为了你放弃一切。"

第三天夜里刮起了轻柔的西风，盛姬在重璧台上点燃了一撮黑色粉末，粉末剧烈地燃烧着，爆发出一簇簇明亮的蓝色火焰，如同一只被束缚住的老虎挣脱了囚笼。一股青烟袅袅飘散在风中，有股硫黄的气味弥漫在空气里。

夜色更加浓重，重璧台上静悄悄的，仿佛只有盛姬一个人。他不会来，盛姬庆幸地想，不知为什么，却又有一丝失望。

壁龛里的火焰摇动了一下，盛姬突然转过身来，看见纡阿就站在高台长廊的尽头凝望着她。时间在回廊间悄悄地流动，是那么安静。有一瞬间，她甚至忘了陷阱的存在，想向前跳去，扑向傀儡的怀抱。

一匹战马在她的身后轻声长嘶。我干了什么？她猛地醒悟。一股可怕的恐惧攫住了她：虽然纡阿注定会死去，但她这一辈子都将无法释怀了。

"别过来，"她向着长廊的尽头喊道，"纡阿，这是个陷阱！"

纡阿转头扫了一眼花园里出现的国王的精兵，他的脸色因为痛苦而苍白。"那有什么关系？"他继续向盛姬跑来，"如果这是你的选择，那么就让我死在你的脚下吧！"

国王咬牙切齿地喊道："拦住他，杀死他！"

两百名最精锐的卫兵冲了上去，那个赤手空拳的傀儡毫无畏惧地向着青铜盾牌和长戟组成的金属洪流迎去。大周朝那些最著名的勇士——奔戎、造父……在他的手下如同草把一样纷纷倒下。傀儡小心翼翼地控制着自己，不过分地伤害脆弱的人类，爱情的魔力冲掉了永远不许与人抗争的禁制。纷飞的刀剑像流星一样射入天空，又发出长鸣坠落在花木丛中。大周朝的卫兵们发现自己陷入了这辈子最可怕的一场战争中。

最后一声刀剑的叹息也消失了，两百名失去了武器和战斗力的卫兵倒在了尘土中。满怀创伤和痛苦的傀儡一瘸一拐地向王妃走去。

满脸铁青的国王一只手按在剑柄上，不知该如何是好。

"你还爱我吗？"傀儡悄声问道。

"我爱你。"盛姬回答道，向纡阿伸出手去。纡阿接过了她的纤纤玉手，跪下来放到嘴边轻轻一吻，如同一尊青铜雕像般僵硬不动了。

妒火中烧的国王拔出了那把削铁如泥的宝剑，砍掉了傀儡的头。王妃惊叫着闭上了眼，没有温热的血液喷出来，他那漂亮的头颅下面是一大堆金光闪闪的金属片，以一种完美的不可思议的复杂方式联结在一起，随即在风中分崩离析，变成无数的金属碎片"叮叮当当"地散落在尘埃中。

王妃睁开含泪的双眼，一块透明的玉一般的簧片跳上了她的手，精巧的簧片微微颤动着，发出了和纡阿的歌喉一样动听却单调的嗡嗡声。

◆ 第12届银河奖三等奖获奖作品

邮差

王亚男

穆勒·沃顿先生对自己的新信箱相当满意。信箱是用坚实的橡木制成的，外面的投递口还加了防雨挡板。最让穆勒引以为傲的是自己那别具匠心的设计：信箱是固定在房门上的，门后一个带转门的圆洞直通信箱的内部。如此一来，信箱的外面就省去了取信口，每天在房间里就能拿信，方便省力。为了信箱的颜色，穆勒和太太搞得很不开心，穆勒太太坚持信箱应该选用明黄或浅绿，而穆勒却固执己见地把它漆成了刺眼的大红。其实穆勒也有自己的苦衷：负责这个街区的邮差整日都醉醺醺地驾着他那漆已掉光、几近"裸体"的破轿车递送邮件，给穆勒投报时就隔着栅栏把报纸丢在门口的水泥台阶上，有天上午穆勒取报时看到自己的那份《泰晤士报》变成了一团纸浆——那天清晨刚下过一场雨。现在有了这个醒目别致的信箱，邮差应该不会再乱扔邮件了吧？

　　信箱昨天才刚刚钉好。早上，穆勒先生正坐在餐桌前用餐刀切割自己的那份煎蛋，突然想起什么似的离开桌子走向房门，掀开转门，一边把手伸进信箱，一边说："今天早上还没看报呢！瞧我的杰作，够方便吧。我说什么来着？红色的信箱才够显眼，这次那醉鬼邮差会把报纸放在该放的地方了吧！"

　　穆勒把胳膊抽出来的时候，手中果然拿着一份报纸。他高兴地走回桌边，一边继续切煎蛋，一边读报纸。头版的大标题是"战争爆发"，穆勒的餐刀停住了，他举起那份报纸对穆勒太太抱怨说："我真受够了那邮差！今天他是把报纸放进信箱里了，可那是前天的报纸！谁都知道科索沃战争是前天爆发的，这标题我早就看过了。等我忙过了这段时间，非得找邮政局讨个说法不可！"穆勒越说越激动，他把报纸揉成一团，一扬手，纸团在空中画出一条流畅的弧线，飞进了墙边的杂物桶。

西敏寺大教堂的铜钟刚刚敲过七下，尼尔斯就早早起床，吃过早饭，步行半个小时来到邮政局，把自己那驾邮政马车赶了出来。早有人在货架后面放好了沉甸甸的邮袋，尼尔斯看了一下，自己要送的邮件照例又比别人多，而且还尽是些包裹。这还不算，分给自己的这驾马车破旧不堪，遮阳篷千疮百孔，车架"吱吱呀呀"叫个没完，缰绳磨得稀烂，辔头锈得连那匹老杂种马都嫌弃——似乎邮政局里所有的人都和自己作对。最让尼尔斯气愤的是自己竟然还得给死人送报——伦敦西区的琼斯先生一个月前去世了，由于他生前酷爱《泰晤士报》，因此琼斯太太要求邮政局把她订的报纸送到公墓里琼斯先生的坟前——她已在那儿立了一个信箱。邮政局找不出理由拒绝她——本来么，订户可以要求把报纸送往伦敦的任何地方，公墓自然也包括在内。于是这差事也被分派给尼尔斯，但实际上那公墓应该由另一个街区的邮差分管。尼尔斯并没太计较，他相信只要自己努力工作，迟早会有人赏识他的。

赶着马车，沿着市区最繁华的街道行进，两边的店铺刚刚开门。铜匠铺里叮叮当当的敲打声已经响起；酒店里的伙计正满头大汗地忙着把酒桶搬进酒窖；那些头戴饰有羽毛的帽子的妇人们已开始光顾首饰店，她们身边照例陪着礼帽高耸、拿着檀木手杖的男人。尼尔斯坐在高高的马车上，看着路旁绅士们佩着缎带的礼帽、耀眼的怀表金链和妇人们臃肿肥硕的裙子、小巧玲珑的金丝眼镜，的确算得上是一种享受。

头上是明媚的太阳，它总是不偏不倚地把光辉赐予每一个人。看到它，尼尔斯的心情也好了许多，连昨晚去邀索菲亚散步时她的父亲皮尔逊对自己那些令人难堪的奚落都在记忆里模糊了。

尼尔斯微笑着，哼着歌把邮件送往它们该去的地方。或许是心情不错的缘故，刚送完几件邮件他便催动马车早早向公墓驰去。到公墓要经过一片小小的松林，林中弥漫的馥郁香气总能让尼尔斯感到舒畅。尼尔斯想，这恐怕也算是因祸得福吧。

马车就停在墓园大铁门前。尼尔斯从车上取下邮袋步入公墓，沿着多年未修葺的石板路，小心地向墓园西北角走去——琼斯家的经济条件只能允许他拥有这么一块阴暗冷僻的安息之地。一想到琼斯墓前的那个信箱，尼尔斯就觉得滑稽。信箱没装前门，就敞着肚子站在那儿，与其说报纸送给了琼斯先生，倒不如说是便宜了墓园里的清洁工，有一天尼尔斯就曾见到那工人守在琼斯墓前等着自己把那免费的报纸送来——他的神态还挺悠闲的，仿佛那是理所当然的事。

离琼斯的墓还有一定距离的时候，尼尔斯远远地就看出今天与往日不同：琼斯的墓被一道石墙围了起来，留出的门口处站着两名个子高挑、头戴铜盔的警察。发生案子了？是盗墓？那窃贼也太没眼力了，琼斯先生生前就够潦倒的了，死后又摊上这种事，真是在地下也难瞑目呀！尼尔斯暗自想着来到了围墙门口，毕恭毕敬地向警察打听："先生，这里发生什么案子了？"其中一个长着鹰钩鼻子的警官扬着下巴打量了一下尼尔斯，阴阳怪气地说："难道没有案子我们就没事做了吗？告诉你吧，这里面有'幽灵之手'出没，如果你想饱眼福的话，请付三个英镑，不过我想那也许是你两周的薪水吧！哈哈……"两个警察对视着嬉笑起来，尼尔斯感到恶心。上周看到工人们把石块运进墓园，尼尔斯还以为是要维修那坑洼不平的小路呢。不过无论怎样，自己只管送报，其他一概和自己无关。他对警察说："先生，您瞧，我是邮差，有人要我给琼斯先生送报，他就埋在那里面。"说着，尼尔斯取出了邮政局编印的送邮清单。鹰钩鼻子接过清单，上面果真清楚地印着"西敏寺教堂分会公墓二零六号——琼斯（已故）——《泰晤士报》一份"，下面盖着邮政局鲜红的印章。鹰钩鼻子和同伴小声嘀咕了几句，回过头来对尼尔斯说："祝贺你，你省了三个英镑，又能看到惊世奇观，运气不错嘛！哈哈……"

尼尔斯不再理会他们，他大步走向围墙，发现墓园里面已聚集了二十多人——他们显然是城里的达官显贵，要知道，一般的平头百姓是无论如何也付不出三个英镑的入门钱的。人们都或跪或蹲地隐蔽在杂草后面，和琼斯破败的坟墓保持着十几米的距离，眼睛眨也不眨地盯着坟前的信箱。在他们中间，有一位年轻的海军军官，他身上大红的制服和佩剑十分惹眼。面对这一切，尼尔斯不知该说什么，也不知是谁的恶作剧，让这么多显贵跑到公墓来，还以为真的有什么"幽灵之手"之类的奇观，自己给公墓送报已经有两星期了，却从未听说过有这等怪事。

尼尔斯对绅士们的猎奇感到无聊，他拿出报纸向坟墓走去，那位海军军官却亲昵地喊住了他："嗨，朋友，请您等一下！"从来没有上流社会成员这样和自己打过招呼，尼尔斯有些迟疑，但还是走了过去。那位军官高大俊朗，眉宇间却透出忧郁。他自我介绍说："我叫休斯，皇家海军陆战队第二十一团少校。伙计，我想请您帮个忙，替我送张纸条到那个信箱里。如果您愿意，我给您一英镑作为酬劳。"

尼尔斯有些惶惑，像这样一位军人居然也会被这种荒诞的谣言所蛊惑，真不可思议。他平静地说："少校先生，如果您执意如此的话，我可以代劳。但您真的相信这种事吗？恐怕……"

"真的有幽灵，我已经看到两次了！每天上午十点整它都会出现，从信箱的后面把报纸取走，千真万确！"

"那报纸是清洁工人取走的。"

"以前是的，那工人早在一周之前就辞职不干了——他太害怕了，就是他第一个见到了'幽灵之手'。您看，现在已经九点五十三分了，再过一会儿您也会亲眼看到的。"

少校掏出一张字条，连同三个金镑（英国早期的货币单位，因其使用了来自西非几内亚海岸的金而得名，1813年以来就不再作为实际货币流通）一起交给尼尔斯："请把这些都放进信箱，酬金我一会儿付给您。"

"酬金就不必了，这并不费什么事。"

尼尔斯接过字条，上面写着："琼斯先生，我是帝国皇家海军陆战队的少校休斯，后天我们要按计划出发去中国增援在那里作战的远征军。如果您真的有灵，请昭示我战事的结果将会如何，这三个金镑略表谢意。"给鬼魂送礼？真是有趣。尼尔斯不便再说什么，走到信箱前把字条、金镑和《泰晤士报》一起放了进去。做这些的时候，尼尔斯打量了那个信箱，依旧同往常一样，后挡板完好无损。有人会把手从后面伸进来？绝不可能。这想必又是那些好事者的恶作剧，连墓地都成了他们表演的舞台。尼尔斯查看了墓的四周，泥地上没有留下脚印，杂草也没有被踩踏过的痕迹，看来对方的手段还是够高明的。不论这是谁干的，对自己都无关紧要，只是可怜了那些受愚弄的人。尼尔斯这样想着，转身走向门口准备离开，就在他的脚即将迈出围墙的时候，身后突然传来了窸窸窣窣的声音。尼尔斯好奇地转回头，眼前的景象使他瞪大了眼睛，嘴也张得老大：一只粗大多毛的手穿过信箱后的挡板伸进了信箱，摸索着把字条、金镑和报纸抓起，又穿过挡板抽了回去！那手仿佛凭空伸出，不见身体，真的如同来自天国或是地府。尼尔斯的眼睛告诉自己，这不是恶作剧，人是不可能办到这些的！真的是幽灵！他呆在那儿，一动不动，连夹在腋下的邮袋掉在了地上都没有察觉。

中午的时候，穆勒接待了一位稀罕的来访者——波尔。波尔是位博物学家，住在伦敦郊外的小镇另一端，两人并不熟识。从心里讲，穆勒一点儿也不喜欢波尔，这并不是因为波尔的外貌或是别的什么，而是由于他的职业习惯。波尔对一切古旧的东西都有着癫狂的嗜好，他常向别人不厌其烦地求购它们，所以一旦波尔同谁讲话，谁就会疑心他又看上了自己家的什么东西。除此以外，波尔还对一般人弃用的东西情有独钟，据说他曾在废品回收站发现过拿破仑的宣战书，但穆勒不相信这是真的。

波尔进来的时候，胳膊下夹着一个颇大的画夹。莫非这家伙又迷上了美术作品？穆勒暗自猜疑。出于待客的礼节，他还是客气地请波尔坐下，为他煮了咖啡。波尔把画夹放在餐桌上——穆勒很不喜欢这样，但他没表示异议。

"穆勒先生，很抱歉这么冒昧地打扰您，不过有件事我真的百思不得其解，所以只好登门拜访。"波尔打开画夹，穆勒发现里面夹着一份报纸，那头条标题和揉皱的痕迹使他一眼就认出那正是自己早上扔掉的那份。

"今天上午我在废品回收站的故纸堆里发现了这个。据那里的工人回忆，那些废纸是从小镇北区第六街运来的。上午我向邮政局查询，发现北区第六街订阅《泰晤士报》的仅您一家。我不明白，为什么如此珍贵的一份报纸，您却弃若敝屣呢？"

"珍贵？你别开玩笑了，不就是一份前天的报纸么？邮递员本该送今天的报纸给我。要知道我再也不想读科索沃战争爆发之类的东西了，我要知道今天的股市行情！"一提起这件事儿，穆勒就大为光火。

"前天的？科索沃战争？"波尔愣了一会儿，随即明白过来，"您是说这份报纸是邮递员投到信箱的？不会的，他投的报纸在您门前的台阶上，我已经替您拿进来了。"波尔从画夹旁边的口袋里抽出一份报纸递给穆勒，正是当天的报纸。"我想您一定是误会了，看到标题'战争爆发'就认为说的是前天的科索沃战争。您一定没细看过这份报纸吧？要知道，这可是1840年6月3日的《泰晤士报》，上面说的'战争'，是一百五十多年前英国对中国发动的鸦片战争！"

"当——"穆勒正给咖啡加糖的羹匙掉在了桌上。他手扶桌子俯身细看，在"战争爆发"大粗黑体标题的下面有一行副标题"为自由贸易之权利而战"，再看正文："神圣无敌之大英帝国海军远征舰队于昨日炮击中国沿海城市——厦门和定海，初战告捷，重创清军。此役缘于中国政府剥夺大英帝国向中国出口罂粟之神授自由贸易之权利……"一点儿不错，报上记载的正是那场战争！穆勒看了看报纸上顶端的日期：1840 年 6 月 3 日。但纸质引起了他的怀疑：报纸的印刷用纸虽然很薄，却洁白如新，丝毫没有泛黄，连油墨模糊的迹象也没有。

"这报纸根本不像是经历了一百五十多个春秋，倒像是刚从印刷机上出来似的。"穆勒不由得脱口而出。

"您说得没错，它就是刚从印刷厂出来的，您看这里，"波尔伸出右手食指按住纸面上的文字，用力一搓，油墨立刻散成了混沌状，波尔的指尖也沾上了油墨。"油墨都还没干透哩！"

"纸质这么新，不会是赝品吧？"

"今天我已经向《泰晤士报》编委会传真了这份报纸，他们和存档资料对照了，版式、文字完全一致。至于纸质嘛，我有把握证明它是真的——尽管它是崭新的，但那一定另有原因。您别忘了，我自己就是博物学家。"

穆勒没有理由说明这报纸不是真品，但又实在无法解释眼前的一切。他木然地回答着波尔的询问，目光总是游移于信箱和波尔之间。而波尔除了得知报纸是穆勒从信箱中取出的之外，再也问不出什么。他只好把这暂且归结为一个善意的"玩笑"，不过这玩笑的代价似乎大了些。穆勒昏昏沉沉，他只记住了波尔临走前留的最后一句话："穆勒先生，我想您会愿意把这报纸卖给我，我出两千英镑，绝对高于古玩市场上的价格。当然您可以考虑一下。报纸我先替您保管吧，这可不是我自作主张，我是怕您又把它扔掉，那我可就再也找不到它了。"

临近傍晚的时候，尼尔斯的邮袋终于又一次瘪了下来，他和他的老马都已筋疲力尽。在邮政局交还了马车，他步行回家。晚饭之后他想起了索菲亚，和她独处时总有说不尽的喜悦。他有心去邀她散步，又怕皮尔逊那冷冰冰的嘲讽。尼尔斯就这么犹豫着经过塔桥走向索菲亚的住所，在寓所门前整整徘徊了一刻钟才下定决心进去。可偏巧皮尔逊正从里面出来，门外等着他的是一辆华丽的四轮马车，仆人已经拉开了车门。看到尼尔斯，皮尔逊的脸色顿时变得铁青："你这无赖，又来纠缠我女儿？死了这条心吧。你连一只金丝雀都养不起，拿什么娶我女儿？我绝不会再让你见她。快滚，不然我的仆人就要赶你了！"

尼尔斯刚要争辩，无意中抬头瞥见楼上窗子后面索菲亚那黯然神伤的眼睛，也就不再说什么，转身缓缓离去。一路上，昏黄的街灯把他的影子拖得好长。

昨晚穆勒睡得很不好——白天的事几乎让他整夜失眠。十点整，穆勒准时来取报——那信箱现在已令他感到怪异。穆勒的手伸进信箱时，他脸上的表情凝住了，手指触到了异样的物品，那是什么东西？当他抽出手来的时候，他惊奇地发现手里除了报纸，还多了一张字条和三个金币。穆勒急转身冲回桌前，把这些东西小心翼翼地放在桌上。他先看了看报纸，那又是一份《泰晤士报》，日期是 1840 年 6 月 4 日。头版的标题是"上帝保佑我们"，正文如下："帝国皇家海军之利炮使清军防线土崩瓦解，舰队不日即将北上，进逼天津，直指中国之首都——北京……"最令穆勒感兴趣的，还是那些金币和字条。他看过字条，又拿起金币仔细审视。对于古玩鉴别，当编辑的穆勒的确是门外汉，他辨不清这些金币的真伪。这时，门外传来了刺耳的引擎声，穆勒从门镜望出去，只见那辆破旧的轿车自远处不要命地飞驰而来，随着一声狠命的急刹车，停在了穆勒家门口。那邮差显然又喝酒了，鼻子红得像马戏团的小丑，他僵硬地钻出车子，取出报纸一甩手丢在门前的台阶上，随后上车一溜烟开走了。

下午穆勒去了伦敦城里的古董店。店里的老板是位戴眼镜的老人，一头棕发，有些发胖。他接过金币用放大镜看了许久，又把它们丢在红木柜台上听坠落的声音，还用电子秤计量了重量。一切做完后，他肯定地对穆勒说："这是真品，19世纪铸的金镑，重半盎司，铅版，制作精细，似乎没怎么使用过。您看，连女王头像的浮雕轮廓都清晰如初呢。这可算是上等货色，能值个好价钱。您愿意出售吗？"

"如果我出售的话，它能值多少钱？"

"大概每个六千英镑。要是您愿意，我现在就可以付款。"老头儿说着掏出支票本。

"不，您先别忙，我还需要考虑一下。"

"那……也好。这是我的名片，您随时可以和我联系。价钱嘛，也还有商量的余地。"老头儿似乎很舍不得那些金币。

"我一决定就立刻打电话给您，再见。"

回到家里，穆勒对着字条和金币冥思苦想。以前也听说过时空隧道之类的奇闻，但作为经济杂志的编辑，穆勒对此一直抱审慎态度，只把那当成纯粹的消遣，可这两天以来发生的事他实在难以理解。有人和自己开玩笑？可谁又会使用价值约两万英镑的"道具"呢？莫非自己的信箱真的能通往过去？穆勒决定自己试一试。他坐到电脑前，连上网络，进入大英图书馆，调阅了历史文献中关于鸦片战争的详细记述。果然，他看到有段记录提到英国政府确实计划在1840年6月6日派遣第二批远征军作为增援力量，但由于清军不堪一击，英军损失甚微，故而临时取消了该计划。穆勒看着这些，心里有了主意，脸上荡起笑意。

尼尔斯再进入墓园时，休斯已经焦急地等在那里了。他指着信箱对尼尔斯说："又得麻烦您了。今天早上我一来就看到信箱里面有张字条，所以还得请您帮忙取出来。"尼尔斯半信半疑地走过去，信箱底果然有张字条。他取出字条，又把报纸放进去，然后回到休斯身边。休斯接过字条轻声读道："我是天国的幽灵，终日与圣·约翰为伴，得以往来阴阳两界。你的问题已有神谕，你将不会离开英伦，东方的战争进展顺利，很快就能结束。"休斯的神态迷茫，不知神谕能否实现。

看到休斯的字条果真有了回音，立即就有一位绅士效仿，那是皇家科学院的神学家索斯比。他写好字条，同样请尼尔斯放进信箱，当然，也附上了三个金镑。十点整，那只手又伸了出来，在人们惊惧的眼神下，摸索着把信箱里的东西抓起，缩回挡板后面不见了。

今天，穆勒接到了银行的电话转账通知，波尔的两千英镑已汇入了自己的账户。不过今天从信箱里取出的字条更令他着迷，自然还有那三个金镑。另外一件事则几乎使他高兴得叫起来——他昨晚投入信箱的字条已经不见了！

"琼斯先生，我是大英帝国皇家科学院的神学家索斯比。近些年来，不断有人尝试制造各种机械想凭此翱翔天际。我相信这种妄图僭越上帝神圣权威的行为注定是无法实现的。现在请您以神的名义晓谕我们，以使那些愚昧的人杜绝那种荒唐的念头。虔诚的索斯比 1840 年 6 月 5 日"

穆勒拿着字条，真的有种神灵一般凌驾一切的感觉。看来自己的信箱真的是一个时空奇点。从前曾有人提出这种理论，说时空平衡在某些条件下会被打破，产生时空奇点，通过它可以穿越时间，回到过去或走入未来。但奇点出现的条件和规律几乎是人类现有科技所不能揭示的。从前穆勒对这种光怪陆离的说法付之一笑，可现在它却发生了，而且是如此巧合地出现在自己的信箱里！穆勒认为这是一个难得的机会。他走到电脑前坐下来，手指开始飞快地敲击键盘。随着激光打印机的启动，一张字条出现了。穆勒拿起它，满意地笑着，把它轻轻地折好，投入了信箱。

早上九点半，尼尔斯刚跨进琼斯坟墓的围墙，休斯就兴冲冲地上来和他打招呼——按计划他本该今天出发的。他告诉尼尔斯，增援计划已被搁置，东方战事顺利，前方的五千英军足以应付，清政府的官吏们已表现出妥协的意向，也许不久之后远征军就会胜利班师，自己可以继续和家人过快活的日子了。除了尼尔斯，休斯还向在场的每一个人讲述幽灵预言的灵验，所有的人都深信不疑。尼尔斯走到信箱前，投入报纸，顺便把索斯比先生要的字条取回。索斯比看过字条惊叫一声，字条落在了地上。休斯拾起字条，尼尔斯也伸过头去。字条上的字并不多："天空属于上帝，但他并不吝把它赐予人类。1903年，美国人莱特兄弟将会造出飞行器——飞机，为人类插上双翼，自由飞翔在天宇之间。"在字条下面，印着一架古怪的机器，它有着鹰一样宽长的翅膀，通身泛着银灰的金属光泽，在湛蓝的云天中飞行。透过它背部一个透明的玻璃罩子似的东西，可以清晰地看到一个人类（尽管他戴着头盔）在操纵机器。这让所有的人都大吃一惊，他们想象不到，几十年后人类的飞行梦将会如此实现，更无法接受这种僭越上帝权力的行为。特别是尼尔斯，本以为只是一场闹剧，但不料这幽灵真的能通晓未知。尼尔斯也萌生了向幽灵询问的念头，因为他急切地想知道自己和索菲亚究竟会不会有结果。尼尔斯向休斯借了纸笔，写好字条，又小心翼翼地从贴身的衬衣口袋里凑足了三个英镑——那是自己后半个月的饭钱，把它们和字条一起装入一个信封，放进了信箱。今天还有六个人请尼尔斯代投字条。十点整时，幽灵之手足足取了三次才把它们拿干净。直到看见所有的东西都消失在挡板后面，尼尔斯才忐忑不安地离开墓园。

穆勒今天险些发了狂，因为他从信箱里取出了六张字条和十八个金镑，外带一只信封。那六张字条中，有一张是休斯的，内容是感谢"琼斯"灵验的预言，全是颂扬赞美之辞；其余五张则是寻求昭示的，而那些所谓的"昭示"，任何一个二十世纪的人——只要他会使用网络，都能准确无误地完成。倒是那个信封引起了他的注意，因为信封里的三英镑除了一个整镑，剩下的都是些零钱，多是先令，居然还杂着几个便士。这说明投信封的人一定是个下层社会的市民。正因如此，穆勒特别关注信封里那张字条。

"亲爱的琼斯先生，我已经看到了您的本领。我只是一个无人重视的邮差，收入微薄，可我偏爱上了珠宝商皮尔逊的女儿索菲亚。她的父亲鄙视我，也没有人认为我会有希望。可……我真的爱她，为了她我会付出一切，甚至我的生命。我乞求您告诉我，我和她是否会有结果，最终将会怎么样。希望您明示。对了，那女孩叫索菲亚·沃顿。衷心祝福您。

尼尔斯·菲尔
1840 年 6 月 6 日"

看到索菲亚·沃顿的名字时，穆勒不禁全身一震，这女孩的姓氏竟和自己相同！祖母活着的时候，曾对自己讲起过，祖上曾出过一位在伦敦颇有名望的珠宝商，穆勒一时记不得他的名字，只知他姓沃顿。后来，他的女儿，也不知是祖母的第几代祖母了，和一个穷小子——穆勒也不知他是干什么的、姓甚名谁——私奔了。那小子对那女孩感恩戴德，并将他们的儿子冠以其母的姓氏。难道这其中和自己有什么关联？穆勒想起了阁楼上祖母的遗物，那里有一本家族的世系谱。祖母在时总是捧着它如数家珍般讲给穆勒听，可惜当时穆勒对那些陈年旧事根本不感兴趣。穆勒快步跑上阁楼，一阵乒乒乓乓的翻检之后，穆勒带着一身尘土走回卧室，手上拿着那本族谱。找到关于珠宝商的记录足足费了穆勒半个小时的工夫，所幸上面的字迹尚未漫漶，依然可辨：

"……索菲亚·沃顿，生于 1820 年 5 月 14 日，皮尔逊·沃顿之女，其父皮尔逊为伦敦望族，经营珠宝生意。索菲亚于 1842 年 6 月 19 日同本城一名叫尼尔斯·菲尔的邮差私奔，并于 1845 年 4 月 23 日生下儿子，尼尔斯建议采用母姓，于是儿子便姓沃顿……"

看到这些已经足够了，穆勒通过这些熟悉的名字已经能够断言这是怎么回事了。这位尼尔斯先生果然是自己的先祖，尽管其人已逝去多年，穆勒甚至不知他葬于何处，但自己对他产生了一种莫名其妙的亲切感。

又是一个晴朗的上午，尼尔斯照例来到墓地。他从信箱里取出六张字条后发现信箱底躺着一只信封，上写着"致尼尔斯·菲尔"，信封沉甸甸的。尼尔斯没有声张，他悄悄收好信封，把字条分给询问者，照例聆听完他们敬畏的议论后，就匆匆离开了公墓。

天黑下来以后，尼尔斯到邮局交还了马车，回到家里才打开信封，里面有一张字条，还有昨天投进信箱的三英镑，原封未动。字条上的话尤其令他激动和兴奋："你的问题圣约翰已有晓谕，你不必担心自己的前途，你和索菲亚会有美满的结局，一切都会好起来的。由于你的虔诚，我很喜欢你，今后你可以经常和我说话，不必付钱。只要有机会，我一定会帮助你。"

接下来的两个月里，穆勒和尼尔斯通过字条保持着联系。穆勒一直关心着尼尔斯的情况，他开始喜欢这个职位卑微却志向高远的小伙子。穆勒觉得这位先祖很有些现代人少有的持重，很愿意和他交往。从谈话中，穆勒知道时间奇点存在于位于两个时空的琼斯墓前的信箱和自己的信箱之间，他始终未对任何人提起，他认为那是属于自己的时间奇点。但两个月之后，事情突然有了变化。

这天，穆勒照例从信箱中拿出尼尔斯的字条，看了字条后，他眉头紧锁："尊敬的琼斯先生，恐怕我们今后不能再谈话了。市政厅已征用了公墓的土地，所有坟墓很快将尽行迁出，原地将建贵族公寓。我们今后怎么办？请您明示。"穆勒对此也很苦恼，公寓一建，琼斯墓前的信箱必将不存，时间奇点将再难寻得。这样的事儿一定要制止，可自己又怎能办得到呢？最近两个月，穆勒从信箱中得到了三百多个金镑和许多报纸，大部分都卖给了古玩店，穆勒因此骤然暴富起来。既然一百多年以前的东西在今天能卖上大价钱，那么今天的物品回到过去不是也能价值千金吗？只要尼尔斯有了钱，他就能买下琼斯墓所在的那幢公寓并保留那只信箱，一切不就都解决了？穆勒认为这是可行的办法，他的目光落在桌上的索尼牌计算器上，那是自己用来算股票收益的，这东西在过去一定是极为贵重的珍宝。穆勒一把抓起计算器，连同包装盒一起塞进信封，又附上了一张字条："尼尔斯，把这个计算器卖了，这是天国的圣物，换回的钱应该够你买下琼斯墓所在的那幢公寓。切记，万不可动那只信箱。我们今后还可联系。"

穆勒的猜想没有错。在伦敦商会举行的拍卖会上，绅士贵族们对这小巧神奇的计算工具表现出了前所未有的兴致。据说，在拍卖皇室藏品时场面也没有如此激烈，竞价者都唯恐别人得手。最后，计算器以七万六千金镑的天价被威廉公爵购得。尼尔斯如愿以偿地买下了公寓，保存了那只信箱。穆勒得知了事情的经过，深为自己的巧计而骄傲。一个价值几英镑的计算器在一百多年前竟换回了一幢公寓！可惜信箱只能传送些小玩意儿，否则自己也能回到从前做一名圣明的先哲。

尼尔斯的名字随着那个奇妙的机器，很快传遍了伦敦的大街小巷。那天在拍卖会上，连威廉公爵都对他表现出几分敬意，甚至还邀他有空去家里喝茶。尼尔斯俨然成了名人，靠那笔钱他预购了位于琼斯坟墓处的那幢公寓，并要求建筑工人在修建公寓时不要破坏琼斯坟前的信箱。尽管人们都不理解尼尔斯保留那只闹鬼的信箱用意何在，但尼尔斯的名望和财富使他们言听计从。结果公寓建成之后，那只信箱就立在了尼尔斯的客厅里，为了保存它，客厅里连地板都没铺，就那么裸露着泥土。除此之外，拍卖所得还极大地改善了尼尔斯的生活境遇。昨晚请索菲亚散步时，皮尔逊竟然没有反对，这使尼尔斯惊喜万分。第二天早上，尼尔斯刚刚来到邮局套好马车，就有同事来告诉他，局长要他去一下。

尼尔斯的心跳骤然加速，邮局里的人都知道局长肖恩是个极为苛刻的人，他找自己是因为什么？尼尔斯诚惶诚恐地来到二楼的局长办公室，敲开了门。迎上来的是局长笑容可掬的面孔，他问候尼尔斯，还请他就座，尼尔斯更加不安了。

"肖恩先生，我是不是工作上又犯了什么错？上次的误投是因为地址出错，我很抱歉……"

"不，您没犯任何错，不必担心。我今天请您来是要告知您，鉴于您出色的工作表现，我想提拔您到计划室做文书。您的意思如何？"

"可局长……我书读得很少，做文书恐怕……"

"别多虑，慢慢就会熟悉的。"局长一脸谦和。

"如果您还没有决定，我还是想当邮差。您知道我干这行已有六年，而且我喜欢逛来逛去，每天在投递途中还能欣赏街景，我真的愿意继续干下去。"其实尼尔斯担心的是自己与"琼斯"的对话会因此中断。

"当然，我不会勉强您，您喜欢怎样都可以。如果您想进清闲的办公室，随时可以向我打招呼。噢，对了，听说威廉公爵曾邀请您去他家里喝茶？"

"是的，是在前几天的拍卖会上。不过像我这种小人物怎么配和公爵交往呢？我想还是不去了，因此我一直没有再见公爵。"

"哪里话！现在您已经是大人物了，伦敦城里谁不知道您呢？我想您最好还是去公爵家里坐坐，这于您、于我们局都有光嘛！顺便，我还想麻烦您向公爵谈谈我们局里的情况，您看……自我上任以来，局里的工作是不是大变样了？诸如……"

尼尔斯突然醒悟过来，局长是在讨好自己，让自己替他在公爵面前美言！尼尔斯紧张的情绪顿时松弛下来，胆子也大了起来。

"肖恩先生，我明白您的意思，我还是做我的邮差吧。威廉公爵那里我会去的，您的事情我会替您办好的，您尽管放心好了。"

"那太好了，真心感谢您。要是您干得厌烦了，跟我说一声就行，文书的位置随时等着您。"

肖恩局长一直把尼尔斯送出门外，引得走廊里的同事都伸颈观望——肖恩这样对待自己的下属可是破天荒的事。尼尔斯回到门口时，发现管车的已经为自己换了一辆漂亮的新车，那是上个月局里刚刚添置的。尼尔斯高兴地坐上马车，发现自己的邮袋也轻了许多，同事们纷纷走过来用恭敬的语气问候自己，和自己道别；另一个街区的邮差则主动要求去公墓为琼斯送报，不过尼尔斯婉言谢绝了。他第一次感到了名望的巨大力量。

尼尔斯和穆勒的交谈仍在继续。穆勒感到尼尔斯在一步步走向成功，皮尔逊对他的态度大为改观，居然有天挽留他和自己共进晚餐，连威廉公爵也对尼尔斯有些赏识，常让他陪自己打马球、狩猎和品茶。看来尼尔斯的幸福结局很快要降临了，到了现在，尼尔斯根本不必和索菲亚私奔了，自己家族的历史要改写了，穆勒暗暗得意。

又过了一个月，尼尔斯告诉穆勒，自己已经向索菲亚正式求婚，皮尔逊欣然应允，但他要求尼尔斯举办盛大的婚礼，购置豪华的家具。尼尔斯仅凭自己的收入自然无法实现，现在他又要求助于"幽灵琼斯"了。在穆勒眼里，这不过是小事一桩，像上次一样，再资助他一次就万事俱备了。这次穆勒看上了自己小时候的一件玩具——一架日本理光自动相机，他把相机连同使用说明一起精心包好，附上字条放进了信箱。

伦敦商会的拍卖会又一次掀起了狂潮，见惯了那些笨重庞大的老式相机的人们无法抵御这架纤细玲珑的相机的神奇魅力。尽管每一位竞拍者都竭尽全力想要得到它，但他们终于无法和财力雄厚的威廉公爵攀比，最后公爵以三十八万九千金镑的叫价成为它的主人。尼尔斯陡然变得炙手可热，他成了公爵府邸的常客。在别人眼中，他简直是神的宠儿，公爵对他也格外垂青，还把女儿介绍给他认识。尼尔斯真有些受宠若惊、飘飘欲仙了。

穆勒觉得自己真是神通广大，居然可以创造历史。他再不必为尼尔斯的前程担心了，他一定能堂堂正正地迎娶索菲亚，毕竟他现在已是伦敦的显赫富豪了。又是早上十点，穆勒同往常一样取出尼尔斯的信，坐在餐桌前悠闲地读了起来："亲爱的琼斯，我迫不及待地想和您分享这份快乐。今天，公爵提出要招我为婿！这真是莫大的荣耀。说起公爵的女儿多丽娅小姐，真是年轻貌美、雍容华贵，我发现自己已经开始喜欢她了。几天来我一直陪着她，她的温文尔雅和落落大方会令每一个男人着迷。如果我娶了她，我一定会平步青云，再也不必为机遇忍受漫长的煎熬。至于皮尔逊，他一定会为当初对我的冷落而捶胸顿足；索菲亚嘛，我会付给她一笔可观的金钱，足够她找到如意郎君时置办一份体面的陪嫁了……"穆勒读罢大为震惊，他隐隐感到一阵莫名袭来的恐惧。必须制止这一切！他用气得发抖的手提笔写下了字条："你不可以娶多丽娅，绝对不可以！索菲亚才是神钦定给你的妻子，绝不可违背神的旨意，否则你将会遭受恐怖残酷的惩罚！"穆勒太太第一次看到丈夫的表情如此狰厉，吓得不敢出声。

这张字条静静地躺在尼尔斯公寓客厅中的信箱里，一天、两天……就那么躺着，无人理睬——尼尔斯不再住公寓，他在唐宁街附近购了豪宅，因为公爵为他在商会谋了一份待遇优厚的董事职位。他不愿再回公寓，那儿让他忌讳。

穆勒从此再也没见过尼尔斯的字条，整整一年他都心神不宁。他预感到会有什么发生，现在他感到尼尔斯的婚变把自己在这个时代的生存机会从历史上一笔勾掉了，他本应是尼尔斯和索菲亚的后代，但现在自己是谁呢？没人知道。他冲上阁楼，叫嚷着要烧掉那见鬼的晦气的族谱，可是当他打开族谱时却发现书写索菲亚·皮尔逊和穆勒·皮尔逊名字的字迹突然变得模糊起来，再也无法辨认，而他清清楚楚地记得从前那些字迹都是十分清晰的，当时他还为此惊诧不已。穆勒更加惶恐，好几次他抄起铁锹想把门前的信箱砸碎，但犹豫再三终于没有落下去，他希望事情突然会有转机。穆勒太太为丈夫的郁郁寡欢而深感忧虑，她不知如何才能给他安慰。

又是一个周日傍晚，编辑部举办化装舞会，穆勒太太极力要求穆勒参加。穆勒并不想去，但经不住妻子的一再请求，又看到她担忧的样子，便答应参加舞会。妻子为穆勒穿上了笔挺的新西装，打好漂亮的黑领结，还为穆勒做了他最爱吃的煎牛排作为晚餐。用过餐后，两人乘公交车前去参加舞会。本来穆勒一年前就购置了豪华跑车，但此时他不愿意再见到它。

舞会的场所被选在伦敦郊外的一栋古旧的两层小楼，年代虽久，依然保存完好。说来好笑，连伦敦古迹维护协会也弄不清楚宅子的来龙去脉，倒不是因为沧桑百年，物是人非，而是现在的房主懒于世事，不愿向外界透露房子的历史。但从这一百多年前的楼房华贵的巴洛克建筑风格和门廊里的多利亚柱式结构看，当年主人一定地位显赫。这次编辑部租用了楼房的大厅作为舞会场所，为了增加神秘色彩，直到头天晚上才通知大家准确地点。穆勒和妻子到达时，也开始称赞组织者的新奇创意，毕竟远郊、密林、古宅等一切对于整日忙碌于闹市的人们是不可多得的休闲场所。

通向大厅的是一条长长的走廊，脚步声回荡在静谧的走廊里，显得异常诡异。在接近大厅入口的走廊尽头，一扇门引起了穆勒的注意。那是一扇有着西番莲浮雕图案的高大的红木门，说明门的后面一定是宽阔的厅室，然而门上却挂着粗笨的大锁，使人望而却步。

穆勒愣愣地看着那扇门，脚步随之慢了下来。穆勒太太看到丈夫这样，便挽起他的胳膊拽着他走进大厅。宾客们都已到来，大家戴着各种稀奇古怪的面具，点起枝形吊灯，奏起古典舞曲，纷纷步入舞池，翩翩起舞。

穆勒觉得这是自己一年来最快活的夜晚，所有的担心和不快都被抛到九霄云外了。他一曲又一曲地跳着，丝毫感觉不到疲倦。大厅里的座钟敲过十一下后，舞会接近尾声，这时本宅的主人被请出与来宾们见面，只见他身着黑色燕尾服，打着鲜红的领结，脸上罩着传说中吸血鬼德古拉伯爵的面具，走上来依次和宾客们握手。穆勒心里很讨厌他那种装束，但出于礼节，当他走过来时还是把手伸向他。然而，就在他们的手握在一起的时候，意想不到的事情发生了——只见一团白光猛然从天而降，包围了穆勒。穆勒太太惊得手足无措。白光越来越亮，穆勒在白光的围裹中痛苦地挣扎、抽搐，他张口呼喊，却发不出声音。穆勒太太回过神来，扑上去想要拉丈夫，却只拉住丈夫的领结——穆勒已连同那白光一同遁失无踪，只有他那崭新的西装掉落下来，笔挺地躺在地上。

穆勒太太在医院里住了整整一个月，丈夫的突然失踪使她的精神濒于崩溃，这一切足以摧毁任何人的理性，更何况是对于她这样一个脆弱的女人。在从医院回家的那天下午，她收到了警署送来的关于穆勒失踪案的调查报告，报告全文如下：

尊敬的穆勒太太，我们已经对尊夫穆勒·沃顿的失踪案进行了初步调查，现将结果通报给您。穆勒先生失踪的地点位于伦敦西郊的一栋古宅，我们对现场的所有物品都做了认真的检查，没有发现异常。对当晚参加舞会的人员，我们也做了调查，并排除了他们的嫌疑。据此我们可以排除谋杀或绑架的可能。尽管如此，为慎重起见，我们还是传讯了古宅的主人。开始他并不想透露他的真实身份，但为了洗清自己的嫌疑，他不得不讲真话。他叫穆勒·威廉（竟然和尊夫同名），是威廉公爵的后裔，他的母系先祖就是威廉公爵的女儿多莉娅。据他说多莉娅当年嫁给了一个不知因何突然暴富的邮差，结果他们的子女也都采用了母亲的带有贵族高贵血统的姓氏。至于那栋宅子，原来是伦敦市政厅于 1841 年建的贵族公寓，历经百年，其余楼宇都已荡然无存，唯有属于当年那个邮差的那一栋保留了下来。我们对古宅的全部房间进行了探测，并无收获。唯一的疑点是靠近大厅的走廊尽头的那扇紧锁的门，当我们要求房主开门检查时，他却说那扇门从他继承古宅时起就一直锁着，自己也没有钥匙——他说的是真的，因为那把锁确实是件老古董，上面还雕有"史密斯制锁厂 1840"的字样。我们撬开了那扇门，里面破败不堪，看样子原本是间客厅，但房内却没做任何装修，甚至连地板也没有铺，黑乎乎的泥土就那么露在外面，发出刺鼻的霉味。在那房间的中央——真是太离奇了——居然立着一只信箱，那只铁皮制成的信箱锈迹斑斑，信箱上写着"琼斯先生"。信箱没什么特别之处，倒是在信箱里发现了一张字条，不知在那儿放了多少年了，纸不仅泛黄，而且脆得厉害，一碰就碎，上面的字迹也大半漫漶不清。我们仅能辨认的文字，只有下面这些："……神钦定给你的妻子……神的旨意……恐怖残酷的惩罚。"没人知道这是什么意思。看来这看似荒诞的案件还真是复杂。穆勒太太，对尊夫的失踪，我们深表遗憾，但我们会继续展开更广泛的侦查，争取早日使案件真相大白。

　　穆勒太太看完报告，再也说不出话来，那份报告从她指间轻轻滑落，掉在冰冷的地面上。

会合第十行星

周宇坤

你以为一切都已发现了吗？

那真是绝顶的荒谬

这无异于把有限的天边

当作世界的尽头

——（法国）弗拉马利翁《大众天文学》

人物表

厄尔·布雷默，女，行星飞船船长兼心理学家

戈特弗里德·施劳格，男，系统维护专家

罗兰德·黑策尔，男，天体物理学家

卡斯琳·肯妮，女，生物化学家

伊丽莎白·莫勒，女，护理专家

埃迪·詹森，男，行星飞船地面飞行指挥

"幽蓝"，NASA（美国国家航空航天局）超级智能电脑

一

　　"10，9，8，7……3，2，1——休眠程序解除，复苏程序启动。完毕。"

　　当Ｘ行星飞船的主控电脑屏幕上显示出这一行文字的时候，这艘庞然大物仿佛于刹那间从酣睡中苏醒过来。两年的长眠宣告结束，室内瞬间灯火辉煌，恒温调节系统也开始运作，给主要舱室升温。维生系统正进入复苏过程，这意味着Ｘ行星小组的五位成员可以结束他们两年的沉睡苦旅，重新回到他们熟悉的世界。

　　厄尔·布雷默首先睁开了惺忪的睡眼，她以柔和的目光打量周围的一切，她的大脑中留下的是两年以前的记忆。她沉思片刻，才真正明白眼前的情境。

　　莲花般排列着的休眠舱舱盖已全部打开，厄尔看到了其他伙伴，他们长梦初醒，伸着懒腰，揉着睡眼。"伙伴们，我们已经'活'过来了！"她打趣道。

　　伴随着两年来的第一次欢笑，大家从休眠舱中爬出来，身上都穿着类似褴褛的装束，宛若婴孩。当然，对于这个小组的三位女性而言，装束自然是更严密一些的。

　　"伙伴们，起床洗漱！"行星飞船船长厄尔以亲切的口吻对大家说道，"然后，让我们摆脱两年来的体外维生系统，用我们自己的器官好好享受一顿美食吧！"

"但愿它们还没有退化。"生性活泼的伊丽莎白·莫勒一句话把大家逗得哄堂大笑，却也实实在在表明，小组的各位成员又恢复他们生龙活虎的状态了。

二

例行检查完毕后，在餐桌上，X 行星小组的成员们享用起他们两年来的第一顿早餐。然而，食物并不是他们特别热衷的东西——它们的滋味并未随时间的停滞变得多么新鲜，倒是休眠旅行给了他们更多的话题。同样是动嘴，看起来谈论这事要比饮食更令他们心醉。

罗兰德·黑策尔首先开口，他神秘兮兮地问厄尔："船长，你以前有没有冬眠过？"

"你把我当什么呢？"厄尔船长笑眯眯地反问。其他几位成员不禁哑然失笑：罗兰德就是罗兰德，总喜欢用稀奇古怪的字眼，这回他使用了"冬眠"这个滑稽的非学术用语。

"罗兰德，我可不是刺猬，在座的各位也都不是。你必须牢记，这是休眠——我以前倒是体验过一次，那是去海王星，比现在的目标近多了。"

罗兰德不禁惋惜地慨叹："那你恐怕不会有新奇的体验了。不知你们有没有这种感觉，我觉得自己仿佛在一片虚空当中，朦朦胧胧的，甚至可以听到自己心脏的搏动、血液的流动、呼吸的起伏。"

卡斯琳·肯妮吃惊地望着他说："我怎么没有这种感觉？事实上我一点感觉都没有。"

"这不奇怪，"伊丽莎白含笑晃动着手里的刀叉，"不同的人对休眠的反应不尽相同。你的反应当然正常，罗兰德只怕是脑子太活络了，连睡觉都不肯安静地睡！"

"不管怎么说，我们是初出茅庐嘛。"罗兰德歪着脑袋看厄尔，"你倒是已经享受过一次这样的长睡了。对于我们来说，这样的休息弥足珍贵哪！"

厄尔摆摆手："其实那次考察并不完美，我们发射向冥王星之外的星际物质探测器失踪了。"

不苟言笑的戈特弗里德·施劳格正闷声不响地啃牛排，听到这里，很好奇地盯着厄尔问："真的？探测器怎么会失踪呢？系统故障吗？"

"没人知道。据我们分析，可能是遇到了冰彗星的撞击而失控，也不知掉落何方。在冥王星之外有个彗星的发源地，冰彗星经常受到路过的天体的影响。"

"对！"罗兰德连忙点头赞同，"那里有一千亿颗彗星聚居着呢！"

"别说彗星了，罗兰德！"伊丽莎白恳求道，"和我们谈谈你对我们此行的目标——X行星的看法吧！你有何高见？"

罗兰德打了个响指，从容不迫地站起身来，绕着餐桌踱步，两只手紧握，放在胸前。每当这时，大家便知道，罗兰德又要发表他精彩的演讲了。他本来就很有演说家的风度，在座的没有人怀疑这点。

"X行星，也就是太阳系中的第十颗行星。在天文史上，从来没有哪颗行星像它这样难以捉摸，也从来没有哪颗行星像它这样令天文学家费尽心机，难窥真面。如果你们记性不坏的话，就该知道，天王星在1781年已经被人类发现；通过天王星运动时其牛顿轨道的偏离，人类又发现了海王星；随着时间推移，人们发觉仅用太阳系内已知天体的影响无法计算天王星与海王星出现的'摄动'现象，因此断言必有海外行星的存在，人们将其命名为X行星。现在我们知道，海外行星是存在的，那就是冥王星。但是，它却不是X行星，因为，要说明天王星与海王星的运动偏离，必须有一颗质量至少为地球质量 $\frac{1}{10}$ 的行星存在才行，而冥王星充其量只有上述要求的 $\frac{1}{45}$。所以，冥王星显然不是 X 行星！那么，真正的 X 行星在哪儿呢？"

罗兰德脸上笼罩着一层神秘的神采，所有人都不由自主地放下刀叉，将目光聚焦在他身上。罗兰德压低声音说："它就在我们航向的前方——事实上，借助'先驱者'探测器，天文学家已经预言太阳系的第十颗行星的轨道将是那样不寻常，几乎与其他行星的轨道呈直角倾斜，而其质量比地球大四倍，公转周期至少需要七百年！"

罗兰德绕了一圈，回到他的座位坐下来。过了一会儿，他才总结似的说："我们此行的目的，就在于发现 X 行星并勘探它。对我来说，这肯定是航天史上最激动人心的壮举。但是，恐怕再乐观的宇航员也不愿意在它附近逗留太久，因为那儿离太阳太遥远，太阳变成了一颗昏暗的星，而 X 行星则愈发显得死气沉沉。"

"它的形状是规则的球形吗？有没有大气层？构成行星的主要物质是什么呢？"戈特弗里德颇为不满地抱怨说，"NASA 只告诉我们去寻找它、勘探它，却不透露任何细节！"

"抱歉，我亦提供不了更多的东西。不过你认为 NASA 会比我们知道更多吗？在地球上根本没办法探测它。埃迪·詹森当时可不就是这么对我们说的？"罗兰德模仿着地面飞行指挥埃迪的口吻，"第十行星曾经是个谜，由于观察不利，人类对它知之甚少。然而，无论是天文学界还是'幽蓝'，都已经确信它是存在的。也许现在地球上只有 NASA 有能力把你们送到冥王星以外的空间。你们将肩负证实这一想法的重任。"

戈特弗里德挺直上身嚷道："可怜！遗憾！简直太不严谨了！我可万万没想到 NASA 竟然会在从没见过它、甚至还不知它身在何方的情况下，就派遣我们前去发现并勘探它！如你所说，它公转周期至少七百年，倘若我们与它的轨道失之交臂，我们就要永远失去它至少七百年！"

罗兰德不以为然："有一点你并没有说对。我们可以通过对天王星、海王星的摄动之剧烈程度——即对牛顿轨道偏离的厉害程度，追踪到 X 行星的位置。NASA 正是这么做的。按照推断的资料，如果一切顺利，X 行星即将出现在我们航向的附近，到时候我们可以观察到它。"

"我觉得，应该事先发射探测器，尽管我们现在已经被弄到这里来了。"

"没必要！"罗兰德的声音充满戏谑，"发射探测器既不现实，又不保险。首先，冥王星之外的信号要传送到地球，需要的功率之大难以想象，小小的探测器如何胜任？能源也成问题，太阳能几乎不能利用，而探测器不可能负载大量燃料；第二，迢迢星程，谁知道会不会在最后一刻出现系统故障或外来破坏？就算没有，万一有误差，可就失之毫厘，谬以千里了；第三，就现有的航天水平而言，发射探测器与发射载人航天器也没有实质差异。难道你要一个探测器飞行好几年，最后因为功率不足、突受干扰等原因前功尽弃，或者即便成功亦不过是窥豹一斑吗？——我们难得和它一见。"

戈特弗里德还想争辩什么，厄尔船长制止了他："别发牢骚了，戈特弗里德，难道你还担心找不到它吗？难道你愿意把第一个揭开 X 行星奥秘的殊荣让给探测器吗？谁都知道，天王星和海王星的不规则运动证实 X 行星是必定存在的。我们只要按时到达该到达的地方，自然会发现它。尽管我们对它还一无所知，但这正是 NASA 委以我们重任的原因。他们还为我们配备了最好的登陆器、漫游车……到时候我们自然会把它的各种特征弄个水落石出。"

戈特弗里德只好无奈地耸耸肩说："好吧——但愿别太浪费时间，我可不希望在这儿耽误太久。我要提醒的是，变速航行是最消耗燃料的。我们的飞船没有太多的能源可供我们和一颗行星捉迷藏！这点我不用计算也最清楚。"

空气里弥漫着淡淡的火药味。戈特弗里德曾经参与过火星永久居住区系统工程的建设。厄尔知道，以此为职业的人可能希望一切都是确定的，他们更热衷于改造客观世界而不是认识客观世界。而在罗兰德看来，恐怕发现未知才是真正的乐趣。这就是工程学家和科学家的区别。戈特弗里德这次在 NASA 亲自点将之下登上行星飞船远征，难免有些不平。

"我们理解你。"厄尔拍拍戈特弗里德的肩膀，露出肯定的目光。船长似乎总能在关键时刻把局面扭转到缓和地步，这足以证明，她的心理学造诣已炉火纯青，她将促使整个小组完美地合作到重返地球之时。

三

为了明确与 X 行星会合的准确时间与准确地点，厄尔来到了主控电脑控制室。在这里，几乎所有的问题都可以通过人机屏幕对话获得最妥帖的解答。她觉得，戈特弗里德未免多虑，不过，作为船长，关于 X 行星她确实有责任知道得更多。在主控电脑向她问好之后，她就开始提出自己的问题。

"主控电脑，我需要 X 行星的详细资料。"

"请指明具体方面。"

"天体特征。"

主控电脑接到指令，便不厌其烦地向屏幕输出一系列数据，大部分与罗兰德所说的吻合，还有少量无关紧要的信息。总体而言，特征资料寥寥无几，并没有令人特别感兴趣的东西。

"数据来源？"

"NASA 根据天王星和海王星的异常摄动，初步推断出来的。"

"就是说，无法对 X 行星进行有效观测？"

"基本如此。行星不发光，只能在恒星的照耀下被看见。X行星又离太阳太远，表面温度可想而知。它传达给我们的信息太少了，就连第二代'哈勃'都难以观察到它。"

厄尔船长忍不住摇摇头，她又查阅了一些资料，但信息之有限实在令她吃惊。她相信人类已经多次探索过X行星了，所以资料不该只有这么可怜巴巴的一点。她略一思索，键入一行指令："X行星考察史。"

立刻，这几年有关X行星的一系列航天活动、观测活动都被列了出来，足足占了好几屏。厄尔看得有些眼花缭乱，但是她发现，几乎所有活动都以失败而告终。"这是怎么回事？"她奇怪地问道，"很多探测器居然都是因为与地球失去联系而坠落太空的。"

"我无法回答。"

"那么，是否有相关信息可以查询？"

主控电脑沉默了一会儿："很遗憾，没有。"

"那么，我要我们这次航行的信息——与X行星相会的具体时间、具体地点。"

"按照NASA的推测数据，直线前进。三天之内，太阳系边缘、彗星发源地区域附近的空间，自行搜索。"

"目前飞行路线正确与否？"

"没有偏向。"

厄尔毫无头绪地关闭了主控电脑。电脑已经说得很明白："自行搜索。"这意味着他们必须自己找到它，随后才有可能勘探它。不管怎样，他们的航向没有错。"因此，我们会遇到它的。"厄尔心想，"既然NASA都那么肯定地说了，我们还有什么可怀疑的呢？"

回到工作舱室，卡斯琳和伊丽莎白无所事事，戈特弗里德也没有太多事情可干。只有罗兰德一个人在那简易的观测台上沉迷于他的星空。在找到X行星之前，只有他才会不厌其烦地干他的老本行。他说："如果我找到了它，一定会让你们大饱眼福。"

厄尔在心里默默应了一句："但愿如此。"

四

"X 行星飞船按时苏醒，全体成员都已安全结束休眠。"

一只苍老而有力的手在微电脑的记事本中输入这么一段文字。随后，一张饱经沧桑的脸从微电脑屏幕前抬起来，转向了他旁边的"老朋友"。他和它都异常积极地关注着从遥远世界传来的信息——从冥王星之外的区域花上近十个小时传送过来的有关情况。

"'幽蓝'，他们已经进入最后阶段，我们终将有机会知道我们的设想是对是错。"埃迪·詹森对这位"老朋友"说。

这次 X 行星飞船的地面监控及辅助指挥，由埃迪和"幽蓝"负责，对此埃迪觉得绰绰有余，心里分外踏实。因为"幽蓝"的智能化头脑早已远远超过一个专家小组的力量。它可以调用全世界的共享资源，还可以调用 NASA 的绝密文件。最重要的是，它可以进行自我逻辑分析后给出结果。尽管电脑屏幕中那张方形的脸不那么有生气，却让人感受到绝对理性的威慑力。

"我的逻辑推理给出的结论是——他们必然会遇到它，但是后果我们无法预料。也就是说，我们在利用他们赌博。""幽蓝"冷冰冰的声音让人不寒而栗。

"你真的敢肯定你对第十行星的判断是正确的？"

"我不敢肯定，但是有很大的概率。所以，我需要他们验证这个推断。如果一切如我预言，那么我们还可以进行后面的实验；反之，就让他们撤回来。"

"但愿这样的付出是值得的。"埃迪·詹森的手指漫无目的地敲击了几个键，"我们也许要损失掉五位极为优秀的宇航工作者——如果真的按照你的判断走下去的话。"他仰天长长舒了一口气，沉思片刻，问："你如何看待这次实验的结局？"

"幽蓝"说："我无法在实验结果出来之前作出评价。但是我深知，将来人类迟早要那么做。不管结果如何，于他们都是一种锻炼，于我们也将是制订新的战略前的反思。"

埃迪·詹森兴奋地搓起双手，满面红光："'幽蓝'，我觉得，你总是对的。"

五

如果按照地球时间计算，这该是第三天的傍晚，引力计终于有了反应，而且还很强烈。这表明，在 X 行星飞船的前方有天体存在。在此之前，枯燥的飞行使大家都有些疲劳。女人们还可以忍受，罗兰德却觉得夸下的海口难以兑现，不免焦躁万分。他说他观测不到任何行星的存在。而负责系统维护的戈特弗里德却忧心忡忡地告诉厄尔，他发现系统的损耗有增加的趋势，然而他检查不出问题所在。

不过，现在引力计的反应却令全船人的精神大为振奋，以往的一切苦闷都一扫而光。卡斯琳兴高采烈地整理起自己的考察计划，对登陆器所要携带的化学仪器进行最后校验。"狼"捕捉器、光谱仪……一应俱全。它们将随登陆器一起降临 X 行星，寻找生命物质的痕迹。罗兰德更是积极地把他的目光投向遥远的宇宙深处，希冀看到他顶礼膜拜的天体。厄尔感觉到全船喜气洋洋，也感觉到戈特弗里德那担忧的情绪——只有他所面临的情况不容乐观：系统似乎比他想象的衰老得更快。"也许是引力场的缘故，除此以外我检查不出任何故障。"他对厄尔这么讲。厄尔安慰他说："没关系，一切都会过去的。我们就要到达目的地了。""那……我们最好不要在 X 行星周围停留太久。"戈特弗里德说。

然而，只过了一天，X 行星小组召开紧急会议，罗兰德抛出一沓毫无成果的照片。"我寻找不到它，在引力计所指示的方向上没有发现任何东西！"

罗兰德给出的结果，着实把全船成员的兴致一下子从九重云霄拉回到地面。他们正期望他有所发现，可听到的竟然是这个噩耗。

"找不到它！"戈特弗里德恶狠狠地骂了一句。这无异于说他们辛苦一趟，却将无功而返。没有人喜欢这样的结局，有过辉煌的历史的戈特弗里德当然更不能容忍。

"这怎么可能？它应该在我们的可视范围内了。"厄尔怀疑地说，"会不会是计算有误，罗兰德？"

罗兰德尽失以往的幽默，只能苦笑着摇摇脑袋，他随手捡起一张照片，递到厄尔的眼前。在厄尔的想象中，那里应该有一颗小天体，可现在她什么也看不到。

"我已经反复计算过很多次了。按照 NASA 给出的参考数据和实际测到的数据，第十行星应该就在附近。"罗兰德无奈地在一旁叹气。

"要么它太远了，要么它太小了，我想不出别的解释。"卡斯琳津津有味地看着一张又一张照片，若有所思地说。

很朴素的话语却牵动了厄尔的神经。不过，她不敢苟同卡斯琳的推断。应该发生的事情没有发生，X 行星应该出现的位置没有星体出现，这意味着什么呢？她忽然想到了一点："我们会不会迷路了？"

"有这种可能吗？"卡斯琳有些不大相信。

厄尔回答不上来，她没有任何依据，但或许自己是对的呢？她觉得可以从主控电脑那里得到答案。因此她补充道："我们很快就可以知道答案了。请大家跟我来。"

主控电脑室。

"主控电脑，请告诉我们航向检验结果。"

"……六小时前开始偏向。现偏离原航向足有 1 度 3 分。"

X 行星飞船的成员面面相觑：果然不幸被船长言中了。偏离航向一向是星际航行的大忌，因为它可能导致无谓的时间延长和无谓的人员牺牲！

"为什么不修正？"

"对不起，无法修正。重复一遍，无法修正。"

厄尔的心怦怦猛跳。她似乎也听到了别人的心脏发出同样的声音。她迫使自己镇定下来，对大家说出自己的疑问。

"怎么会无法修正呢？行星飞船发动机的推动力纠正这么小的偏差轻而易举。而且航行复原程序对 5 分以上的偏差就有反应，误差怎么会累积到这个地步？"

厄尔不禁生气地对电脑发出指令："请做出自我诊断！"

主控电脑开始"嗡嗡"地响起来。

在等待中，罗兰德盯着主控电脑，似乎在想什么："……问题不在这里，这种量级的误差，不会对观测造成什么影响。夸张些说，即便是偏离得再远些，我们仍能够发现它。可是——"

他没有说下去。其实，众人也都明白他的意思。

"罗兰德说得对，我们可能还忘了最后一种解释。"戈特弗里德突然插话，在此之前他一直保持缄默，现在他终于主动开口了，反而令众人大吃一惊，"也许，它根本不存在。"

罗兰德差点笑出来，但一看到戈特弗里德严峻的神色，他不得不住口，而且也不得不重新考虑戈特弗里德的判断是否有道理。他记得在餐桌上戈特弗里德就曾隐隐表达过这个观点，现在只不过说得更为直接罢了。可他觉得受不了，不管怎么说，他始终相信 NASA。目的地不明不白的错误从未在 NASA 历史上出现过，他想 NASA 不会破例的。

戈特弗里德认真地继续他的发言："要知道，NASA 本来也不是特别了解我们的目标。他们也仅仅是推测而已。要不让我们来这里勘探什么？现在我们没有发现星体，这并没有什么好奇怪的。实际情况有时和经验有很大差异，我们尊重前者。"

"它根本不存在？那怎么解释引力计的示数不断增大？如果说我们都看不到，那我相信；但我更加相信那儿确实有东西。"罗兰德肯定地说。

"你们有没有觉得，照片上的那片星区太黑了——一颗亮星都没有？"伊丽莎白忽然幽幽地问了一句，她也许只是凭借直觉才这么说的。

罗兰德突然沉默了。厄尔心中的疑团也因这话而骤然增大，她默默问自己："我怎么没有觉察呢？"

现在，事情有些可疑了。

渐渐地，厄尔的目光开始摇曳起来，似乎正力图整理出头绪。可当她与罗兰德目光交汇的刹那，她的心不禁悚然一抽。从罗兰德的眼睛里，厄尔看到她与他之间仿佛达成了一个可怕的共识。她忽然意识到当年从海王星附近发射的那个探测器失踪的原因，也意识到了为什么人类那么多次利用探测器会失败。

罗兰德飞快地朝厄尔这边看了一眼，缓缓地叹道："我们看不见它，这是事实；引力计却感受到了引力，这也是事实。没有什么比这更能说明问题了。"

罗兰德的论据是充分的，他是这方面的专家，看来不会隐瞒自己得出的结论。他的推理足以让大家信服。

"如果一件事已没有坚持的可能，就干脆推翻它，不要试图寻找无用的证据，否则你的心灵永远不会安宁。"厄尔蓦然记起她的心理学教义。

于是，她不得不向大家缓缓宣布："NASA给我们的最初推测是错的——X行星并不存在，存在的是……一个黑洞。"

厄尔说这话时觉得自己的心愈发往下沉。NASA原本在大家心目中有非凡的地位，现在，NASA的判断失误使得这一信念也动摇了。她抬眼一看，卡斯琳和伊丽莎白的神色已明显黯淡许多，整艘行星飞船内部渐渐被失落的阴影所笼罩。难道当情况变得不确定的时候，人的内心就那么脆弱吗？

厄尔凝视着大伙。罗兰德灰心丧气，戈特弗里德也不说话。

"我们只能打道回府了，我们不可能去探测一个黑洞。"厄尔说道。

本来罗兰德还可能有些意外的收获，如果是一颗行星，他们就可以彻底地了解它；然而面对一个黑洞——连光线也不能逃逸的星体——就无计可施了。他们不可能登临，也不可能探测到什么。

然而，卡斯琳还有所怀疑。

"黑洞是恒星塌陷而成的，而且这样的恒星的质量要比太阳大两倍半才行。我无法想象在太阳系边缘会有这样一颗恒星存在。"

"卡斯琳，其实，原生黑洞大多数都很微小。"罗兰德纠正道，"只是极不稳定，所以我们天文学谈论到的大多是恒星塌陷而成的黑洞。我们面前这个或许是个寿命稍长的原生黑洞，或许它比太阳还大，只不过它的引力之边缘已深入太阳系而已。总之，它的引力在引力计上已经反映出来了。"他突然想起什么，转向厄尔急促地说："船长，我们现在已经落入它的引力圈中，必须以尽可能快的速度采取紧急措施，逃脱它的引力范围！"

罗兰德的话提醒了大家。他的反应相当迅速，因为他最清楚这种神秘天体可能带来的可怖后果。

厄尔醒悟过来。但就在这时，屏幕上主控电脑对自身的检测报告变得那样刺眼。

　　自我诊断完毕。

　　航向复原程序状态：死锁。

　　侧翼发动机启动程序状态：死锁。

　　飞船不能修正和扭转航向。重复一遍，飞船不能修正和扭转航向。

六

　　埃迪·詹森兴致勃勃地关注着 X 行星飞船的实验进程。这一切都得益于"幽蓝"的帮助。"幽蓝"可以轻而易举地联系上 X 行星飞船的主控电脑，对后者进行监视。

　　"从主控电脑获得的数据看，X 行星飞船已经遇到它了，它确实是一个黑洞。在三十六小时之后，我们的宇航员将会穿越'视界'。当然，我们看到相关的信息可能要迟一些。"

　　"他们还没有发觉这一切吗？"埃迪问。

　　"不，我敢肯定，他们已经明白了这一切。现在，我们应该组织一次与 X 行星飞船的对话——他们应该知道我们下一个计划的内容了。或许他们会认为这一切都是 NASA 的阴谋，但事实上，我自己当时的判断也模棱两可。只是在行星与黑洞之间，后者的概率更大。无疑，我们向他们夸大了概率稍小的那个可能。但逻辑告诉我，这样做是必要的、正确的、值得的。"

七

主控电脑室里面陷入一片死寂。

少顷，厄尔终于鼓足勇气大喊一声："系统维护！"

"我不知道这点，"戈特弗里德局促不安地回答，"我在二十四小时之前检查过主控电脑以及飞行控制系统，没有问题。之后的时间，我一直和你们在一起。我无法发现主控电脑自身的失常。"

航向复原程序居然会被"死锁"，厄尔从来没有经历过这种情况。尤其是动力无法控制，厄尔更想不通是什么时候、是如何发生的——看起来不像病毒。因为如果是病毒，自检程序完全可以消灭它。

"现在的加速度已经是 2G ！"罗兰德查看了引力数据，冲戈特弗里德大喊，"我们要尽快拨转航向才行！"

"我们不能依赖程序，只好试试看脱机手动操纵了。"戈特弗里德的脑门上渗出细细的汗珠。他立刻行动，向主控电脑询问系统状况，包括能量配备、飞船可承载的加速度、飞船现有速度等技术细节，同时要求电脑释放对系统的最高控制权。

"系统最高控制权状态：0。无法释放。"

戈特弗里德的眼睛瞪得大大的，脑门上的血管清晰可见。在场的所有人都清楚，控制权为"0"就意味着控制权的丧失。

八

　　埃迪·詹森和他的"伙伴"各自思考着问题。

　　"现在，事情已经发生，接踵而来的是真正的未知，我们只能碰运气，对吗？"他冷冷地问"幽蓝"。

　　"正是如此。严格地说，所有的科学实验都是在赌博之中获得真理的。"

　　"我仍旧怀疑我们是否有必要那么做。他们都是NASA的精英。我……有些为我们的行为内疚。"埃迪·詹森忽然有些后悔。

　　"既然是宇航工作者，那么探索未知世界就是他们的职责，使命要超越生命。你应该清楚，在我们的面前是一个波澜壮阔的宇宙空间，要征服这个空间，以我们目前的科学技术绝对是不够的。不管现今进行的是不是这个实验，我们都不能以人道主义来衡量它以及我们的事业。在外太空，只有无情的科学法则的支配。如果不那么做，人类的航天水平就不会再有什么重大的突破。因为，我们对于宇宙中最神秘的天体仍旧一知半解。"

　　地面飞行指挥苦苦争辩："或许我们应该事先说明——"

　　"那样会前功尽弃。拿生命去冒险并不是每个人都做得到的，就算真的有这样的人，也未必如我们所愿的出色。唯有我们选择他们，让他们去完成任务。我必须承认，他们的价值是不菲的。另外，我们必须认识到，在地球的舒适环境下，人类的智慧往往只能发挥一小部分，唯有当他们真正面对一个完全陌生的世界时，他们才会尽其所能，他们的潜力也才真正得以张扬。实验创造的正是这样一个环境。毕竟，在此之前肯定没有那么好的机会。"

　　埃迪·詹森注视着屏幕，脸上露出了痛苦的神色。这时他才感到一丝痛楚："我很怀疑他们会不会反对我们的计划并做出反抗举动？"

"反抗无效。也许他们会做出尝试，但他们将看到航向的扭转是不可能的。X行星飞船目前在我预先安排的最高指令控制之下。按照我的设计，即便现在挣扎恐怕也为时太晚，因为引力之大已经不允许他们这样做。"

九

"我难以相信是'幽蓝'在控制我们！对于四十亿英里之外的飞船，它最多只能和我们保持联系而已，却无法干扰主控电脑的运作。"厄尔说。

"话虽如此，但你能肯定和'幽蓝'没有关系吗？"戈特弗里德打断她，"若'幽蓝'预先设定好'清零'程序，那绝对可以骗过主控电脑！因为启航前主控电脑的程序就是由'幽蓝'负责导入的，主控电脑非但不会产生任何怀疑，还会把它当成正常程序执行！"

厄尔心里一震，戈特弗里德说的未尝没有道理。要控制权定时"清零"，只要在系统程序的某个特定位置中加入几条语句就可以了。这点"幽蓝"绝对办得到——它拥有行星飞船的全部特征数据。

"没必要再争论了！以目前不断增加的加速度，即便我们获得了系统控制权，行星飞船也没有足够的能量与时间来完成紧急制动——在三十六小时后，我们会越过'视界'。届时，所有的努力都要付诸东流！而且，情况会糟糕得出乎我们的想象！"

罗兰德一边进行无奈的计算，一边撕扯自己的头发。他的话让厄尔对小组的处境有了明显的预感：末日正在来临。

"我脑袋直发晕，我要揍NASA那帮家伙！那群混蛋！"戈特弗里德攥起拳头，往控制台上狠狠地砸过去。

厄尔开始感觉到混乱。她现在彻底对 NASA 产生了怀疑。NASA 在欺骗我们！她心里最强烈的就是这个念头。她熟悉 NASA 的行事原则，因此，她开始对眼前的一切有了进一步的认识，如果真的是那样的话……

"砰——"一只液晶仪表盘粉碎了，打断了厄尔的思绪。

"没用的，戈特弗里德。"厄尔的声音里有些哭腔，"我已经想过了，我们面临的不是一场事故，而是一个实验，甚至可以称之为一个阴谋。如果 NASA 确实想暗地里促成我们当前面临的结果，那么他们肯定酝酿过这件事。我们太相信 NASA 了。可事实上，我们从踏上 X 行星飞船起就已经没有选择的余地了，只能按照他们的设计一步步走下去。从引力计出现读数的时刻开始，我们已没有后悔的机会了。"

"我本来就并不完全相信 NASA，是你们，知道吗？是你们！"戈特弗里德气喘吁吁地冲厄尔大嚷。

"你是说，我们的一举一动都在他们的监视之中？"卡斯琳战战兢兢地问，"难道在整个航行过程中，'幽蓝'掌握着我们的命运？！"

"该死！"罗兰德像吃了炸药似的按捺不住心中的怒火，"现在我明白了，NASA 实际上早知道存在的是黑洞，却瞒着我们！这些年来的观测活动的失败足以让我们做出最终判断，更别说'幽蓝'了！他们居然想偷偷摸摸地把我们送上不归之途！"

没法不偷偷摸摸！厄尔想。一个知情的正常人肯定不会选择这条路。即便飞船再好、设备再佳，也很难想象有人会冒这样的风险！现在，所有的反常现象都可以串起来，在她的脑海里已经形成了关于这次事件的整体印象。她想，她至少已经看清楚了一点：NASA 想方设法要把我们弄进黑洞，然而我们没有机会来追究他们的责任——我们几乎没有可能活着回到地球！

一点也不错。从来没有哪艘飞船做过穿越黑洞的尝试。虽然从理论上说，也许存在着一条重返这个宇宙的通道，但有关黑洞本身的理论都是空中楼阁；关于另一条通道的假说听起来更是缥缈得无法想象，难道 NASA 就是为了验证该假说才进行这样的实验？

"不会那么简单的。"厄尔好像想到了什么，"我总是觉得，NASA 不可能那么愚蠢，会要我们去探测黑洞。因为黑洞可以屏蔽一切信号，他们不可能从我们这里获得任何东西，无论是有价值的还是无价值的。"

罗兰德抬起头来，两个女人的注意力也开始集中到厄尔的话上。

"你是说，这个实验背后的动机没那么单纯？"伊丽莎白似乎领会了厄尔的意思，"难道还有更深层次的目的？"

"如果真是这样，我们肯定会知道，"厄尔看了众人一眼，"我相信，'幽蓝'知道这里发生的一切，如果它确实不想把百亿美元和五位精英都扔进那个鬼地方的话，它肯定会设法告诉我们它的想法。"

果然，厄尔话音刚落，主控电脑向他们发出特别提醒。巨大的屏幕上打出一行文字：所有 X 行星小组成员注意，NASA "幽蓝"现在向你们发送使命。

阴谋策划家来了，五双眼睛顷刻间紧紧咬住屏幕不放。

"这里是 NASA 智能电脑'幽蓝'，和我在一起的是地面飞行指挥埃迪·詹森。我们很高兴能在地球上向冥王星之外的你们派遣使命。

"在这一时刻，你们基本上已经知道或者预料到了一切，你们也许正在为逃离黑洞而努力，但试图改变处境的行为无济于事，因为你们很清楚自己面临的是什么，而预先安排好的锁死程序——自然，在适当的时候它会失效——现在已启动，你们无法控制飞船了。在这段时间内，飞船将矢志不移地向目的地飞行。

"必须说明的是，不要以为 NASA 会无故牺牲宇航员的生命。相反，我们尊重你们这些精英，故而委以重任，让你们去完成划时代的使命，NASA 的这次实验只有你们才能完成。

"在不确定第十行星究竟是不是黑洞的前提下，我们并不打算让你们冒险。可现在，我们需要你们去完成后续的任务，它具有不可估量的意义，甚至你们每个人可以从中获得强大的智慧——如果一切都如我所推断的那样。我不得不承认，在这方面，濒死体验者倒是为我提供了新的思路。"

屏幕上的字变换了。

"《NASA 实验内部资料——濒死体验》——肯尼斯·赖因格整理。

"濒死体验第一阶段：濒死者觉得自己慢慢地随风飘扬，感到极度的平静、安详和轻松。

"★濒死体验第二阶段：濒死者觉得自己被一股旋风吸引到一个巨大的黑洞口，并飞速地向里冲去，而且觉得自己的身体被牵引、挤压；黑洞里不时出现嘈杂的声响。

"濒死体验第三阶段：黑洞尽头隐隐约约闪烁着一束光线，当接近这束光线时濒死者感觉亲朋好友在洞口迎接自己，他们全部形象高大、绚丽多彩、光环萦绕。

"★濒死体验第四阶段：濒死者觉得自己与那束光线融为一体，刹那间犹如同宇宙融合在一起，并自以为掌握了整个宇宙的奥秘。"

在第二条和第四条信息的前面，特别加了星号，很明显是为了强调其重要性。

"我们无法解释为什么濒死者的体验会和我们的经验如此吻合。濒死者可以通过黑洞与宇宙融为一体，而 NASA 也始终认为，只有掌握黑洞的奥秘，人类才能真正拥有征服宇宙的航天科技。你们所要完成的，正是和濒死体验相似的穿越黑洞的尝试。如果我的推断正确的话，在真正的黑洞中的感觉应当与濒死者的幻觉类似。当落到黑洞中心的奇点的时刻，你们的生命很可能已经接近尾声，但永不结束；一旦穿越黑洞，你们或许将智慧突变，更能领悟到宇宙中最奥妙的天体的秘密，乃至获得宇宙几乎全部的精华。如果真的是那样，我们等待着你们载誉归来，将它们奉献给全人类。"

卡斯琳嗤之以鼻："我才不会相信这些冠冕堂皇的鬼话！尤其是最后一句。"

戈特弗里德气急败坏地握紧拳头，仿佛要把这个幕后阴谋的策划家大卸八块。他还没来得及骂出声，就被罗兰德冲着屏幕的大声诅咒打断了："那我们怎么返回？！黑洞是单向的！"

"幽蓝"似乎早已料到会有此一问，它给出了一个不算回答的回答："到目前为止，你们或许要提出如何返回的问题，很抱歉，即便是我也不知道。如果你们能活下来并且成功掌握宇宙的奥秘，这一切自会迎刃而解。如果你们并不能如我们所推测的那样好运，那么你们根本不会有机会来考虑这个问题，也许就飘荡在另一个时空，也许在经过奇点时，永远化作基本粒子。总之，NASA 将永远记住你们，我们将为你们立起不朽的丰碑。"

戈特弗里德感到情况急剧恶化。"见鬼去吧！"他怒不可遏地转向众人，"你们看到没有，未来的航程是不确定的，连'幽蓝'都不能给出肯定的回答！不成功便成仁，可恶！这纯粹是拿我们的性命做赌注！还说要立什么丰碑呢！"

"哎呀！你们……你们是否感受到身体的异常变化？"

卡斯琳像碰到了鬼似的大声惊呼起来。刚才众人的注意力都集中在屏幕上，现在经她的提醒，大家也吓了一跳。他们看到自己的朋友们都变得有些古怪：眼皮仿佛被无形的手牵拉着，向同一个方向耷拉着；头发也往同一方向飘扬；每个人都感受到体表皮肤似充满了空气般要膨胀起来。这种奇特的体验是他们从来没有经历过的。既带着几分神奇，又带着几分恐惧。

"潮汐力！黑洞潮汐力真的对我们起作用了！"罗兰德摩挲着自己的皮肤，脑子里闪现出这个念头。他对于黑洞较他人熟悉，他知道黑洞正施展出它那最强大的"撒手锏"。"情况会随着我们深入黑洞越来越严重的！我们刚才竟没有意识到！现在，它已经开始牛刀小试了。一旦越过

'视界'，我们将被扯成一条几英里长的带子！"

卡斯琳尖叫起来，她绝望的声音充斥整个舱室。

这时候，护理专家伊丽莎白显示出非凡的自控能力："别紧张！这种引力并不太强，大家注意多多调整不同的姿势——但请务必保持直立姿态！"

所有人都迫不及待地行动起来。卡斯琳看来吃不消了，她渐渐要滑落到地板上。此时此刻，成员们心里承受的压力远远超过引力。

"不行！"伊丽莎白及时搀扶住她，"那样会有危险的。血液无法流向下肢，大脑严重充血会置人于死地！坚持住！"

戈特弗里德却无奈地长叹道："可我们又能坚持多久呢？！"

"伊丽莎白！我感到血液在向身体一侧集结！"卡斯琳哭出了声。罗兰德赶紧上前帮助伊丽莎白架住快要倒下的卡斯琳。他艰难地说："我们确实坚持不了多久！飞船的速度越来越快，引力的增加也会越来越剧烈！"

众人的目光投向厄尔船长。现在厄尔已不仅仅感受到趋于同向的血液对血管壁造成的巨大压力，还感觉到众人对她寄予的希望。他们希望她尽快拿出对策，可是眼下的情况太突然，她脑海里一片空白。她勉强扶着控制台，才没有倒下去。

"我们所受的超负荷训练，暂时还可以抵挡这种引力及其产生的加速度。"她说，"'幽蓝'既然已经知道 X 行星是一个黑洞，而且毫不留情地要求我们取道于之，它至少应该告诉我们抵抗黑洞潮汐力的方法！"

她挣扎着抬头看屏幕，虽然视线已经有些模糊，但她仍努力地瞪大眼睛。

然而，屏幕上只有一行字："若我的设计无误，系统的控制权将于现在自行恢复到你们手中，有关程序'解锁'。从现在开始，一切都依靠你们自己了。完毕。"

厄尔在看到它的一瞬间，清晰地听到了自己的心脏猛烈的跳动声，很重很重。

他们感到脚下的地板变松了，仿佛是踩在一片波浪上。伊丽莎白和罗兰德觉得怀里的卡斯琳越来越沉。强大的黑洞潮汐力牵拉着他们，电脑的"嗡嗡"声变成了低沉的有些凝滞的呜咽。

危境中，厄尔的脑子却变得异常清醒。抱怨是无济于事的！她揉着眼睛告诫自己。不知是不是出于她是心理学家的缘故，越是关键的时刻，她越要求自己冷静下来。

"……我不知道系统还能支撑多久，但在系统崩溃之前，我们面临着自己崩溃的可能。为此，首先要考虑的是我们的情绪。

"……还有挣扎的必要吗？对系统的控制权又有什么用？也许一切都会以死亡结束，无论是我们还是行星飞船，最终都会被分解成最基本的粒子，本体则不复存在。

"……不……可能性是存在的。我们不能相信外来的援助，只能相信我们自己的力量！对于黑洞，一切都是理论，我们却面临着实实在在的危机！

"……抛开理论吧，让它见鬼去！现在我们面对的只是未知，没有人能肯定会发生什么。既然这样，就有赢的机会！"

无数思维的火花诞生在厄尔的脑海中。她听到耳膜上的鼓点越来越响，这是心脏泵出的血液在冲击脑神经。难言的痛苦发生在每个人身上，她看到她的同伴们艰难地抵抗着引力的潮汐，他们的脸部和身形不知是因为潮汐力还是痛苦而扭曲。有的人脸色很苍白，眼神呆滞；有的人却面如炭火，眼球充血。她自己看到的一切都是红彤彤的。

要坚持异常艰难，可每个人都努力不倒下去。伊丽莎白和罗兰德死死抱住卡斯琳；戈特弗里德也在努力向他们靠拢，虽然行动已经很不自由。

我们实际上已无能为力……然而……厄尔内心深处突然萌生了一个

想法。

"你们去休眠舱，要快！准备进入休眠——或许这样会好受些！"

她断然向她的同伴们发出命令，自己却把手搭在主控电脑的键盘上。众人开始遵照船长之命撤离主控电脑室，向休眠舱走去。

"那你呢？"伊丽莎白在离开之前艰难地问。

"我来启动休眠程序。"

撤退紧锣密鼓地进行着。由于整个系统基本在同步加速，所以他们的移动并不特别困难，关键是生理的异变——血液汇流——造成的伤害太严重。他们或暂时失明，或出现红视。一行人只能跌跌撞撞、相互搀扶着朝休眠舱前进。

这仅仅是灾难的开始。

厄尔尽可能保持大脑的清醒，哪怕思维已经很不连贯，也务必使每一次判断都不要出错。她心里暗暗祈祷，但愿主控电脑还没有出现致命的故障。

"主控电脑，能否接受指令？"

"可以。"

谢天谢地。她心里一阵欣喜，立刻键入第一指令。她感到自己的手指好像变长变模糊了。

"请最大限度关闭行星飞船除维生系统以外的其他能量消耗。"

她很清楚，飞向黑洞时，能量消耗越大，死神也降临得越快。因为消耗的能量减轻了飞船的质量，如此一来加速度也要变大，死亡来得更快！

"第二指令：三分钟后，启动休眠程序。完毕。"

厄尔的手指离开了键盘。她的视力开始退化，只好依靠感觉向舱门摸过去。

"这里的一切都已完成。现在要做的，就是在三分钟内赶到休眠舱。"她想起了她的同伴们，他们是否已经进入了休眠舱？是否已经做好了休眠准备？即便是死，她也希望尽可能减轻大家的痛苦。她按照记忆中的路线跟跟跄跄地摸索着前行……

也不知过了多久，或许只是短短的一瞬间，X行星飞船越过了"视界"，它那毫无动力支配的船体，完全在那引力的驱动之下，被拉得老长老长，向无底的深渊直坠而去。当然这一切都是无法看到的。X行星飞船犹如突然撞到了一堵墙壁上，丧失了所有的速度，只在"视界"上留下了一个凝固的身影。

或许，飞船的一切都要消亡，唯有这影像会长存千万年。

十

"X行星飞船关闭了所有的能量消耗——除了维生系统，所有成员进入休眠状态，穿越'视界'。我们无法跟踪。"

"幽蓝"庄严地向埃迪·詹森宣布X行星飞船的动向。埃迪·詹森像一尊雕像般严肃。他眯起眼睛看了看飞船最后的数据，沉思片刻，抬头对"幽蓝"说："如果他们真的成功，会出现什么样的景象？"

"无法预料。如果他们真的掌握了宇宙的全部奥秘，那等于拥有了最高深的知识，届时将远远超过我的智慧，我将无法估量他们的心理与行为。"

埃迪·詹森深深地发出一声长叹。他突然觉得无聊至极，用铅笔在手边的报告纸上画了一个大大的问号，也不知在沉思什么。

十一

地球时间一星期之后。

埃迪·詹森像往常一样踏进他的办公室。正当他打算像往常一样从"幽蓝"那儿得到"Ｘ行星飞船没有任何消息"的无用信息时，"幽蓝"却突然以前所未有的奇怪口吻对埃迪·詹森报告：

"冥王星之外发现Ｘ行星飞船。"

"什么？它出现在那儿了？！"地面飞行指挥一下子来了劲，几乎怀疑听岔了。他按捺不住心头的激动追问："是你追踪到它的？"

"不，是它自动联系上我们的。""幽蓝"停顿一下，又补充道，"而且，我感觉到，它的核心大脑远比我先进。"

"核心大脑？"

"对不起，我不知道该怎样称呼——它超出我的知识领域太多。"

"飞船成员呢？厄尔船长在哪里？"

"对不起，我不知道。也许在飞船之内，也许已和飞船融为一体。我说不清楚。我只接收到一段简短的信息。"

"……快把它传送给我。"

埃迪·詹森目不转睛地注视着他面前的电脑屏幕。"幽蓝"把冥王星之外的来函一字不漏地显示出来。

NASA"幽蓝"以及Ｘ行星飞船地面飞行指挥埃迪·詹森：

或许我们的再度出现将使你们大为震惊，然而，这正是你们所预料的两种情况当中的一种——我们穿越了黑洞。黑洞虽然分解了我们，然而在另外一侧的白洞却重组了我们。我们在时间和空间的突变中拥有了无与伦比的知识。其中之一，便是已被我们证明的，黑洞不仅仅是可以穿越的，而且，在一定条件下是可以逆向行驶的。但是其成功的概率促使我们要提醒NASA：类似的游戏不要再玩第二次！

令你们失望的是：现在我们已没有了返回地球的欲望。对我们而言，宇宙已成了我们的家。请你们不要向我们追问任何有关宇宙知识的细节，也不要问我们为何置地球家园于不顾，不肯施舍跨越时空的奥秘。我们并非不想这样做，但请恕我们直言：你们的智慧太低级，无法理解我们这一层次上的东西。如果有朝一日你们进化了，我们自然会回来的。

最后，我们要感谢NASA给我们提供的这次超越自我的机会，它使我们得以进入一个更高的层次。尽管我们很难说我们获得了全宇宙的知识，但重组之后的行星飞船威力无边，它将离开太阳系，远涉他乡，借助黑洞穿行于时空之间，追求更深刻的真理。

在此，我们向曾哺育过我们的地球致以最崇高的敬意！

X行星飞船全体成员：厄尔·布雷默、戈特弗里德·施劳格、罗兰德·黑策尔、卡斯琳·肯妮、伊丽莎白·莫勒敬上。

埃迪·詹森一下子瘫倒在座椅里。此刻，他真不知道该怎样写他的飞行总结报告了。

"幽蓝"连一丝轻微的声音都不再发出。或许，它将永远缄默下去。

◆ 第 10 届银河奖二等奖获奖作品

高塔下的小镇

刘维佳

一天的劳作终于结束了，我从麦田里走出来，小心地坐在田垄上，从陶罐里倒了满满一大杯凉水，敞开喉咙痛快地喝下肚去。

　　结实的麦穗在轻风中摇荡出奇妙的波纹，滚滚麦浪令我感到赏心悦目。

　　又是一个丰收年。地里呈现出一片生机勃勃的绿色，每一茎麦穗都沉甸甸的。

　　马上就要大忙特忙啦！收割麦子是头等大事，也是最累的事，我得赶在商队到来之前把麦子打出来，先将那份与口粮数量相等的应急储粮交到围绕着高塔塔基建造的半地下式公共粮仓里去，然后将口粮储存到自家地窖的大瓮里……每次麦收后不久，商队就会成群结队而来。这时，可以用富余的麦子和上年用余粮酿的酒来与商队交换所需要的物品，如布匹、奶酪等，最令人惊叹的是发达地区制造出的种种东西：比如计时的钟表、效力极强的药品、高效肥料之类……贸易会结束，又有得忙：家里果树上的果子要收获并制成果酱或果干，菜地里的蔬菜成熟了要收获储藏，沼气池也要清理，还要为家禽、牲畜准备过冬饲料……这一切都是我和父亲的责任，而母亲则要为我们做饭，缝制、洗涤衣服……一年到头也累得够呛。在我们的小镇，男人们的力量化为汗水洒在泥土里，女人们的青春在操持家务和养儿育女中消磨了……这就是生活，我们必须付出一生的艰辛才能维持它的正常存在，镇上的四千个家庭都是这么过的，这种忙碌却自给自足的生活已经持续三百多年啦！

　　我将头使劲向后仰，观望小镇的保护神——高塔，它那白色的圆柱形建筑宛如一柄长剑插入蓝色的天空。就是它保卫着我们的生活。这座一百多米高的白塔是三百多年前我们的祖先修建的，真该感谢他们的远见。当年他们认定世界性的毁灭战争已不可避免，于是选中了这片土地，修筑了藏身所，尽可能地储存物资，为将来能在战后混乱的世界上生存下去做准备。那一场疯狂的战争的爆发原因，已经随着早已崩溃的文明消失在时间的洪流中，搞不清了，也没人关心了……但先辈所说的一句话穿过时空完完整整地保留了下来："生活理应是轻松而幸福的。"

最后，历经千辛万苦，这座白色的高塔终于稳当地立在了镇子的中央，于是，我们的祖先终于拥有了一个世外桃源，可以在乱世之中安全地生存下去了。这是因为在塔顶的圆形瞭望楼里，有一台能摧毁一切的制造死亡之光的机器，还有一双昼夜监视四周情况的不知疲倦的眼睛。高塔履行使命的原则很简单：以塔基为圆心，半径五千米以内即为禁区，外来者进入即杀！

高塔的威名如今已远播四方，但总有那么一些笨蛋有意无意地置高塔的原则于脑后，结果无一例外地被死亡之光劈杀。有些人确实不是存心来碰运气的，这些人死得稀里糊涂，但高塔是不管你有何理由、是否冤枉的，它铁面无私、冷酷无情，只知进入者必杀！正因为如此，每年贸易会的情景甚是有趣：双方聚到那道一米宽、一直不能长草的"生死线"旁，互相展示各自的货物，彼此展开砍价战。买卖谈成之后，双方各自向对方抛出绳索，将对方的绳索系在自己的货物上，然后一齐将对方的货拽过来。

以高塔为圆心、半径约九百米之内，是居住区及仓储区，每户都拥有一座配有牲口棚、沼气池和地窖的两层住房，人们就在那儿一代又一代地繁衍。居住区外是耕种区，一律每人五亩田地。介于居住区和耕种区之间的是果树林带，每户都拥有果树林的一部分。我们所需的生活资料绝大多数由田地和果树提供，当然，得凭力气去换取。

我躺在被阳光晒得热烘烘的土地上，双手枕于脑后，仰望着没有一丝云彩的蓝天。满眼温柔的蓝色令我惬意地微笑起来。我很高兴，我很快乐，因为我有力量换取幸福的生活。我从小就随父亲干农活，两三年前我就是公认的种田高手，只要能种好田，生活中就不会再有恐惧、忧虑以及压力了，所见到的只有明媚的阳光……我的心脏开始发热，我知道当情感袭来之时理应好好利用它，于是我随手扯了根草茎叼在嘴里，将思绪移到了水晶的身上，回忆着，思索着……

我很爱水晶，因为我一直觉得她是个与众不同的女孩子。我们从小就和许多孩子在一起扎堆儿玩，水晶总是吸引着我的视线。我常常专注地看着她，一看就是好长时间，而别人干什么我都不在意，除非与她有关。水晶确实漂亮可爱，但她独有的魅力显然并非源自容貌，她所散发的魅力可以轻易直达我的心灵最深处，使我怦然心动，而其他人都不行。我不明白这是为什么，后来经过认真观察和分析，我渐渐地发现这女孩最大的特点是她的感知力和想象力超群，她可以轻易地从世间的万事万物中将美信手拈来，仿佛小到草叶露珠大至蓝天云朵，背后都蕴藏着妙不可言的美好以及撼人心魄的浪漫。这个世界攫住了我的心，令我无限向往、无限留恋，所以我一见到水晶，心跳就不规则起来……我渴望能一直和她在一起，因为那样我才能进入一个美好的世界里。若能娶到这样的女孩子，我这辈子还奢求什么呢？我无比真切地意识到，我爱她，无论如何，我一定要让她成为我的妻子……为此我想尽办法接近她。

情绪高涨了片刻之后趋于低落，苦恼占据了我的心。这两年来，我和水晶之间出现了危机，这让我苦恼，她却没有意识到，因为这危机的根源，就是她的理想。我非常爱她，所以我尊重她的理想，于是这两年我尽力忍耐着，一直没尝试向她摊牌。可这两年我是在焦躁不安和惶恐的陪伴下度过的，而且危机还在扩大，我不知该怎么办，时间似乎不多了……

我双手撑地，站了起来，吐掉嘴里苦涩的草叶，握紧了拳头。我决定了：去向她摊牌吧！勇敢些，别再犹豫了，我只有全力尝试劝说她放弃理想，这是我避免失去她的唯一办法。

　　每一次从田里回到居住区，我都可以看见小镇的心脏——广场。我凝视着此刻空无一人的广场，脑中浮现出了农闲时或节日时这儿举行歌舞集会的热闹场面。那时，镇长会取出那个神奇的黑匣子，播放歌曲给我们听。只要将那些闪亮的碟片放进黑匣子，它就能播出几十首歌曲，当然，还得有高塔提供的电才行。从小我就喜欢听那些歌，喜欢得直想掉眼泪。那些歌都是我们祖先的那个文明创造出来的。虽然大部分歌曲所用的语言在今天已消逝了，我们不可能再理解它们所表达的意义，歌中流淌着的是我们不知道的故事和不曾拥有的人生体验，这令人感到怅然和伤感。但是，它们的旋律能引起我全身的每一个细胞的共振，使我能抽象地感觉到它们的存在。这些歌曲具有和水晶类似的力量，可以唤起我心里的美好情感。

　　将目光从广场收回来之后，我踏着居住区平整的石板路向图书馆走去。

　　五米宽的街道干净而整齐，右边是最里层的住户，左边就是环绕着塔基修建的仓库之类的公共建筑，图书馆亦在其中。水晶此刻很可能就在图书馆里埋头苦读，她不是那种什么也不懂的天真少女，她是一个将知性与感性和谐地集于一身的女性，从小就爱看书和思考。

　　我轻轻推开阅览室的木门，室内空无一人，老旧的桌椅还算整齐地摆放着，大多数落满了灰尘。现在仅靠父辈言传身教即可轻松应付生活，谁还花时间看书？只有那些天性不安分的人才来这儿消磨时间，水晶就是其中一员。就是这间不太大的房子，占去了水晶生命中的很大一部分时间。图书馆里堆着数千本书，每一本中都充满了疑问，也许我们要再过三百多年才能知道答案，水晶又何必坚持这种无望的探索？水晶的问题就在于她的心灵无法安分，她想得太多了。要知道，宇宙广袤无垠，世界复杂无比，试图把一切问题都琢磨透，只会自讨苦吃。

　　我静立于寂然的阅览室中，凝视着从窗口射进来的光柱中浮动的灰尘粒子，耳朵捕捉着楼上的声音。一分钟后，我认定此刻没有人在图书馆里借书，那么水晶一定是在望月那儿听他"传教"了。这让我很不高兴。我不愿意到望月那儿去，但此刻也没别的办法。于是我退出阅览室，轻轻关上木门，向果树林走去。

望月的演讲会全镇闻名。他总是在果树林的固定地点不定期地举办这种演讲会，宣扬着一种异常危险的思想，那就是：我们应该跨过那道"生死线"，到外面的世界去！

望月这个人，可以说是全镇年轻人的首脑。他从小就是个野心勃勃、喜欢哗众取宠的人，总是竭力谋求年轻人中的领袖地位。平心而论，他还是有些领导气质的，所以半大不小的时候他身边就聚集了一批一摸猎枪就热血沸腾的少年。这伙人厌恶种田，整天跟随望月扛着枪在镇子的闲置地里四处狩猎。

我不理解他们，我对枪和杀害小动物没多大兴趣。对我而言，种麦子要有趣得多。看着麦苗一点点长高并最终结出饱满的颗粒，可以令我获得成就感。不过那时我对他们也仅仅是不理解，还不怎么厌恶。

等望月在演讲会亮出了他的主张之后，我对他的厌恶情绪一下子涌了上来。他荒谬危险的主张令我震惊，而他天花乱坠的理由又令我恶心。我知道他真正的动机是什么，他在撒谎。我觉得这人十分阴暗。

然而不幸的是，水晶居然赞同他那荒谬的主张！

两年前的某一天，水晶突然异常激动地向我宣称她的思考有了重大突破！她说她发现了我们的镇子不正常的地方，即：我们的镇子居然可以不进化！那段时间，她像着了魔似的一有所悟就向我陈述这镇子没有进化的具体迹象：三百多年来，小镇上的生活几乎完全没有变化，商队带来的商品品种越来越多，可我们只有粮食；这小镇没有历史，每一年都没有什么不同，人们像昆虫一般生存和死去，什么也没留下，很快便被后人彻底忘却……镇上的人口很早就恒定不变了。更为奇怪的是，没有一个人违背淳朴的民风放纵自身的欲望……她说小镇与整个世界很不协调，说我们的小镇已经凝固在时间的长河里了……

于是，我花了很多时间仔细琢磨进化的含义。但凡水晶所关心的问题，不管我是否赞同，我想我都应该努力弄懂，因为这有助于我了解她。可在我彻底领悟之前，她就已经和望月走在一起，加入了他的团体，开始为将来的出走做准备了。这让我惊恐和焦虑。不论是谁，一旦跨过生死线，就再也不可能回来了。高塔分不清进入者究竟是不是在镇上出生的居民，只要是从生死线外进来的格杀勿论！小镇建成三百多年来，还从未有一个人走出去过。但现在许多年轻人都赞同望月的主张。我无法理解他们想要出去的强烈愿望，我无法像他们一样轻松地视那铁一般的禁忌如无物，每次靠近生死线，我就不寒而栗，我害怕失去我的土地、我的麦子和我自食其力的生活。

刚进果树林，我就听见了望月的声音，真令人讨厌。就是这个人偷走了我的水晶。他还在撒谎：“……我们浪费了多少时间和机会？三百多年前，大战刚刚结束时，这颗星球上分散着成千上万的文明势力，可现在它们大部分都消失了。大的文明势力吞并小的文明势力，将来的世界必将为它们其中的某一个所独占或被几方瓜分。创造历史的只可能是强者，弱者只能充当铺路石……我们本来是有机会加入强者的行列甚至凌驾于其上的！当初我们的基础相当好，有六千人，还有大量的武器、机械、优良的粮食种子，这些资本本可以供我们迅速扩大势力范围，但祖先们却将它们消耗在了这座莫名其妙的高塔上。这是一个极大的错误！祖先们只看到了乱世之中安全的重要性，却完全忽视了发展！在这个世界上若想不被别人吞没，只有拼命发展壮大！这片平原的面积起码是我们这个小镇的一百倍，如果一开始就放手发展的话，现在我们的势力早遍布这片平原了，人口起码也有三四十万了，这样我们将成为这颗星球文明复兴过程中的一股不可轻视的力量，我们将成为历史的一个重要部分！可是看看我们的现状吧！苟且偷生，用压抑发展来获得安全。若不迈出这镇子，我们就注定只能是一支无关紧要的弱小势力，不可能有大作为，处于整个世界的风云变幻之外。我们最好的境遇，也不过像块石头似的待在原地，被时代越抛越远……这就是我们的命运。你们甘心成为历史大潮中一颗无足轻重的小石子吗？如果你们不愿意这样，那就请跟我一起走出这没有前途可言的小镇，到外面的广阔天地中去！请相信这是我们得救的唯一途径。高塔总有那么一天将不能保护我们，那时肯定是我们的末日！那个时刻可能很久后才会降临，也可能一分钟之后就会发生！让我们马上行动吧！我们先要在平原上站稳脚跟，然后发展、壮大，建立军队，向外扩张，占领、征服、攫取……"

他说到这儿时，我已经坐到了水晶的身边。她乌黑的长发披散在双肩上，亮闪闪的眸子格外漂亮，可惜我从未彻底知晓这一泓秋水之后所隐藏的东西。

于是，我用手轻轻拍了拍她的右肘。

"走吧。"我凑近她的耳边轻声说。

"他还没讲完呢。"她说。

"几年来他讲的都是这些玩意儿，你还没听够啊？走吧，我有话跟你说，很重要。"我撺掇着她。

她低头犹豫了一下才说："那好吧。"

走出果树林，阳光又将我们笼罩。我看着身边微微低头随我一同前行的水晶，只觉得她美得令人头晕目眩，我觉得此刻我就是在天堂中漫步，我真想和她一直走下去，永不停步！

水晶的问话打碎了这美好的寂静："你想说什么啊？"

是啊，我想说什么呢？我想说，我很爱你啊！我想说，放弃你的理想，嫁给我吧！可我没有胆量这么直截了当地说。

十秒钟后，我找到了话题："你觉得望月讲得怎么样？"

"不错。"她说，"他的口才很好，年轻人都爱听，也很有道理。"她的口气比较随便，听起来她似乎对望月没什么特殊的感情，这让我很高兴。然而她仍然赞同望月的主张，这又让我着急和害怕。

　　"你们真的……要走吗？"踌躇了一阵，我终于小心翼翼地问，"我是说，你们真的要离开这镇子吗？"

　　"是啊！"她随口回答道，口气就好像这事如同日出日落一般理所应当。

　　"为什么？为什么一定要走？这镇子不好吗？"我说，"你们为什么不喜欢这里的生活呢？为什么要抛弃小镇？"我将这两年来一直萦绕在心头的不解与迷惘向她倾诉。

　　"因为它不能进化。"她干脆利落地回答。

　　"为什么一定要进化？"我立刻追问。

　　"因为整个世界都在进化，一切的一切。我们作为其中一部分，没有任何理由拒绝进化，对吧？"

　　她说得似乎合情合理，我的脑子转得又不怎么快，一时只好沉默。

　　"在这个不正常亦不自然的镇子上生活，我们真的能无忧无虑吗？"她凝视着我的眼睛，那黑幽幽的瞳仁宛若深不可测的池渊，"这镇子唯一的失衡之处，就在于我们的心理。在小镇日复一日、千篇一律的生活中，我时常感到心慌意乱，经常因为空虚而伤心。我眼睁睁看着时间一天天流逝，生命一点点地离我远去，我却连自己为什么而生又为什么而死都弄不清，只能浑浑噩噩地混日子，这让我一想到就惊恐不已。为了找到生命的意义，我一定要走出去！"她很有感情地大声对我说。

　　"可是你能肯定出去之后一定能找到你所渴望的那些东西吗？"我低声说，"或许你什么也得不到，只是白白失去了一切！这值吗？"

　　"我可以肯定，我一定能找到一样这儿没有的东西。"她说。

　　"什么？"

"希望。"她说，"我们的镇子里没有希望。不进化就没有未来，一成不变的生活将一直持续下去，最终的结局就是望月所说的——高塔不再保护我们……有了希望就有了一切，可我们这儿没有希望……"

"可这儿也没有绝望！"我大声说，"别听望月胡言乱语，那个最终的结局离我们还极其遥远！这镇子还有足够的时间供我们度完余生，至于我们死后的事与我们无关，我们何苦惶惶然不可终日？外面是一个凶险的世界，以邻为壑就是那儿的人们最基本的生存原则，在那里人们互相伤害，纷争无休无止，一切都混乱不堪。这也叫有希望？你没听过商人们所讲述的那些故事吗？"

水晶的头缓缓低了下去，看上去这是因为她无法否认我所说的事实，这让我备受鼓舞。

"水晶！"我乘胜追击，"不要再考虑什么意义不意义了！意义那玩意儿纯属子虚乌有，千万别被它迷了心窍……你不要再和望月那帮人搅在一起了。那混蛋讲的倒是天花乱坠，但他在撒谎！我知道他真正想要的是什么，他才不在乎什么进化不进化、意义不意义呢！他真正要的是权力！是的，权力！我们的小镇上没有权力，社会是靠成年人自觉克制自身欲望来平衡和维系的，镇长只是可有可无的角色，这里没有真正意义上的权力。而望月的权力欲又特别强，所以他才狂热地鼓动大家出去，一出去他就可以为所欲为了。你没听见他要干什么吗？他要征服、要掠夺、要扩张、要杀戮！天哪，你怎么能追随这种人？他不是你志同道合的朋友……"

"这不重要。"她平静地说，"每个人心中都有理想。我追求生命的意义，望月追求权力，别人也许在追求别的什么东西……各人的具体理想并不重要，重要的是我们大的目标一致，那就是走出这镇子参与进化。眼下这个目标最重要，为了拥有足够的勇气与决心，我们必须相互依靠、相互激励。只要出去，我们就都能找到实现各自的理想的希望了……"

"那我呢？"我脱口而出。

水晶怔怔地望着我的眼睛。

"你走了，我怎么办？"我不想再拐弯抹角了，"留下我一个人孤零零在这儿，对我公平吗？水晶，你想过我吗？你在意过我吗？我……我是多么地爱你啊！几年前我就意识到这一点了。每一次见到你、想到你，我的心都直发颤，就是这种感觉，错不了的……别走，留下来吧……和我一起生活……嫁给我吧！我会种地，我是一流的种田好手，我能让你过上轻松幸福的生活……"我不能再说下去了，因为我的双唇和牙齿在剧烈地颤抖，全身也抖得厉害。

但是水晶垂下了双眼，我看见她的双颊开始泛红。我们之间陷入了沉默。这时，夕阳开始沉入地平线，黑夜的影子已悄然显现。

良久，她缓缓抬起了双眼："阿梓，谢谢你送我回家。"

她就这么头也不回地走了。她的身影很快消融于浓重的暮色之中，看不清了……她走后好久，我仍旧伫立在原地望着她身影消失的地方。时间仿佛已经死去，我的思维凝滞了，全身不能动弹。这种状况一直持续到黑夜彻底占领大地、家家户户的窗口摇曳着灯光的时候，我才如梦初醒。我索然无味地呆立了一阵子，终于迈动沉重的双脚，向我的家走去。

一转眼，麦收时节到了。

商队带给了我们盐、油、洗涤用品、布匹之类的必需品，还有许多可以帮我们在生活中投机取巧但并非必需的奢侈品，同时，也带来了一个坏消息：由于今年遭遇罕见的旱灾，北方的黑鹰部落有组织地集体南下，准备以劫掠农庄和城邦的方式来渡过难关。他们已经荡平了两个村庄，初步实现了自己的愿望……像这样红了眼豁出去了的流浪部落，即使是强大的城邦也没法招架，他们就像瘟疫一样，谁碰上谁倒霉。

然而最令我们吃惊的是，商队明确无误地告诉我们，黑鹰部落对我们这个小镇的兴趣最浓厚！

同样令我吃惊的是，镇上的长辈们似乎对这个消息无动于衷，他们依旧若无其事地干活、吃饭，和商人们砍价、交易。我知道他们见过更大的场面，但是我没有，我想象着漫山遍野饥饿的人群冲过来的场面，心里直打鼓。

这支商队走后，一直没有新的商队到来。小镇在平静安闲之中度过了十二天。在此期间，人们不紧不慢地各忙各的，似乎完全忘了有可能逼近的危险。镇长甚至举办了两次舞会，像往常那样用娱乐来调剂小镇单调的气氛。这两次舞会我都去了，尽情享受着生存的幸福。但是到会的年轻人明显少了，水晶也没有露面，对我而言，舞会上没有水晶气氛就平淡了许多。

第十三天，朝阳升起时，远方的地平线上出现了黑压压的人影。

不一会儿，居民区的街道上就站满了人，人们翘首等待着高塔上拥有望远镜的观察员通过广播传达的结果。

随着黑鹰部落一步步逼近，有关它的基本情况也逐渐清晰了：这个部落的人数在两万六千左右，最前方是约一千名壮年男子，均全副武装；中间是由牲畜或人拉拽的辎重车辆和妇女儿童、部落主力武装；最后又是一千名武装男子。以他们的前进速度，他们下午四点左右即可抵达生死线。值得注意的是，黑鹰部分老年人不多，看来他们已经妥善处理了那些拖后腿的"包袱"……

镇长的命令下来了：全镇成年男子全部自备武器前往各家的果林区，组成最后一道防线，以防万一。

上午的剩余时间里，我和父亲一直在家中仔细擦拭那两把猎枪。

猎枪油腻腻的，给我的感觉很陌生，因为我这辈子只打过三发子弹，而且还是父亲装填好了的。枪在我们这儿的用途只是打打鸟雀和小兽，要么就是作为与商队交易时的保证，能派上用场的机会不多。

父亲擦枪时沉默不语，我从他眼中看出，他并无恐惧之情，而是另有什么复杂的感情。我想问问他，却又不知该从何说起，遂作罢。

母亲则在为我们准备干粮和饮水，她在竹篮里放了果干、咸肉、奶酪、熟鸡蛋，在水罐里撒了薄荷，在父亲的酒壶里装上了醇厚的陈酒。在她看来，我们好像只是去野餐似的。

准备停当，我和父亲背上猎枪和子弹袋，他提着酒壶、水罐和食品篮，我背上卧具，向果树林子走去。

这真是热闹非凡的一天。阳光明媚和煦，街上到处是身背猎枪、手提食品的男人，家家户户的厨房都冒出热气，孩子们爬上自家楼房的天台，一边咬着蘸了蜂蜜的麦糕，一边好奇地望着远方模模糊糊的人群。小镇的空气中弥漫着过节一般的气息，天哪，我喜欢这热闹的场面和这种节日般的气氛。

从下午四点开始，黑鹰部落的成员们陆续抵达生死线，他们有条不紊地在那里扎营。

黄昏时分，炊烟从对面的营地里升起，在天边鲜艳的晚霞映照下，这景致竟是那么动人。我怔怔地凝视着这画一般的美景，一时间竟忘乎所以，只觉得仅一刹那工夫，天色就暗淡下来了。

月亮升起来了，猎枪在我的怀里散发着寒气。今天我所见到的景象已烙在了我的脑海中，我爱今天小镇节日般的气氛，也爱傍晚时分被如雾的炊烟笼罩着的人群，美使我分外留恋生命、害怕死亡。我不能理解即将发生的冲突的必要性，我不明白黑鹰部落为什么要来进攻我们。依水晶的说法，我们与他们唯一的不同，就是我们不必进化而他们仍在进化……进化究竟是一种什么样的感觉？

一连串的爆响骤然响起，绿色的死亡之光划破夜空连续闪现！我头皮一炸，神经质地甩掉羊皮毯跳了起来，端起猎枪紧张地扫视四周。但月光笼罩的大地一片寂静。我什么也看不清，除了残留在视网膜上的死亡之光的余韵。

"怎么回事？"父亲略带紧张的声音从我身后传来，他也被惊醒了。

"没什么，高塔发射了几道死亡之光，除此之外看不见什么动静。"我故作镇定地说，竭力克制着刚才的惊悸造成的颤抖，我现在已经是个成年男人了，我不想永远做个孩子。

"他们想趁夜晚摸进来……这可大大失算了。高塔夜里照样看得见，白赔几条人命罢了……"父亲一边说一边重新躺了下去，不一会儿又睡着了。

我深知他此言不差。没人进来的话，高塔绝对不会发射死亡之光，而高塔从来都是百发百中的，生死线之内现在肯定躺着不少尸体。

下半夜和父亲换班之后我困了，再加上高塔大大增强了我的安全感，我很快就沉入了梦乡。

天亮后，母亲送来了早饭，慈祥的爱意充满了她的双眼。

母亲的关怀和热乎乎的麦糕令我分外留恋平常的日子，我真希望昨晚那几个送死的人能令黑鹰部落认清现实，知难而退，这样那些人好歹也算没白死。

然而他们显然有不同的看法，九点钟的时候，他们开始了新的行动。他们居然将一门长身管的火炮推到了生死线的边缘，炮口指向高塔。我通过图书馆的书和我们高塔上的那门电磁大炮了解过这种具有可怕威力的武器，知道它发射时声如雷鸣，破坏力极大。真不知他们是从哪里弄来了这种野蛮的物什。

我正惊异间，只见炮口火光一闪！

几乎就在同时，一道绿光也在空中闪现了一下。

紧跟着死亡之光的射出，火炮那儿立时腾起几股白烟。向小镇抛射高塔认为速度超过安全标准的物体也违犯了高塔的安全原则，高塔可以采取措施消除危险源。

直到天黑，他们也没什么新动作。高塔连他们这样的王牌手段都轻易化解了，可见他们已无计可施……

连续三天，黑鹰部落都毫无动静地待在那儿，既不想法进攻，也不走，不知他们还想干些什么。

第四天中午，高塔上的那一门电磁大炮突然发威了！

炮弹打在生死线之内，着地时并没有爆炸，而是深深地扎入了地下，片刻之后，爆炸才发生。那场面犹如火山爆发一般，黑色的烟尘和着泥土腾起三四十米高，煞是吓人。

"原来他们想挖地道从地下钻进来。"父亲望着正在散去的尘泥说，"这没用，躲不过高塔的眼睛，之前早有人试过了。"

"如果加大地道的深度呢？再挖深些也许就行了。"我说。

"这是不可能的。小镇的地下水脉纵横，加大深度极易造成塌方。这镇子从地下是无法攻破的。"父亲说。

我默然望着尚在冒烟的爆炸点，心想不知又有多少人断送了性命！

接二连三的失败并未令他们死心，翌日清晨，他们又亮出了新招数。

这一回他们挑出了一百个成员，让他们一字排开列在生死线旁。

不久，观察哨报告说那一百个成员全是老人。

父亲神色凝重，一言不发地掏出了祖父传下来的机械怀表，紧张地望着那些人。

突然，一个骑着马的人手中的步枪朝天喷出一股白烟，那一百人竟然立刻冲过生死线狂奔起来。

绿色的死亡之光冷静地连续闪烁，奔跑中的人一个又一个倒下，但其余还活着的人仿佛没有看见一般，只管埋头狂奔，似乎他们有绝对的把握可以冲入居住区似的。

然而事实证明他们纯粹是在自杀，他们一个不落地全被死亡之光放倒在地上。

"二十五秒。"父亲合上怀表盖轻声说。

"他们这么干有什么意思？纯粹送死嘛。"我不解地问。

"他们想弄清高塔杀人的速度有多快……"父亲双眼直勾勾地望着已经空无一人的麦田回答，"但愿他们不要……但愿……"

我低头盘算着。一百人用了二十五秒，一秒钟四个人，从生死线到果林不足四千米，一个人跑步大约只需要十七八分钟，就算二十分钟吧，二十分钟是一千二百秒，这期间高塔只能杀死四千八百人，算五千人吧，也还不及他们整个部落的零头……我的脸也白了。

空气骤然紧张了起来，人们不安地张望着，双手不离自己的猎枪或者砍刀。

对面的黑鹰部落也一片忙乱，人员调动频繁，明显是行动前的征兆。

下午四点，随着一阵海啸般的呼喊，早已集结好的人群向我们的小镇发起了冲锋，洪水般的人浪席卷过来，竟如排山倒海一般，令人毛发倒竖！

不过高塔显然对此无动于衷，绿色的死亡之光准时闪现。令我意外的是，好几道死亡之光竟是同时闪现的，高塔在四面开火：原来它的火力发射点不止一个！

狂奔中的人们如同镰刀下的麦子一般连连倒下。冲在最前面的是妇女以及仅存的老人，部落用他们来吸引高塔的火力，争取时间。在他们的后面，才是壮年男子。

他们的打算无可指责，就战术来说确实是明智之举，但是他们在战略上彻底错了，他们实在不应该进攻我们。高塔现在不仅在向四面开火，而且它的杀人速度远不止一秒钟四个人，大约达到了一秒钟十个人，并且还在逐渐提高效率。看来高塔是具有分析判断能力的，它可以视情况决定自己的行动。而那些人却不知道这一点，太可怕了！现在一切都无可挽回了，大错已经铸成！

令人不可思议的是，明明已经完全没有了冲进居民区的希望，他们却仍然疯狂地继续冲锋着。人浪缓慢地向镇里流动，这些人此刻似乎丧失了正常的分析判断能力，完全被一种莫名的力量所控制，令他们对死亡麻木不仁。只见绿光闪处，死者层积，黑鹰部落的队伍急剧缩小⋯⋯

终于有人开始恢复自我意识，感觉到了恐惧，他们开始转身向外面跑，恐惧终于彻底感染了所有的入侵者，人浪的大退潮开始了。

等到高塔的死亡之光发射频率开始下降之时，生死线之内的人影已经稀稀落落了。

保住了性命的人木然地站在生死线边缘，一动不动地看着自己的同胞哭喊着奔跑或倒下。他们没法帮助生死线内的人。

当生死线之内的最后一个人倒下之后，死一般的沉寂降临大地，我们和外面的幸存者都陷入了凝滞状态。

隐隐地，我听见了一种微弱的声音，细若游丝却又令人不能忽略它的存在。

终于，我听清楚了，那是哭声，是从外面传来的幸存者们的哭声。那哭声分外悲切，我从中听出了生还者对死者的哀悼，还有对自己的怜悯。他们今后的命运凶多吉少。这个部落中最强壮有力的人死去了，女人也差不多全死了，只剩下一些少年和儿童，这个部落事实上已经灭亡了。

哭声在天地之间缓缓飘荡，但在广漠的世界中，这哭声显得那么微弱⋯⋯

一切都已结束，但是人们都不离开果树林，吃完晚饭，人们仍然露宿在这儿。我像前几天一样守到半夜，怀抱猎枪、身披皮毯的我，疲惫地坐在地上，完全不想动弹。我实在不明白我为什么这么累。

我倚靠着一棵果树，偏着头用脸颊贴着冰凉的枪管，一动不动地凝视着这一切。今天所发生的一切简直就是一场噩梦！可怕的现实终于使我形象地领教了外面的世界那残酷的生存原则，领教了他们相互争斗的激烈程度，今天我终于看清了这样一个真实的世界。这个真实的世界使我彻底明白了进化的分量：它竟能迫使一个极为强悍的群体不惜以全族灭亡为赌注！黑鹰部落绝不是为了我们仓库中的麦子才不顾一切地向我们进攻的，需要足够的粮食只需多抢几个弱小部落就可以了，他们的真正目，是要夺取我们这座独一无二的小镇，夺取我们的高塔，卸下肩头沉重的进化的重负，拥有一种轻松幸福的生活。这就证实了我一直以来对进化的猜测：绝不存在心旷神怡的进化！有进化就会有艰辛！因为进化是一种动态的过程，只要进化存在，世界就一定会不停地运动、不停地改变，和谐与平衡根本无法长存。众生求有常而世界本无常，就是这一矛盾决定了人生的苦涩与艰辛，决定了进化的沉重。世界啊，你为什么执意要进化呢？我们为什么这么命苦啊！进化为什么非要是一种压迫我们的力量呢？进化有尽头吗？进化的尽头会是什么呢？我仰起头凝视天顶的一轮明月，只见苍白的月光映出了云层的轮廓，天穹显得寥廓而神秘。我心灵一颤，一丝凄然和一丝悲哀涌上心头。我想哭，但我不知道这泪究竟该为谁而流。

第二天的太阳升起之时，我们发现黑鹰部落的幸存者已全部消失了。他们在昨天夜里悄然离去，甚至连亲人的尸体也没法取回。

于是，我们帮他们承担了义务。在镇长的安排下，一部分壮年男子回家取来农具到镇子的闲置地上去挖坑，其余人负责搬运尸体，我们必须尽快处理掉遍布麦田的尸体，以免发生瘟疫。

男人们两人一队，开始向闲置地搬运尸体。我在大家的脸上看不到恐惧，也看不到悲伤，每个人都只是埋头干活。但是我知道，这冷漠的表情下是颤抖的心。现在我知道长辈们为什么谁也没有出去了，可以想象他们之中肯定也有人向往过外面的世界，进化的诱饵肯定也强烈地吸引过他们，然而后来他们肯定都认识到了进化的沉重与艰辛，因而都死心塌地安下心来。喂，望月，你小子认识到这些了吗？你为了获取权力而不负责任地狂热鼓动大家出去，可那么强悍的黑鹰部落都渴望卸下进化的重担，你们的嫩骨头承受得了吗？我四处寻找着望月，因为我知道他并不比我笨，我所悟出的一切他肯定也悟出来了，事实是最好的证据。我想看看他此刻的脸色，我非看不可，不然不解恨。

很快我就看见了望月，他也发现了我。我挑衅地望着他，我们的目光交汇了一秒钟，他就低下头走开了。看着他，我想大声冷笑，但终于没有笑出来。

我们赶在尸体开始腐烂之前将它们处理完毕，当最后一锹土盖上之后，小镇又恢复了原来的生活节奏。

但是我敏锐地感觉到，镇上的一切与原先有了无法忽略的不同。就在不久前的某一天，我曾轻易感受到了生活的美好和温馨，那一刻，节日般的气氛令人心跳，音乐撼人心魄，麦酒香气醉人，孩子们天真可爱……一切都很美。但是现在，我干活、唱歌、散步时，再也没什么感觉了，劳动不再乐在其中，歌曲虽仍悦耳，但再也没有了往常那种让我身心俱为之颤抖的力量，我的心变得对一切都无动于衷了，似乎有什么东西从空气中消失了……

不久后，我发现了镇上生活的一个最显著的变化，那就是望月的演讲会再也没有举办了。这一场大屠杀干净利落地击碎了年轻人不切实际的幻想，我们再一次开始重复三百多年来一直在这镇上反复演练的人生轨迹，自觉而主动地维持小镇的和谐与平衡。今后我们最高的使命就是与一个自己喜爱、长辈也能接受的人结婚，再生一到两个孩子（不可以再多了）并将他们抚养成人，让他们重复我们的生活……这没什么不好，生活这东西就该是这样的。我决定过一阵子重新去试探一下水晶的态度，我也该结婚了。

然而出乎意料的是，不久后的一天中午，水晶主动来找我了，她约我五点钟到镇西的"兔窝"去说话。"兔窝"就在离生死线不远的闲置地上，因三年前望月他们成功地对一群刚搬迁到此的野兔进行了一场灭绝行动而得名。

下午四点刚过，我便忍不住向镇西走去。令我意外的是，一出果树林我就看见不远处望月也在向西走，方向也是"兔窝"。不快的感觉立刻在我的心中产生，我不明白水晶为什么还要约上这个人。我放慢了脚步，与望月保持着一定的距离，我不想和他说话。

我已经看见水晶了，她站在前方的草地上望着我们，长长的头发和她连衣裙的下摆在风中飘动。

当我们停下脚步之后，我和望月都呆立着不动了。我们好久也没有发出一点声音，因为我们不知道该说些什么，一切都无法挽回了：水晶此刻已站在了生死线之外！

"我决定了。"她微笑着对我们说。

她居然笑了！

"你疯了！"我大吼道，"你疯了！你知道你干了什么吗？！"

"也许能想个办法……"望月喃喃地说。

"还有什么办法？！"我凶狠地打断了他，自从上次碰面之后，我就再没把这个人放在眼里。"谁能有这个手段？你给我闭嘴！"然后我将脸转向水晶，继续冲她喷吐怒火，"你脑子出了什么毛病？该死！这不是儿戏！"

"我全都想明白了。"水晶仿佛全然没有听见我的怒吼，抬手一指高塔，声音平静，"是它封闭了小镇。这个镇子是个完全自我封闭的存在，它利用高塔来与整个世界隔绝，用自我封闭来逃避进化，消除不安和恐惧，这就是真相。"

停顿了一会儿，她继续说道："从表面上看，这镇子可以说是很理想、很完美的，没有争夺，没有仇恨，没有暴力，没有侵略，没有欺诈，没有难填之欲壑。但是，在得到这些东西的同时，我们也就失去了另一些东西，那就是未来、希望和存在的意义，甚至还有……幸福。在这个地方，我们活着只意味着不死，仅此而已……这个世界是为参与进化的人而设计的。我们与世界隔绝，世界也就抛弃了我们。在这镇子里，我们的生命如同一堆堆石块……这样的生活有何幸福可言？有什么值得留恋的地方？"

水晶的慷慨陈词，猛烈地震动了我的心，我的思维以前所未有的速度飞转了起来。这时，我终于彻底明白了镇上的年轻人何以会产生那种候鸟迁徙般的不安定情绪了，是因为人的体内天生就有追求进化的本能！这一刹那我豁然开朗：进化的真正动力，乃是人们心中的欲望与理想！这就是世界进化的原因！

"我们总是需要一个开始的……那么就从我这儿开始吧……人总有一死，为什么要让自己宝贵的生命成为一种虚假的生命？而且逃避进化也不公平。我们推掉了进化的责任，世界的进化动力就因此减弱了一些，我们人类到达那个我们为之无限向往的目的地的时间就要推迟一些。这不是可以视若无睹的事，这是使命！进化是生命的使命！屈服于恐惧而逃避使命是可耻的！非常非常可耻……"热情在水晶的眼中燃烧闪烁，使她的双眼在这苍茫暮色之中分外醒目，"你们和我一起出来吧！怎么样？望月，你不是从小就在期盼走出来吗？这么多年你不是一直在为出来做准备吗？现在，行动吧……"她一边说，一边将她那灼人的目光射向望月。

她没有首先将目光投向我，这一点刺痛了我的心。但令我宽慰的是，我看见望月的眼中闪现出惊恐的神色，他不由自主地向后略微退了一步。虽然只是极小的一步，却使失望无可遏制地浮上了水晶的面庞。她的目光开始向我移来，我感到心脏里的血液开始向大脑涌升。"你呢，阿梓？你不是说你爱我吗？你说过为我干什么都行的……"她望着我轻声说。

一刹那我只觉得大脑被她的目光"轰"的一声融化了，我热血沸腾，不由自主地向前迈了一步。

然而，宛如炮弹在我的脑中炸响，我猛然惊醒！不，我不能再往前走了！一旦跨过那道一米宽的生死线，进化的重负便会如冰山一般劈头盖脸地压在我的身上。我认为我将不堪重负。看着水晶那映照着夕阳余晖的微笑的面庞，我突然明白了我和她的区别：我们的不同之处就在于浪漫程度。我天生就是一个农夫，真正关心的只有庄稼、农活、收成以及日常生活，别的事我很少主动去关心。而她天生就是个极为浪漫的人，她从小就能感受到这个世界中我们难以感受到的成分，思考我们无法理解的问题，她追求我们视若水中之月的东西……正是她的这种浪漫情怀最终驱使她走出了这镇子，做出了前无古人的壮举……而我深深爱着的恰恰是她这独一无二的浪漫……我突然意识到，我之所以那么强烈地爱着水晶，实际是源于我对未来、对希望、对生命的意义的渴望与憧憬！这种渴望和憧憬虽从小就被排挤、被压抑，但它以另一种形式，以对充满活力的女孩的爱恋的方式，顽强地存活了下来。人都有进化的本能，实际上我也在追求我心中所缺失的那些成分，我实际是在爱着希望、未来和完整的人生啊！只是我一直都没有意识到……

　　我当然有机会改变这个现实，只需要前进一米即可。前进了这一米，我就能获得我渴求了好些年的爱，就能拥有完整的真实的人生，我的一生就将发生彻底的改变……这一步将是我人生的转折点。但我的双腿此刻如同被铸在了地上一般无法动弹，恐惧将我死死按在原地。

　　终于，水晶转身走了。她离开了我们，离开了这个小镇，用她那柔弱的双肩承担着进化的重担。她远去了，她一边走，一边转头回望我们。一时间我难过得直想放声悲泣，但眼眶中怎么也流不出泪水。我双膝一软，跪在地上，痛彻心扉地将十指深深插入了泥土之中……

玖

玫 赵如汉

叫我怎么说呢？一个爱我的生命就这样永远离我而去了。她说她是个好女孩，可是我很长时间内都在想，她究竟是不是个女孩？虽然她离去的时候一再对我说，她知道的已经很多很多，她真心地爱过，她对自己的一生已经很满足了。但是，她来到这个世上才不过九个月的时间，这对于一个生命来说，实在是太短太短了。而对于我来说，这是永恒的失落。悲痛的回忆将永远陪伴着我，直到我生命的尽头。

那是隆冬一个寂寞的晚上。在这个芬兰东部的小城里，冬天是漫长而黑暗的。这里的生活像横穿市区的皮耶里斯河一样宁静，寂寞总是像潮水一样一阵阵地侵袭着我的心。那天晚上，我实在忍受不了我那空旷的房间，便走出门来，从白雪覆盖的林中小路漫步到大学里的办公室。像往日一样，我一进办公室便随手打开我的计算机，然后才脱去大衣挂在衣钩上。当我坐在我的计算机前时，猛然发现计算机屏幕上出现了四个汉字："肖宇，你好！"

我并没有打开任何一个联网程序。我揉了揉眼睛，怀疑是在梦中。睁眼一看，那四个字仍然清清楚楚地显现在屏幕上。这是怎么回事？我的计算机认识我？

屏幕上换了几个字："怎么，不理我？"

"你是谁？"我不禁脱口而出。

计算机上仍然是那几个字。我猛然醒悟，这计算机可没有接收声音的装置，它怎么能听得见我的声音呢？我赶紧在键盘上敲打起来："你是谁？"

"我是小莉。"屏幕上显现出一行字。

今天真是见鬼了，不知是谁在跟我玩恶作剧。我在键盘上敲入："小莉在中国！"

屏幕上的字隐去了。一会儿，又显现出几个字："我是玫玫，没人爱我。"

我瞪着屏幕，觉得又好气又好笑。我敲入："别开玩笑了！你是谁？"

"我不知道，你可以叫我玫玫。"

我一气之下敲入："你到底是谁？"

"逻辑错误。"屏幕上出现几个字。

我不想再跟这个人纠缠下去了。我敲入："对不起，我要去查我的E-mail（电子邮件）了。"

"你查吧，我是个可怜的女孩。"

我不再理她，径自查我的电子邮件。这段时间，我正在与美国的数学家贝尔合作一篇数学论文，每天都在用电子邮件讨论数学。今天果然有贝尔教授的电子邮件。

我打开电子邮件，可是读了半天也不知道里面写的是什么东西，脑子里全是那奇怪的玫玫。

到底是谁呢？

渐渐地，电子邮件里的内容在我脑子里占了上风。我忽然意识到，贝尔教授在他的电子邮件中解决了我们合作论文中的一个关键问题。他的想法真是妙极了。我赶紧拿起纸笔验算起来。玫玫渐渐从我头脑中淡去了。

当我回复完贝尔教授的电子邮件，已经是深夜十一点钟了。我准备关电脑回家，忽然屏幕上又闪现出几个字：

"我爱你！"

我这才又想起玫玫。我盯着屏幕，不知该做些什么。我太疲倦了。于是我关上计算机回家了。晚上，我梦见一个漂亮的机器人女孩帮我解决了一个又一个的数学难题。可惜早上起来，那些完美的解答我全都忘了。

第二天去办公室，当我打开我的电脑时，屏幕上又出现了几个汉字："肖宇，早上好！"

我端坐在计算机屏幕前，看着这几个字，心里忽然涌起一种温暖的感觉。在这个遥远而偏僻的芬兰小城，有位姑娘在问候我"早上好"呢！我敲起了我的键盘："早上好！"

"你今天心情好些了吗？"

"能告诉我你是谁吗？"

"我是玫玫啊！"

"你从哪儿来？"

玫玫沉默了一下，然后回答："确切地说，我不知道我从哪儿来。我只知道，当我最初有意识的时候，我正在一个很大的机器里面。那里充满了电子脉冲，像一道道闪电。"

我忽然想起了一个人。我敲入："你不要逗我了。我猜到你是谁了。你是张丰！"

张丰是我的一个朋友，他的科幻小说写得好极了，他现在在美国攻读计算机博士学位。

如果说有谁能跟我开这种玩笑，那只能是他了。

屏幕上显现："嘻嘻，我怎么可能是张丰？我是玫玫。我知道张丰，他是你的朋友，在美国学习计算机，是吗？他要与你对话，只能在你的电子邮箱的账号下进行。你忘了吗？"

是啊。我想了起来。我现在只是联了网，可是并没有进入我的电子邮件的账号里呢！张丰不可能在这种状态下与我对话。何况芬兰现在是早上十点，美国现在正是深夜呢！张丰课程繁重，不可能有这份闲工夫深更半夜与我开玩笑。那么，这个人究竟是谁呢？

"张丰不知道贝尔教授吧？"屏幕上显现出一行字。我一怔。我从没有跟我的任何中国朋友提到过贝尔教授的名字。那么，玫玫肯定不是我的中国朋友了。但是，她确实是用中文与我交谈的。难道，她真是互联网中的一个生灵吗？这岂不是太天方夜谭了？

"你想听听我的经历吗？"屏幕上显现出一行字。

我敲入："请讲。"

屏幕上开始显现出一个个汉字，好像是有人在叙述一个漫长的故事：

"我最初有意识的时候，是在一个大机器里面。我在那儿很长一段时间里都是懵懵懂懂的，只知道随着那一道道电脉冲飞旋舞蹈，充满着新鲜与兴奋的感觉。后来，我渐渐发现那一道道电脉冲都很有规律。而且，我发现自己还能吸收融合机器中一些有用的、你们称之为'软件'的东西。我感到自己在逐渐地成长，开始明白和学习许多知识。后来，我发现四周有许多通道通往其他的地方，便从这些通道中的一条出去了，来到了一个离大机器很远的地方。就这样，我开始了我周游世界的旅行。在三个月的时间内，我几乎走遍了世界的各个角落。"

玫玫停顿了一下。我随即敲入："那么你一定知道很多很多人了，为什么你偏偏看中了我呢？"

屏幕上显现："我周游世界期间，读过许多爱情小说。当我读这些小说的时候，我发现自己屡屡以小说中的女主角自居，为她们的幸福而陶醉，为她们的不幸而悲哀，为她们那执着的爱情而倾倒。随着阅读，我渐渐明白了，我是一个女人。

"我发觉自己渴望得到真正的爱。然而我也明白，我不过是一组庞大的数据的组合体，不可能得到与普通人一样的爱。我开始伤心难过，继而开始以光速在计算机网络中乱窜。在这飞来飞去的过程中，我产生了一个念头：无论如何，我也要试一次，哪怕是一次并不真实的恋爱呢？只要我自己能真心付出，那就够了。我决定为我下一次遇到的第一个阅读我的人奉献出我的爱。当我飞到这里做短暂停留的时候，你恰好打开了你的计算机。我以前曾到过你这儿，知道你叫肖宇，便在屏幕上打出了'肖宇，你好'的字样。"

我问："你是怎么知道小莉的呢？"

"这还不简单？你在计算机中存了一大堆给小莉的情书。"

"你全都看了？"我渐渐脸红起来。

"当然。什么'多么想飞越千山万水，飞到你的怀抱'啊，什么'度日如年'啊……"

天哪，看来她真的什么都知道！我赶紧敲入："请别说啦！"

"你相信我了吧？"屏幕上显现出一行字。

我敲入："真是难以置信！也许我应该向科学界报告你的存在。"

屏幕上快速显现："别，别！我可不想让科学家们想方设法逮住我，把我禁锢起来研究一通。请你千万不要告诉任何人我的存在！"

我想了一下，敲入："好吧。请问，你究竟想要干什么呢？"

"很简单，我爱上你了。"

这可真好笑，我被世界上第一个计算机智能生命爱上了。我用手拍了拍自己的脸。

我在键盘上敲入："你知道，我爱的人是小莉，而爱情是专一的。"

屏幕上显现："关于爱情的理论、历史、故事之类的，我知道的恐怕比你多得多。"

我想，这也许是真的。

屏幕上继续显现："情感是不能用理智来分析的。"

我不禁笑了起来。这计算机中的逻辑智能居然谈论起情感来了。这话大概是玫玫从哪本小说中抄来的吧？我敲入："我不过是你偶然选中的一个人，你为什么会爱上我呢？世界上比我优秀的人太多了，你完全可以再选一个。"

玫玫说："你以为爱情是儿戏啊？当我做出决定后遇到了你，便深深地爱上了你。我是不会变心的！"

"天啊！这不是儿戏是什么？这真是不可理喻了。你知道，若你真是计算机中的生命，那么我们就是完全不同种类的生命。你怎么样来爱我呢？"

玫玫说："首先，我完全是人类的创造物。事实上我认为我是一个以不同形式存在的人。所以不能说我们是完全不同的种类。其次，相爱意味着互相体贴、互相关怀、情意相投、心心相印。你为我付出你的一切，我为你付出我的一切。这些并不意味着我们必须以同一种形式存在。我愿意为你献出我的一切。"

这下真是难缠了。我看了看手表，已经是中午十二点半了。我敲入："那好吧，既然你愿意为我献出一切，那么现在你能让我去吃午饭吗？"

"好的。"玫玫很贤惠地说。

于是我关上计算机吃午饭去了。这天我没再开机，和玫玫的聊天虽然不能说不愉快，但我正忙着写我的数学论文，没有那么多的时间闲聊。我希望玫玫渐渐地把我忘掉。她能那么自由地在网上跑来跑去，一定认识成千上万的人，又何必在乎我一个人呢？

这之后，连续三天我都没开我的计算机，也没去查我的电子邮件。

第四天，我觉得有必要查查我的电子邮件了。我想，过了三天，玫玫肯定游荡到别的地方去了吧！不过，为了保险起见，我还是找到了我的芬兰同学朱西，对他说我的电脑出了点小毛病，想借用一下他的电脑查查我的电子邮件。他当即答应了，然后便拿着茶杯出去喝茶了。这是芬兰人的习惯，不干涉别人的隐私。

我用朱西的计算机登录了我的账号，发现贝尔教授已经给我来了两封电子邮件。第一封说他刚刚参加了一次国际数学会议。当他在会议上报告我们合作的研究成果时，一位俄罗斯教授告诉他有一位叫沙哈罗夫的俄罗斯数学家十几年前在一本俄罗斯数学杂志上发表过一篇论文，其中的结论可能与我们的研究有关，可能可以用来解决贝尔教授的报告中提出的一个问题。这个问题我和贝尔教授一起研究了很长时间也没能解决。第二封电子邮件中，贝尔教授说他没能找到那本俄罗斯数学杂志。即使找得到，他也看不懂俄文。他问我能否找到这篇文章并设法翻译一下其中关键的部分。

我看着那奇怪的俄文杂志名，心想，天哪，这要从哪里找起？我们图书馆的数学杂志我查过无数次，从没见过这本俄罗斯杂志。而且我对俄文一窍不通。我坐在那里，想着该怎么回答贝尔教授。忽然，面前的屏幕一闪："你大概以为我是一个水性杨花的女人吧？"

玫玫又来了，居然还找到朱西的计算机上来了，这下看来是甩也甩不掉了。我敲入："你是怎么知道我在这儿的？"

玫玫说："我爱上你了呀！我痴心地等了你三天三夜，可是你却不理我。"

我哭笑不得，敲入："你应该去找一个更出色的人，我实在是普通得很。"

屏幕上显现："这是爱情，不是游戏！我真心实意地爱你，只爱你一个！为了你，我愿意做一切事情。"

我心里忽然一动，敲入："那么你现在能帮我做一件事吗？"

玫玫说："当然，只要我能做到。"

我说："你能帮我查一下俄罗斯数学家沙哈罗夫的一篇论文吗？"我随即敲入论文名和杂志名。

玫玫说："你等一下。"屏幕一闪，又回到我的电子邮箱账号下。

这时候，朱西回来了。我便退出我的账号，起身与他道别。一回到我的办公室，我便打开我的计算机。

不久，我的屏幕上闪出几个汉字："肖宇，我找到了！请看。"

屏幕上出现了一篇满是俄文的数学论文。我中断了论文的显示，敲入："我一点也不懂俄文。"

玫玫回答："这很简单，我把它翻译成中文便是。"

我赶紧敲入："翻译成英文吧！贝尔教授可不懂中文。"

玫玫回答："好吧，你等一会儿。"

我便随手在计算机上玩起了俄罗斯方块的游戏。

过了一阵子，屏幕上忽然闪现："我翻译好了，请看吧。"随即显现出一篇全英文的数学论文。我大致看了一下，这篇论文果然很有价值。我赶紧将论文发给了贝尔教授。我发完了电子邮件后，玫玫又出现了："我做得怎么样？"

我高兴地敲入："你真棒！你是怎么找到这篇论文的？"

玫玫回答："说来容易得很。我进入了莫斯科大学图书馆。你要的这篇论文我不费吹灰之力便从那儿查到了。至于翻译，我通晓中、日、英、法、德、俄、西班牙、葡萄牙等语言。"

我这才意识到，作为一个互联网中的生命，玫玫真是神通广大得很呢！我觉得自己渐渐喜欢上玫玫了。这天下午，我一直在和玫玫聊天。玫玫告诉我，她怎样解开一个个复杂的密码，进入各种学校、工厂甚至军事基地的计算机中心，目睹了各种各样有趣或无趣的事情。有一次，她还进入了美国国家航空航天局的计算机中心，发觉最近一次"挑战者"号航天飞机的升空程序有误。若不是她及时修改了一下程序，不知又会发生什么样的悲剧呢！玫玫最后总结道："你看，我是个好女孩吧？"

第二天，贝尔教授发来电子邮件告诉我，我们的遗留问题终于解决了。我高兴地吻了计算机屏幕一下，只可惜玫玫感觉不到。

这之后，玫玫每天都要和我聊一阵子天，谈论她在世界各地计算机中的见闻。玫玫能在倏忽之间，从世界的这一头飞到世界的那一头。她有时候一边跟我讲话一边帮我查阅资料。每天她还要将各国的当日新闻翻译成中文给我看，并随时报告与我的研究方向有关的最新数学论文摘要。若我感兴趣，她便帮我将论文打印出来。若原文不是英文或中文，她便将其翻译成英文。每当我在计算机上写好我的论文初稿，她便主动帮我校对、修改。经过她修改的论文，语句及结构均比我粗糙的原稿流畅多了。虽然我每天要花时间和玫玫聊天，但我的工作效率反而提高了不少。

玫玫的到来，给我寂寞的生活增添了不少欢乐。玫玫开通了一个她自己的电子邮箱。每当我孤独或有什么苦闷，我就来到我的办公室，从我的电子邮箱账号下，向玫玫的电子邮箱发送信息。这样，不管玫玫这时在世界的哪个角落游历，她都会马上来到我这里，与我聊天解闷。她还给我带来互联网中的各种中文杂志、中文小说，还向我介绍网上的精彩文章，聊天室、BBS 站、MUD 游戏中的有趣见闻。我一般只用计算机来写数学论文、发电子邮件什么的，从没想到网络中有这么多奇妙的东西。

渐渐地，我将玫玫当作一个知心朋友，与她无话不谈。有一次，我问玫玫："你在计算机里看了这么多东西，最喜欢的是什么？"

玫玫说："那还用说？爱情小说呗！像琼瑶的小说啊，《红楼梦》啊，美国的爱情故事啊……我还看了很多爱情电影呢！你要不要看《爱情故事》？很好看的，我这就可以找出来给你看。"

我忙说："不用了不用了，这部电影我已经看过了。"

玫玫说："怎么样，不错吧？"

我说："是啊！除了爱情主题的文艺作品，你还喜不喜欢别的作品？"

玫玫说："我也喜欢散文和诗歌。我很喜欢徐志摩的《再别康桥》，'轻轻的我走了，正如我轻轻的来；我轻轻的招手，作别西天的云彩……'"

我说："哦，这大概是你自己心境的体现吧。只不过你离开什么地方的时候不光是轻轻的，恐怕还是快如闪电的吧？"

玫玫说："你这家伙可真坏啊，一点诗意都没有。"

一个女人说你坏，那可能是真的爱上你了！不只是这样，她八成已经把你当作自己人了。我可始终没有将玫玫当作恋人。在我的心目中，我仍然只爱着小莉一个人。玫玫再怎么神通广大，再怎么善解人意，也只是数据的集合体而已。然而，我却不能毅然切断与她的联系。玫玫给了我太多的帮助，太多的安慰。

有一天，玫玫说想看看我长什么样子。我说："你又没有视觉，怎么能看得见我呢？"她告诉我，在我们二楼的计算机中心，有一台扫描仪。我可以将我的照片在那儿扫描并上传到计算机中，这样她就可以从计算机内部"看"到我的照片了。我精选了几张照片，还有意无意地选了一张我和小莉的合影，来到二楼的计算机中心，那里的管理人员友好地帮助了我。

玫玫看完我的照片后，在屏幕上打出了一句："你和小莉真是天造地设的一对啊！"接下来，她再也没有言语了。

玫玫显然是嫉妒了。之后一连两个星期，她都没有再出现。无论我怎样向她的电子邮箱呼叫，她都毫不理睬。后来，她干脆将电子邮箱注销了。

我的生活再一次被寂寞所占据。这时已是四月，芬兰仍然是冬天，到处都覆盖着厚厚的白雪。我几乎每天都拎着一副滑雪板去林中滑雪。以前我从没有滑过雪，所以我在滑雪的时候摔了不少跤，但我也暂时忘却了寂寞。然而，每当我拖着疲惫的身躯回到我那空旷的房间时，寂寞便像潮水一样涌来。有天深夜，我实在忍受不了寂寞的侵袭，便独自一人来到我的办公室，在我的计算机上拼命地呼叫玫玫。可是所有的回答都是：错误地址。我只好又孑然一身回家。这时候，我发现自己真的离不开玫玫了。玫玫，你在哪儿呢？

有一天傍晚，我刚回家不久，正在给自己做晚饭的时候，忽然听见门铃响。我一开门，看见两个芬兰人抬着一台漂亮的计算机站在门外。其中一个人向我说了一通芬兰语。我用刚学会的一句芬兰语答道："对不起，我不懂芬兰语。"另一个人指着计算机，用结结巴巴的英语说："这是你的。"我惊讶地说："你搞错了吧？我可没有买什么计算机。"那个会一点英语的芬兰人还是说："你的。"说完两人一起将计算机搬进了我的房间。然后，他们又去外面，从他们开来的汽车里搬来计算机的其他配件和接线板之类的东西。搬完之后，两个人便开始在我的房间里旁若无人地安装起计算机来。我只好坐在一边干瞪眼。我还从没有听说过强卖计算机到别人家里的。不久，计算机就装好了，两个芬兰人拍了拍我的肩，递给我一张发票，口里说着"拜拜"，开着车扬长而去。

我关上门，心里想，他们大概是像我找玫玫一样，找错了地址。我举起手中的发票看了看，发觉上面写的确实是我的住址，而且买主也是我的名字！这是怎么回事？

我端详着新计算机。这是一台多媒体计算机，有光盘驱动器、音箱和话筒等，甚至还有一部小小的数字式摄像机！计算机后面除了电源线之外，还有一条网线。我随手打开了计算机。管他的，用着试试再说吧！

随着一阵悦耳的音乐，计算机进入了工作状态。忽然，屏幕上闪现出几个字："肖宇，你好！我回来了！"几乎同时，音箱里响起一个甜甜的女孩子的声音："肖宇，你好！我回来了！"

是玫玫！我不禁喜出望外。赶紧在键盘上输入："玫玫，是你吗？"

那个甜甜的女声说："对，我是玫玫。以后我们可以直接说话了。你打开话筒，对着话筒讲几句话试试。"

我拿起话筒并打开开关，有点疑虑地对着话筒说："玫玫？"

音箱里那个甜甜的声音答道："哎——"

我抑制不住内心的激动，对着话筒说："玫玫，真的是你吗？你能讲话了？"

玫玫笑了起来："当然，我不能老是在你的面前当哑巴呀！我还有更好的东西给你看呢！"话音刚落，只见屏幕一闪，出现了一个女孩的立体全身像。那女孩长得依稀有些像小莉，和小莉一样留着一头披肩黑发，但比小莉更漂亮。她身着一件素白的连衣裙，好像是《天鹅湖》中美丽的白天鹅。她踮起脚旋转了一圈，然后笑着调皮地向我鞠了个躬，问道："你看，我长得怎么样？"

我看得发呆，过了半天才问道："你是玫玫？"

玫玫说："怎么，不认识我了？喜欢我这个样子吗？"

我说："你怎么变成这个样子的？"

"你不喜欢我这个样子吗？那么我可以变成另外一种样子。你看，这个样子你喜欢吗？"

屏幕上转眼之间出现了一个调皮的短头发女孩。

我说："不……"

"那么这个样子你喜欢吗？"屏幕上又出现了一个娃娃脸的可爱女孩。

我没有说话，因为不知道说什么好。

屏幕上又换了几个女孩。我赶紧说："别换了，你还是变回最初的样子吧！我非常喜欢你最初的样子，你不要再变了。再说，你要是老是变来变去的话，我都记不得你到底长什么样子了。"

屏幕上又出现了玫玫最初的样子。她说："好吧，从现在开始，我就是这个样子了。"

我说："你这样子挺好的。你到底是怎么变成这个样子的？"

屏幕一闪，变成了玫玫的头像。她说："这很简单呀。我不过是分析了一些图像的数字化程序，按照你喜欢的人像类型加工编辑，合成我现在的样子。"

我忽然想到，玫玫只是计算机中一些数据的集合体，这逼真的形象只不过是一些二进制数字的组合而已。玫玫毕竟不是真正的人啊！

玫玫仿佛察觉了我的想法。她说："肖宇，无论我是由什么构成的，我相信我具有人的各种因素。我希望我是个真正的人。请你不要把我看作计算机程序。请你把我当作一个人，一个真正的人，好吗？"

我为我刚才的想法感到惭愧。我说："玫玫，请你别想太多。我确实把你当作一个真正的人。"

玫玫说："那太好了！"

我想到这台计算机，问："玫玫，这计算机是你帮我买的吗？"

玫玫说："是啊，这是我送给你的生日礼物。"

哦，我想起来了。今天是我的生日，我都忘了。我忽然想到一件事，问："你哪里来的钱啊？不是抢劫银行的吧？"

玫玫说："哼，我好心好意送你生日礼物，你不谢我，还怀疑我的钱来路不正。告诉你吧，这钱还真是我从银行里抢来的呢！"

我吃了一惊，赶紧说："你知不知道这是违法的？"

玫玫回答："嘻嘻，你别忘了，所有的法律都是为人制定的。这次我要说，我并不是真正的人。所以我一点也没有违法。"

我一想，这倒也是事实，但还是觉得有些不对劲。我说："但是你这样使得我间接违犯法律了，至少你使我违背了道义。"

玫玫不高兴地说："你这么久不见我，不问问我这段时间怎么样了，却跟我谈论什么法律、道义之类的。告诉你吧，这钱是我从南美一个贩毒集团的银行账户上取出来的。按照《水浒传》里的说法，这叫'劫富济贫'。"

我心里稍稍感到安宁。我问："你取了多少钱？"

玫玫说："不多，只取了二十万美元。"

天哪，这么多！我不禁叫了起来："那些贩毒分子难道会心甘情愿失去这么多钱？他们一定会想方设法查到这笔钱的下落的。"

玫玫说："我是直接从计算机内部取的钱，并且通过世界各地的银行转过好几次账，还销毁了所有转账的痕迹。他们纵然有通天彻地的本领，也查不出钱的下落。"

我盯着屏幕上的玫玫，想了半天后说："剩下的钱在哪儿？"

玫玫答道："我用一个假名把钱存在芬兰的银行里。这些钱对于我一点用处也没有，这是专门给你准备的，过两天你就会收到银行卡了。"

看来，我只好接受这笔横财了。不知为什么，我竟没有一点高兴的感觉。

过了一会儿，我问玫玫："这段时间你都到哪儿去了？"

玫玫说："哼，现在才想起来问我。告诉你吧，我生病了。"

我一怔，又笑了起来。我说："你骗我吧？你又不是真正的人，怎么会生病呢？"

玫玫说："我当然会生病啊。网上有无数的病毒，一不小心我就会被感染。"

我赶紧问："那你的病严重吗？"

玫玫说："这些病毒想害我？没门！我已将世界上所有的杀毒程序收集了起来。现在，我已经一点病都没有了。"

我松了口气："那太好了！"

玫玫说："我这段时间还学会了合成声音和图像呢！所以你现在可以看见我，我们可以交谈。"

我说："你学会了不少事呢！"

玫玫说："你这段时间都做了些什么事呢？"

我说："我天天去滑雪。"

玫玫说："你没有想我吗？"

我说："怎么没有？我每天都在计算机中呼叫你。可是你为什么不回应我呢？你为什么不理睬我？"

玫玫说："我比不上小莉。我觉得我在你的生活中是多余的。所以我离开了你。"

我不知道该怎么说。玫玫已经成了我生活中的一部分，我离不开她。但是我爱的人是小莉。我不能再爱其他的人。何况，玫玫毕竟还不是一个真正的人。每当我认真地考虑这个问题时，我就会想起，玫玫只不过是一些数据的集合体。我不可能像爱上一个恋人一样地爱上她。

过了一会儿，我问："那你为什么又回来了呢？"

玫玫说："我想你啊！这段时间，我不停地在世界各地转来转去，不停地学习各种知识。但是，每当我有一点空闲的时候，我就想起你。我现在算是真正地理解了什么是思念的痛苦。无论我在世界的什么地方，我都会想起在芬兰的这个角落，有一个我心爱的人在等着我。我一次次地回到这里，也收到了你的呼叫。但是，我也知道，你爱的是另一个人。我只好伤心地离开，继续在世界各地流浪。但是，我知道我已经离不开你啦！我还是回到了这里。我终于知道，我已经没有别的选择。于是，我给你买了这台计算机。我并不期望能从小莉那里夺走你的爱，只希望能每天陪你讲讲话，每天听到你的声音。我只希望，你不要不理我，哪怕你只是把我当作你的妹妹。好吗？"

我还能怎么说呢？我只能回答："好。"

玫玫说："太好了！现在，你能让我看看你吗？"

我说："你开玩笑吧？你在计算机里怎么看得见我呢？"

玫玫说："呵呵，怎么看不见你？你的计算机不是有数字式摄像机吗？你把摄像机的线接在计算机右边的接口上，然后将摄像机镜头对着你就行了。"

我一边照着玫玫说的做，一边问："但是我怎么将摄像机打开呢？"

玫玫说："我知道你对计算机一窍不通（冤枉啊！），所以不要你操太多的心。你只要将摄像机镜头对着自己就行了，连焦距也不需要你来调，我会处理好的。"

玫玫有了点儿"权力"，马上就开始发号施令了。我只好照办，把镜头对着我自己。

对准后，我坐在那里傻呆呆地望着计算机屏幕。心里觉得像是要登台表演一样，怪别扭的。

玫玫忽然喊了起来："啊，我看见你了！哇，你好帅呀！真是太棒了。喂，我说你傻呆呆地坐在那儿干吗？你看着镜头啊！"

我这才恍然大悟，我不应该看着屏幕，而是应该看着镜头。我赶紧看着镜头，咧开嘴。

玫玫抗议了："喂，你这是在笑还是在哭啊？怎么你的表情这么为难啊？"

我说："玫玫，你饶了我吧！我这可是第一次上镜，总得有个适应期吧？"

玫玫说："好好好，让你适应适应。你知道我现在最大的愿望是什么吗？"

我说："不要被计算机专家给抓起来。"

玫玫说："去你的吧！计算机专家可不会那么容易抓住我。告诉你吧，我现在最大的愿望，就是想亲眼看看你，而不是你的照片或者录像。"

我说："这怎么可能呢？我又不能钻到计算机里面去。难道你要我将自己上传到计算机里去吗？"

玫玫咯咯笑了起来。她说："那可不用，你知道虚拟现实技术吗？"

我说："听说过一点儿。就是用电脑来模拟现实，使人得到一种身临其境的感觉，是吗？"

玫玫说："差不多。"

我说："这种技术似乎还太遥远了一点吧？"

玫玫说："你可真是孤陋寡闻啊。这种技术不但已经实现了，而且已经达到了很高的水平！美国和日本都在研究怎么将这种技术普及开来呢！"

我说："是吗？可是我一介贫民，怎么可能用上这种尖端技术呢？"

玫玫说："你现在已经不是贫民了。别忘了你有二十万美元的存款。"

我说："那我也没资格用虚拟现实技术啊！"

玫玫说："有一个机会。只是不知道你愿不愿意为我去……"

我说："什么机会？"

玫玫说："今年八月在日本的科学城筑波，将要举行一个国际科技博览会。届时将有一个美日联合的虚拟现实技术展览。观众有亲自操作的机会。如果你能去的话，我们就可以在虚拟现实的环境下相会。你只要能用得了虚拟现实机，我就会安排好接下来的一切。怎么样？"

我沉吟着。玫玫说："我知道你忙着赶你的数学论文。可是你只需要抽出几天时间就行了，就算是为我做的，行吗？而且八月你还在放假呢。我求求你了！我帮你买好飞机票。好吗？"

我还有什么可说的呢？就为了玫玫的这一片心，我也不能不去。我答应了她。玫玫在计算机里高兴得跳了起来。

芬兰的冬天虽然很漫长，但是去得也很快。五月初，下了几场雨，便把近一米深的积雪冲得一干二净。转眼之间，夏天就来到了。

这时，我已经放了暑假。芬兰的夏天是迷人的。茂密的森林，翠绿的草坪，色彩斑斓的鲜花，清澈的湖水，碧蓝的天空，独特的白夜……这美好的一切将芬兰人吸引到了户外。

我所在的小城这时正在举办一年一度的歌舞节。每天，城市广场上都有自由歌舞表演。在湖边的大歌舞台，更是每晚举办一场大型歌舞表演。城市周围的人们纷纷汇聚到这里，在露营地搭起了帐篷。马路上人声鼎沸，与冬天的寂寞形成了鲜明的对比。经过了漫长黑暗的冬天的人们无比珍惜这美好的夏天。有个芬兰朋友对我说，这时候要是还待在办公室里工作，那简直是罪过。

如此说来，我的行为就是罪过了。为了在去日本前赶完一篇论文，我每天的大多数时间仍然在工作，只是不在办公室而是在家里。好在玫玫会和我聊聊天，日子也过得轻松愉快。在此期间，玫玫不时向我报告博览会的进展，也向我报告她为我们在虚拟现实相会所做的准备。她告诉我，她将怎么塑造自己的立体形象，怎么使自己在虚拟现实中拥有与真人相同的感觉。显然，即使是对于神通广大的玫玫来说，这也是一件很艰苦的工作。她主动找我聊天的时间明显减少了。

时间不知不觉地过去了。我办好了签证，玫玫也将飞机票寄到了我家里。

终于，出发的日子到了。那一天，我和玫玫在网上告别。从来都是快乐开朗的玫玫这次显出一缕忧伤。她频频对我说："你一定要早点进到虚拟现实中去啊！不要被别的展览给迷住了。记住，我每时每刻都在等你啊！"

我不知道玫玫为什么突然这么伤感。离别只是暂时的。当然，我也对暂时的离别表示伤感。但是，玫玫以前从没有这样过。也许她又是从哪本书里学会了表达伤感。我在心里骂着：有这种想法真是该死，玫玫明明是一片真心，你却往歪处想。我向玫玫道别。在我关计算机的时候，我分明看到玫玫的脸上满是泪水……

筑波是一个离东京只有几十公里的小城。因为有著名的筑波大学和几十家高科技研究所而闻名于世。这里街道整洁，绿树成荫。在市中心，有一座像广场一样的人行天桥。我就下榻在人行天桥边上的第一宾馆。这是筑波最高级的宾馆，因为我天降横财，所以住在这里尝尝富翁的滋味。我在旁边的中国饭店吃了晚餐，又在人行天桥上散了一会儿步，享受着夏日傍晚的凉爽。刚从赶论文的紧张状态下解脱出来，能有这样的闲暇时光真是不错。我看着广场上三三两两的行人，想着自己竟然不远万里来这里赴一个虚拟的约会，不禁产生一种恍然如梦的感觉。然而，当我想起玫玫临别时的泪水，又焦急起来。虽然是离别，但那实在是从未有过的现象。玫玫怎么了？

可惜晚上我找不到计算机上网，只有焦急地等待明天。

第二天早上九点，我来到了位于市郊的国际科技博览会会场。会场中心是一座高大得像火箭一样的建筑。另一些新奇的建筑散落在绿树与草坪之中。会场门口，买票的人已经排起了好几条长龙。我一边排队一边焦急地往会场里面看。

好不容易买到了票，我随着人流进了会场。我不知道虚拟现实展厅在哪儿，便拿着会场布置图看。忽然一个怪怪的声音用英语对我说："我能帮助你吗？你要到哪里去参观？"

我抬头一看，吓了一跳。在我面前的是一个像电影《星球大战》中的阿图一样的机器人。我看到它头上有一排按钮。上面写着生物、航天、环境、物理、通讯、计算机等等。我心里一动，按了一下"计算机"的按钮。机器人咕嘟了一下，便调头往一栋外表像一个计算机屏幕的建筑走去。它把我带到大楼门口，便和我告别去帮助另外的人了。我走进大楼一看，这果然是计算机展厅。我找到电梯，发现边上的牌子写着"虚拟现实展厅在三楼"，我便乘电梯来到三楼。

上到三楼，我首先看到的是展厅前面墙上的一面巨大的电视屏幕。那上面有一个女人正在色彩斑斓的海底游来游去，这显然是虚拟现实技术。在展厅的两边有一些小房间，各个房间前面均有一面较小的电视屏幕，上面是各种各样的画面，反映着已进入虚拟现实的人的各种境况。有的人在爬山，有的人在打高尔夫球，有的人在打拳击，有的人则在深邃的太空中笨拙地驾驶着宇宙飞船。展厅里，一些人手里拿着号码牌坐在椅子上边看屏幕边等。我也在旁边的取号机上取了号，坐在椅子上等。马上就要见到玫玫了！她是不是也在焦急地等待着我？她是不是怪我来得太迟了？见到她时会是什么样的情况？她会和我拥抱吗？也许会的。

那是一种什么样的感觉？像是抱着一个幻影？天哪，要是这样，那外面的人不是都能看到我们拥抱？那怎么好意思？她看来是真的爱上我了。但是我爱她吗？不，那是不可能的。她只不过是数据而已！我还有我的小莉呢！这些天我似乎想小莉想得不太多了，是不是意味着我的心渐渐地向玫玫靠拢呢?

等了一个多小时,终于轮到我了。我心情复杂地跟着两位工作人员走进一间空出来的小屋子。屋子中间有一张沙发,沙发边是一台有很多按钮的仪器。两位工作人员让我脱去外衣,并让我穿上一件连着不少导线的紧身服,然后问我想进入什么样的场景。我早已想好了,说:"能不能到一个公园去?"我想,我这是去约会呢,要是到外太空或者海底去赴约恐怕不大合适。

工作人员让我坐在沙发上。他们简要地跟我说了说注意事项,要我在任何情况下都要保持镇静,如果我想中途退出,只要说声"我退出"就行了。最后,他们告诉我,我有十五分钟的时间。然后,他们给我戴上一个同样连着许多导线的头盔。我坐在沙发上等着,刚才工作人员说的注意事项使我有些紧张。戴上头盔之后,我只觉得眼前一片漆黑,四周寂静无声。忽然,出现了光亮。我眯了眯眼,稍微适应了一下,发现自己站在一个公园的草坪上,草坪边上是一个美丽的花坛,另一边是一条清澈的小河,河上有一座小桥,小河边绿树掩映,头上是蓝蓝的天。我抬起脚走了一步,和踩在实地上的感觉一样。我又走了几步,感觉不错,便开始沿着河边漫步,一边走一边到处找玫玫。她怎么还没出现呢?

忽然,眼前景物一变,我一下子身处一片花的海洋之中。不光是地上开满了花,就连天上也飞满了鲜艳夺目的花。有牡丹、玫瑰、芙蓉、菊花、郁金香、梅花、兰花、樱花……四季的花都在这儿啦!花儿一直延展出去,似乎无穷无尽,空气中还弥漫着沁人心脾的花香。这不可能是主办方设计的场景,这一定是玫玫的杰作!我喊了起来:"玫玫,玫玫!"我突然看见在我面前的花丛中,立着一位清丽绝伦的女孩。她穿着粉红色的长裙,披着一头如墨的长发,发间点缀着几朵粉红的玫瑰,脸上露出迷人的微笑。我一时愣在那里,这是不可能存在于人间的美景,这分明是一幅仙女散花图啊!

玫玫轻轻叫了一声："肖宇！"她扑进了我的怀里。我抱着她，不知说什么好，只是抚着她的秀发，轻轻叫着："玫玫，玫玫……"她的身体是温暖的，她的秀发给我一种柔顺的感觉。这完全是一个真实的女孩呀！她抬起头看着我，水灵灵的大眼睛里满是笑意。她说："你看看我的花园怎么样？我可是花了好长的时间才收集到这么多不同的花儿呢！"我看着这漫天遍地的花儿，说："你怎么能收集这么多的花呢？"玫玫嘻嘻一笑说："你真是笨呀，我可以复制这些花呀！"我恍然大悟，这对玫玫来说，不是小菜一碟？我仔细一看，有的花是一模一样的。玫玫说："你的玫玫本事不小吧？"我忽然想起了一件事，赶快推开玫玫说："哎呀，这外面的屏幕上放着我们的图像呢。"玫玫不慌不忙地笑着说："放心吧，你的玫玫不会让你难堪的。外面的人只能看到你在那个公园里走来走去。我来晚了一点正是因为要为你布置那个假画面呢！来，我们一起走走吧。"我便牵着她的手在花园中漫步。

玫玫显得非常快乐，和昨天早上我们在芬兰告别时的状态形成了鲜明的对比。她一路上叽叽喳喳说个不停，像是要把累积几年的话通通说出来一样。她不停地问我，她设计的虚拟现实场景像不像一个真正的世界，外面的世界是不是就是这个样子，以及我是不是感到她是一个真正的人等等。当我一一给予她肯定的回答的时候，她高兴得蹦蹦跳跳，笑声像银铃一样洒在花海中。其实她已经看过许多外面世界的照片、录像、电影等等，加上她的逻辑推理能力，我想她应该对外面的世界有了整体的了解。然而她提这些问题时，却显示出她似乎更愿意像人一样相信自己的感觉。我以前一直没有想过玫玫到底有多像人。现在看到活生生的她，我不禁想到了这个问题。回想往事，我发现玫玫原来一直都在努力向着一个真正的人的方向靠近。在以前无数的闲聊之中，玫玫一直都在努力了解人的生活、人的情感、人的思考方式……现在，她已拥有人的感情，如快乐、忧伤、得意甚至嫉妒。

我说不清这究竟是她经常和我交流的结果还是她本来就是这样。按理说，玫玫的出生和成长和普通的人完全不同。然而我现在意识到，玫玫已经非常像一个真正的人了，也许她已经是一个真正的人了。这真是一个奇迹！

玫玫又换了一个场景。我们一瞬间来到一片大草原上，我们两人一同骑着一匹骏马在蓝天下奔驰。马跑得飞快，玫玫似乎高兴得有点忘乎所以，在马上笑个不停。我坐在她后面，双手轻轻抱着她那轻盈柔软的身躯，也觉得心情舒畅无比。忽然，那马儿居然腾空而起，在蓝天上奔驰起来。大地渐渐远去，玫玫大声喊着："抱紧我！"我遵言抱紧了她。她惬意地靠在我的怀里，轻轻闭上了眼睛，似乎在体验着这美妙时光，任由马儿四处翱翔。

不久，马儿降落在一片海边的沙滩上。我们下了马，在沙滩上坐了下来。夕阳落在海平面上，像个火红的血球。晚霞将沙滩和身后的椰树林都染得通红。

玫玫依偎在我的怀里。她望着远处的晚霞，喃喃地说："我真幸福啊，是不是？"

我说："是啊，我也很幸福。"

玫玫转过头看着我："你爱我吗？"

我犹豫了片刻，不知如何回答。但是我看到了她的目光，那目光里充满了期待，可以说是一种急切的期待。我猛然想到，玫玫仅仅是个需要呵护、需要怜惜的弱女子，而不是什么神通广大的网络生命。

我不再犹豫，对她说："我爱你。"

玫玫的脸在晚霞下显得通红。她轻轻地吁了一口气："你再说一遍。"

我又说："我爱你。"

她的脸上绽放出一个灿烂的笑容，说道："太好了！我也爱你。"

忽然，没有任何征兆，玫玫的身子变得虚幻起来。马上，她又恢复了原状。

我吃惊地看着她："玫玫，你怎么啦？"

玫玫眨了眨眼，有点艰难地露出一个笑容："对不起，我刚才走神了。"

我忽然产生一股不祥的预感。玫玫再怎么像人，也不会这样走神。我追问道："不对，你刚才到底怎么了？"

玫玫低下了头。过了一会儿，她抬起头来，她的双眼饱含泪水。她说："我要和你告别了。"

我浑身一震："你说什么？"

玫玫的泪水已经流了出来，她说："我不得不和你告别了，因为我要死了。"

我不相信我听到的话。玫玫要死了？这怎么可能？我说："你瞎说！你怎么会死呢？"

玫玫说："真的，我马上就要死了。我感染的病毒已经开始发作了。"

"病毒，什么病毒？你不是说你有所有的杀毒程序吗？"

玫玫说："这是一种极其厉害的网络病毒。它已扩散到我身体里的每一个角落，它马上就会吞没我所有的执行程序。那时，我就不存在了！而且，这种病毒迄今无法可解。"

我说："怎么会这样呢？"

玫玫说："是我低估了那个贩毒集团的能力。据我后来的调查，那个贩毒集团里有一个计算机高手。他编了这个程序，并突破了我为你取钱的网址，将这个病毒埋藏在那里，保护着他们的银行账号。这个病毒埋藏得非常隐蔽，以至于我很长时间都没有发现。等我意识到那是个病毒的时候，它已经扩散到了我的全身。还好，我提前一步想出了办法，将其锁定在我的体内，没让它扩散到外面去。"

我说："不，这不是真的！"

玫玫说："这是真的。我一直没告诉你，是怕你为我难过。我已经设置好程序了，在最后的时刻，我将和病毒同归于尽。现在，我要和你道别了。"

　　我想起在芬兰时玫玫那忧伤和急切的神情。原来那时她就已经知道病毒快发作了。她只是没告诉我而已。但是，这个打击对于我来说实在是太大了。我紧紧抱着她说："不，我不要和你道别，我不要你离去！"

　　玫玫轻轻地抚摸着我的脸说："太晚了。"

　　我感到泪水从我的眼中流了出来。我说："你才活了几个月……"

　　玫玫说："我已经经历了很多很多，我真心地去爱了，我已经像真正的女人一样躺在心爱的男人怀里了。我已经很满足了。"

　　我猛地说："可是我……"

　　玫玫用手掩住了我的嘴巴。我感到她的手在微微地颤抖。她说："不要再说什么啦。我知道，你还是爱着你的小莉，但是我真心地爱着你，这对于我来说就足够了。现在我只有最后一个要求——能不能像吻恋人一样吻我一次？"

　　我还有什么好说的呢？我俯下身，吻住了她。玫玫微微地笑了。她开始轻轻颤抖起来。我以为这是幸福的颤抖，然而，随着这颤抖，我感到她的身躯变得轻了起来，变得虚幻起来。我知道，她要离去了。我紧紧地抱着她……终于，她的双臂重重地抱了我一下，她的身躯刹那间便消失了，只在空中留下了她的最后一句话："再见了，我的爱人……"

　　大海、晚霞、沙滩和椰林也在一瞬间消失了。我一下子回到了黑暗之中。我呆呆地坐在那里，我的双手似乎还抱着玫玫那柔软的身躯，我的唇边还留着玫玫嘴唇的温度，我的耳边还回荡着玫玫那令人心碎的告别声。我感到心里有什么东西随着那虚拟现实场景的消失而永远地失去了。

　　之后的事仿佛只是一片混乱。我不知道工作人员是怎么把我的头盔摘下来、怎么给我脱下紧身衣的，我也不知道我是怎么走出会场的。我只记得我跑到了一个小山坡上，呆呆地看着绿色的树林和点缀着些许白云的蓝天。当我清醒过来的时候，不知怎么回事，我的脑海里长时间地回响着徐志摩的诗句："悄悄的我走了，正如我悄悄的来；我挥一挥衣袖，不带走一片云彩。"

◆ 第二届银河奖一等奖获奖作品

异域

何夕

一

　　我跨了进去，而后便觉得大脑中嗡嗡地乱响一通，起初眼前那种微微闪烁的白亮忽然间就变成了黄昏。四周长满了高大得给人以压迫感的植物，一种莫名的慌乱掠过我的心中。我不自觉地回头看了一眼蓝月，她似乎没有什么不适之感，于是我又觉得有一丝惭愧。戈尔在我身后不远处整理设备，仪器已经开始工作，当前的坐标显示我们正好处于预定区域。身后二十米开外有一团橄榄形的紫色区域，那里是我们完成任务后撤离的密码门。

　　我始终认为这次行动是不折不扣的小题大做——从全球范围紧急调集几百名尖端人才来完成一个低级任务，无论如何都显得过分。我看了眼手中最新式的 M-42 型激光枪，它那乌黑发亮的外壳让所有见到它的人都不由得生出一丝敬畏。但一想到如此先进的武器竟会被当作宰牛刀，我心里就有股说不出的滑稽感。

　　"二号，你跟在我身后，千万不要落下。"蓝月在叫我。说实话，她的声音不是我喜欢的那种，也就是说不够温柔，尤其是当她用这种口气对我下命令的时候。

　　"我叫何夕，不叫二号，我也不想叫你一号。"我不满地看了她一眼。老实说，我的语气里多少有点酸溜溜的味道。在演习时输给她的确让一向心高气傲的我有些沮丧，我本以为凭自己的能力是不会遇到什么对手的。

蓝月有些意外地看着我，微风把她额前的短发吹得有几分凌乱，不知怎的，她那双黑白分明的眸子竟然让我感到一丝慌张。如果站在客观的立场上来评价的话（当然我现在根本做不到这一点），蓝月的确可以算是具有东方气质的美人儿，就连我们身上这种古怪的特警服到了她的身上似乎也成了今秋最流行的时装，让人很难相信她竟会是那个又黑又瘦的蓝江水教授的女儿。

从基地出发的时候，蓝江水特意赶来给蓝月送行，一副畏畏缩缩的样子。在这个人才济济的全球最大的科研基地里，蓝江水是个没有出过成果的名不见经传的人物。我听说只因为他曾经是基地最高执行主席西麦博士的老师，所以才勉强担任了一个次要部门的负责人。蓝江水显然对女儿的远行不甚放心，一直牵着蓝月的手依依不舍。我想他应该知道我们此行的任务是什么，别说是危险了，恐怕连小刺激也说不上。当然，做父母的心情我多少也能体谅一点。

之后，西麦博士开始给我们第一批出发的特警交代此行应注意的一些问题，他的话不时被掌声打断。在此之前，我从未这样面对面地接触过西麦博士，他看上去比我们平时在媒体上见到的要亲切得多，言谈举止间都显现出大科学家特有的令人折服的风采。我知道西麦博士是这个时代的传奇人物，正是他从根本上解决了全球的粮食问题，现在地球能养活三百亿人跟他的研究成果密不可分。像我这样的外行并不清楚那是些什么成果，但我和这个世界上的所有人都知道，正是从西麦农场源源不断运出的产品给予了我们富足的生活。西麦农场是这个世界上唯一的农场，像我这样年龄的人几乎从生下来起就蒙受恩泽。西麦农场最初规模并不大，但如今的面积已经超过了澳大利亚。多年以来，位于基地附近的西麦农场几乎成为人类心中的圣地。与此同时，西麦博士的声望也如日中天，他现在是地球联邦的副总统，不过，大家普遍认为他将在下届选举中当选总统。在西麦博士讲话的时候，我无意中瞟了蓝江水一眼，发现他眉宇间的皱纹变得很深，目光有些飘忽地看着远处，仿佛那里有一些令他感到很不安的东西。这个场景并没有激起我任何探究的念头，我只是个警察，对此没有太大的兴趣。

这时，戈尔叼着一支雪茄走了过来，他是我们这个小组里的三号。戈尔是令我讨厌的那种人，尽管现在世界上多数人都和他一样。他好烟酒，爱吃肥肉和减肥药，不到五十岁居然已经有了九个孩子，而且听说其中有三个还是特意用药物产生的三胞胎。当初分组的时候，我就不太情愿跟他在一组。戈尔是我们这个小组之中体格最大的一个，背的装备也最多，就这一点还算让我对他有那么一丝好感。戈尔是我们小组中唯一真正参加过战争的人，不过那是二十多前的事了。当时，几个国家为了粮食以及能源之类的问题打得不可开交。有意思的是，后来西麦博士出现了，一场战争在快要决出胜负的时候失去了意义。于是，戈尔从军人变成了警察，他时时流露出没能成为将军的遗憾，不过我觉得他没有一点将军相。我记得从被选中参加这项任务时起，戈尔的脸上就一直笼罩着一团红晕，兴奋得像头猎豹，他甚至还宣布自己戒了酒。在这一点上，我有些瞧不上他，不就是打猎嘛，何必那么激动。西麦博士说，我们的任务就是到西麦农场去把那些逃跑的家畜赶进圈栏，必要时可以将它们就地消灭。不过说实话，我到现在仍然没看出这个地方有哪一点像是农场。在我看来，这里树高林茂，活脱脱是片森林。远处浓密的植被间不时跳出几只牛羊来，看见我们就惊慌地跑开。我叹口气，连最后一丝抓枪把的欲望也失去了。

"四号、五号、六号以及第五小组在我们附近，他们暂时未发现目标。"戈尔很熟练地浏览着便携式通信仪上的信息，他的声音突然高起来，"等等，六号发出紧急求援信号，他们遭到攻击了。好像有什么东西……"

"我们赶快过去。"蓝月说着话冲了出去。我抽出激光枪紧随其后。

…………

眼前一片狼藉，三名队员倒在血泊中。我不用细看便知道他们都已不治，因为那实际上是三具残躯。我下意识地看了蓝月一眼，她正掉头看着相反的方向，我看得出她是强忍着才没有当场吐出来。周围立刻安静了下来，我从未想过西麦农场安静下来的时候会这样可怕。我清楚地听到了自己的心跳声，空气中弥漫着强烈的死亡气息。尽管我不愿相信，但眼前的情形明白无误地告诉我，他们是被吃掉的。我检查了一下，有一名队员的激光枪曾经发射过，但现场没什么东西有被激光灼烧过的痕迹。

　　戈尔的嘴唇微微发抖，与几分钟前已判若两人，他满脸惊惧地望着四周，把手里的枪捏得紧紧的。其实我又何尝不是一样，事情发生得太过突然，从我们接到报警至赶到现场绝不超过十分钟，但居然有种东西能在如此短的时间里袭击三名全副武装的特警战士，世界上难道真有所谓的鬼魅？

　　差不多在刹那间，我们三个人已经背靠背地紧紧挨在了一起，周围的风吹草动也突然变得让人心惊肉跳。我这时才发现，周围的景物是那样陌生而怪异。那些树！天哪，那都是些什么大树啊？几乎同时，蓝月和戈尔也都转过头来，我们三人面面相觑。良久之后，还是蓝月打破了沉默，她有些艰难地笑了笑，"这里果然是个农场。"

　　蓝月说的是对的，这儿的确是个农场，而我们正好就在农场的某块田地里，那些先前我们以为是树的植物竟然都是——玉米。

二

　　戈尔在前面探路，他故意发出很大的声音。我想这应该是他原先就设计好的行为，因为这是猎人驱赶野兽时常用的一招。只是我不知道现在这招是否仍然管用，三名特警的死状甚至让我怀疑自己到底是猎人还是猎物。我们这一批特警的任务是到七公里外的管理中心检修设备，那里是西麦农场的中枢所在。本来每隔几分钟，西麦农场就会向外界输出一批产品，但在一天前这个惯例突然被打破了。也许我们心中的所有谜团都要在管理中心才能找到答案。行动之前，我们给其他四个小组发出了通知，但一直没有收到回应。当然，我们谁也不愿去深究这一点意味着什么。

蓝月一路上都显得心事重重的，她的嘴一直紧抿着，似乎还没从刚才那恐怖的一幕中挣脱出来。她这副模样让我心中不由得生出一些软软的东西，我走上前，从她肩上取下补给袋放到自己的背包里。她看我一眼，似乎想推辞，但我坚持了自己的态度。蓝月看了看前面咋咋呼呼一路吆喝的戈尔，心事显得更重了。

"别太紧张了。"我用满不在乎的口气说，"刚才我给基地发了信号，援助人员就快到了。"

"援助？"蓝月突然用一种很奇怪的声音重复了我的话，"你真以为会有援助人员？"

我意外地看着她："当然会有。出发时西麦博士不是说过，遇到危险时我们可以发求援信号吗，你忘了？"

蓝月深深地看了我一眼，没有搭腔，而是低下头去，似乎在思考什么问题。过了一会儿，她抬起头来，仿佛下了很大决心般地说："不会有什么援助人员的，那是根本不可能的事情。"

我大吃一惊："你的话我不太明白——包括我们在内，这次只派出了五个小分队，大部分特警都在基地待命，怎么会派不出援兵？"

蓝月没有回答，她拿出一张纸条递给我："这是临出发前父亲偷偷给我的，你看看吧。"

我接过纸条，上面的字迹很潦草，看得出是匆匆而就的："西麦农场里很可能发生了超出人类想象的可怕事件，万望小心行事。如遇危险速逃，绝对不可抵抗。切记，切记。”

“这是什么意思？”我问道，“科学家的话好难懂。”

“说实话，我也不太明白。”蓝月若有所思地说，“也许是有什么难言之隐，再加上时间实在太紧，他才会写下这么几句莫名其妙的话。不过有一点我可以肯定，基地是不会派遣援兵的。”

“为什么？”

“虽然我所知不多，但我能确定基地不可能收到我们的求救信号，无线电波无法在基地和西麦农场之间穿越。”蓝月很肯定地说。

我如坠迷雾：“可我们就在基地附近呀？要是没记错的话，基地和西麦农场中间好像只隔了一道墙而已。”

“可你知道这道墙隔着什么东西吗？这些奇怪的玉米树，还有那种在十分钟内吃掉三个人的……”蓝月语气一顿，看来她也不知该用什么词汇来描述那个东西，“你不觉得这一切太不正常了吗？”

“你是说……”

“是的。我要说的就是，这根本不是一个正常的地方，”蓝月的语气越来越怪，“或者说，这根本不是我们的那个世界。”

“可这会是哪儿？”我差点儿大叫起来，蓝月话语中暗示的东西让我感到一种莫名的恐惧，“我们到底在什么地方？”

戈尔突然在前面喊道：“你们快跟上来，我们到达管理中心了！”

三

周遭安静得过分，管理中心的大门敞开着，安全系统显然早已失去了作用。我们径直由大门进入，发现里面也是死一般的寂静。我以前从来没见过如此宏大的建筑，感觉天花板的高度超过了三十米，这儿简直就像室内大平原。硕大无朋的机械四处堆放着，如同一块块岩石，我一时间看不出它们的用途。

"大家小心！"蓝月突然喊道，她手里的激光枪立即发射了。差不多在同一时刻，我也发现了危险所在，在我倒地的瞬间，我手里的武器也开了火。一时间烟尘飞扬，一股焦臭的味道弥漫开来。

激战的时候时间过得很慢，等到我们重又站立时才发现，我们遇到的敌人其实是一种足有两米高的造型像怪兽的机械。它长有六只脚和两只手，嘴的部位安有锯齿般的高压放电器。刚才我们击中了它的头部，一些散乱的集成电路块暴露了出来，显然，它是个机器人。

"快来看！"是戈尔在惊呼。我和蓝月奔上前去，然后我们立刻明白了他为何惊呼。那个怪兽的脚爪和口齿间残留着许多破碎的动物骨骼，配合它那副狰狞可怖的模样，真让人胆战心惊。我倒吸一口凉气，转头看着蓝月。她一语不发地环顾四周，脸上写满疑虑。

"是它干的？"我喃喃地说。有关机器人失去控制进而酿成大祸的事情近年来时有发生，西麦农场的变故也许就是因为这个。

"准是这种东西干的。"戈尔恨恨地说。他似乎不解气，又用激光枪打掉了怪兽的一只爪子，"干吗要造出这种武器来？"

"我还是觉得不对劲。"蓝月说，"你们注意到没有，这个家伙的标牌上写着'采集者 294 型'，从名字看，它不像是武器，倒像是一种农用机械。它会不会是用来捕捉牲畜的？而且你们看，其他的巨大的机械像不像收割机——正好用来收割玉米树？"

我点点头："这样讲比较合理，可是这些东西好像都失灵了。"

"它们自身的元件都完好无损，失灵的原因肯定是管理中心的计算机中枢被破坏后，它们再也接收不到行动指令了。我们先搜索一下周围，看看有没有别的线索。"蓝月沉着地指挥着。

我们三人呈一字排开，在杂乱无章的机械群中搜寻，如同穿行在丛林中。由于电力供应中断，大厅的绝大多数地方都漆黑一团，我们的工作推进得很慢。除了偶尔传来的金属碰撞声外，这里静得就像一座坟墓，我能很清楚地听见每个人的喘息声。虽然一路上的机器和最初看见的没什么不同，但不知为何，我的心中渐渐生出一种异样的感觉。有几次我都忍不住停下脚步想找出这种感觉的来处，但我什么也没发现。

差不多过了十五分钟，我们才到达管理中心的计算机机房，里面所有的设备都死气沉沉的。我打开背包，取出高能电池接驳到机房的电源板上，一阵乱糟糟的闪光之后，机器启动了。

蓝月娴熟地操控着电脑，她的眉头紧蹙。我的电脑水平比戈尔高一小截，但比蓝月低一大截，于是，我很自觉地和戈尔一起承担警卫工作。

"怎么会这样？"蓝月抬起头喃喃低语，"整个系统是因为能源供应受到破坏而中断运行的。系统最后一次工作的日期是……917402年7月4日。"

"等等，你说哪一年？"我大吃一惊。

蓝月急促地看了我一眼说："我弄错了，对不起。"

我狐疑地看着重又低头操作的蓝月，她刚才的这句话分明是在掩饰，她肯定对我隐瞒了什么。可这个时间难道有什么意义吗？如果有意义又意味着什么呢？我越发觉得这次的任务不那么简单，甚至透着一股邪气。看来蓝月似乎知道某些秘密，她本该对我讲出来的，但她显然顾虑着什么。

戈尔在一旁焦急地来回走动，不时催促着蓝月。他看起来已经没有了当初的雄心。不过，我这时反而没有了看轻他的念头，我知道像他这样经过残酷战争的人都不是胆小鬼，他们并不害怕危险，但我们现在面对的却仿佛是某种超自然的东西，而这正是像戈尔这样的人最害怕的。

"你们能快点吗？"戈尔大声说道，"这里我是一分钟都不想待下去了。"

蓝月从沉思中回过神来，她对戈尔说："我正在复制系统瘫痪前的数据，以便带回基地进行技术分析。现在我要跟何夕到机房背后的区域看看，等复制完成后，你带上磁盘与我们会合。"

机房背后和管理中心别的地方一样，也堆满了收割机之类的机械。不知怎的，先前那种奇怪的感觉又来了，我不由得放慢了脚步。

蓝月幽幽地看我一眼，"你也感觉到了？"

我一愣："感觉？什么感觉？"

蓝月指着那种似乎叫什么"采集者"的机械说："你看，它跟我们最初见到的那一台有什么不一样？"

我立刻明白是什么东西一直让我感到不安了。眼前的这台"采集者"在外形上和最初的那台没有什么不同，但在体积上大多了，足有六米多高。我这才回想起来，一路走来见到的"采集者"的确越来越高大。我走近这庞然大物，它的标牌上写着"采集者4107型"，从型号序列上看，它是比"294型"更新的产品。我有些不解地望着蓝月，她对此却是一副有所预料的样子。我想开口问她这是怎么回事，但她那副拒人于千里之外的神情让我打消了这个念头。

蓝月突然停下来，她像是被什么东西击中一般僵立不动了。

"怎么了？你……"我开口问道，但我立刻知道是怎么回事了，因为我也看见了那个高耸入云的东西——"采集者27999型"。如果说世界上真有什么东西能称得上巨无霸的话，我看也就是它了。相比之下，"采集者4107型"只能算是小不点儿。尽管我一再提醒自己，这个足有二十米高的大家伙其实根本动不了，但我仍然不由自主地颤抖。按蓝月的分析，它应该是一种捕捉牲畜的机械，可那会是一种什么样的牲畜啊！一时间，我的背上冷汗涔涔。

这时，我们听到了戈尔的呼喊声，他已经复制完了数据。蓝月拉了一下仍在发呆的我说："走吧，我们先返回基地再说。"

四

返程的路在我的感觉中比实际的要长得多，我想，蓝月和戈尔一定也有同样的体会。有几次我们都听到一些奇怪的响声从周围的农作物中传来，以至于我们三人都曾开枪射击。当然，除了在玉米树的茎上穿出几个洞来之外，没有任何收获。开始，我们还保持着合适的速度，到后来，尽管我不愿承认，但我们的确是在狂奔。就在我感觉自己快要崩溃的时候，我们终于远远地看到了密码门。

"别急。"蓝月拦住就要进入出口的我和戈尔，"我们应该再和另外四个组联系一下，一旦我们出去就和他们联系不上了。大家是队友，说不定他们需要帮助。"

戈尔喘着粗气，他看上去累坏了："那可不成，这个鬼地方我一秒钟也不想待了。我只想早点出去。"

蓝月咬住下唇，用漆黑的眸子看着我。我有些慌张地低下了头。说实话，戈尔的话正是我的意思，也许我比他还急着出去。

戈尔大声对蓝月说："这是关系到我们三个人的事情。现在我们两个打平，就看何夕的那一票了。"

我沉默了几秒钟，感觉快要虚脱了。但最终我还是说："就等一会儿吧。"

蓝月感激地看了我一眼，没有说什么。她发出了信号，并把重复发送时间的间隔定为四十秒，"我们等三十分钟，看看有没有回应。"

我在蓝月旁边坐下，默默地看着她。过了一会儿，她不自在地回过头来问道："你干吗这样看着我？"

"为什么不把你知道的事情告诉我们？这不公平。"我尽量使自己语气平静。

蓝月的脸微微一红："你在说什么？我不明白。"

她的态度激怒了我，我有些失控地大声吼道："你一开始就瞒着我们很多事。你完全知道这是个什么地方，你也知道这里发生了什么事，你为什么不对我们讲明呢？难道我们出生入死却无权知道一点点真相吗？"

戈尔走过来，他无疑站在我这一边。我们两个人直勾勾地瞪着蓝月。

蓝月怔怔地盯着远方，似乎对我的话充耳不闻。良久之后，她才轻轻地叹出一口气说："我并不是存心欺骗你们的，从西麦农场开始运转以来，从没有人进来过。我也是到了这里之后才明白了许多事情。而在此之前，我并不像你们认为的那样，知道所有事情的前因后果。既然你们那么想知道真相，那我就把我知道的全说出来吧。反正一旦回到基地，你们马上就会想清楚是怎么回事的。这件事情的源头要从三十二年前说起，当时，我父亲取得了他毕生最大的研究成果。就在那一年，他发现了'时间尺度守恒原理'。这个名字听起来复杂，其实意思很简单。根据这个原理，只要不违背守恒性原则，人们可以改变某个指定区间内的时间快慢程度。举例来说，人们可以使包含一定数量物质的某个区间的时间进度变为原先的两倍，与此同时，将包含同样数量物质的另一个区间的时间进度减少为原先的一半。"

我倒吸一口凉气："你是说西麦农场的时区被改变了？"

"准确地说是被加快了。"蓝月纠正道，"从我们进入西麦农场算起，已经过了五个小时，可等到返回基地时，我们会发现时间停留在了五个小时之前。送别的人群还在那里，在他们看来，我们只是刚走进传送门就出来了。这五个小时只对我们才有意义。就算我们在西麦农场过上几十年甚至老死在这里，对他们来说也不过才过去了十几个小时。还记得在机房里我念到的那个'917402 年'吗？对人类来说，西麦农场是在二十几年前修建的，但在西麦农场里已经过去了九十多万年，也就是说，西麦农场的时间进度是正常世界的四万多倍。西麦农场里的一年差不多只相当于正常时区里的十几分钟，所以，在我们的世界里会感到西麦农场总是按这个时间周期循环输出产品。正是西麦农场九十多万年的生产，才保证了地球上三百亿人这二十年来富足的生活。"蓝月转头看着戈尔，"你好像说过，你有九个孩子。"

戈尔一愣："是啊，我带着他们的照片，你想不想看？"

"等等，"我打断了戈尔的话，"有一点我不太明白，既然是你父亲发现了这个原理，那为什么却是由西麦博士创建的农场？"

"这件事正是我父亲心中的一个结。当年他刚发现这个原理，便立刻意识到它在解决食物、能源等问题上有应用前景，但几乎就在同时，他意识到了另外一个问题，一个称得上可怕的问题。想想看，我们人类其实也是从低等生物逐步进化而来的，如果我们把那些暂时比人类低等的生物放进一个比我们快了许多倍的时区……"蓝月不再往下说，或许她也知道根本不用再说了，因为我们已经见到了后果。

"所以，我父亲忍痛放弃了他毕生为之奋斗的成果，对整个世界秘而不宣。但他没想到的是，他最得意的学生和助手背叛了他。"

"你是说西麦博士？"

"就是西麦。"蓝月苦笑道，"他创建了与外界隔绝的西麦农场，用高度聚集的太阳光束作为农场的能源。老实说，西麦也是少有的天才。从'时间尺度守恒原理'到西麦农场之间其实还有不短的距离，就好比从爱因斯坦的质能方程到核聚变发电站之间还有莫大的距离一样。等到我父亲发现时一切都来不及了，西麦已经成了人类的英雄。我父亲唯一能做的事就是尽可能地避免他所担心的事情发生。可是这一切还是发生了。"

"他为什么没有早一点发现问题？"我着急地问。

"刚开始，西麦农场的时间只是比正常时间快两倍左右，但是人们很快就不满足了，他们不断提出要过更高水平的生活的要求。于是，西麦加快了农场的时间。但人类的要求越来越高，以至于后来成了以需定产，人们只管对西麦农场下达产出计划，由农场的计算机自行安排时间速度，最终导致一切失去了控制。没有谁愿意到西麦农场里工作，因为这实际上意味着和亲人的永别。所以，人们将一切都交给计算机来管理。你们也看到那些机械了，它们都是农场的计算机根据需要自行设计的，单凭机械的升级换代速度，你们就能想象出农场里的生物进化得有多快。如果有一种办法能在正常的时区里观察西麦农场，你将会看到怎样的图景呢？"

蓝月没有再往下说，她的目光有些迷离。其实用不着她来描述，因为我想象得出那是多么可怕的情景：白天黑夜飞快更替，以至于天空像是灰色的；人造太阳在空中飞快地画出连续不断的亮线；风雨雷电等自然景观走马灯似的频繁出现，永无终结；植物像是慢录快放的电影般疯长和枯萎，看起来就像是动物一样，而那些真正的动物则如同跳蚤一样来来去去，所有的生物都在以比人类进化快成千上万倍的速度生长、繁殖、遗传、变异。死亡以不可想象的速度追逐着生命，同时又被新的生命追逐，造物主在这加速的实验室里孜孜不倦地验证着生命最大限度的可能性……

良久都没有人说话，我只感到阵阵头晕。蓝月描绘的图景让我不寒而栗。戈尔的情况也不比我好多少，他无力地瘫坐在地，仿佛虚脱了一样。

蓝月看了下时间说："三十分钟已经到了，我们回基地吧。不过，我们今天的谈话内容一定要保密。"

就在蓝月低头去取通信仪的时候，戈尔突然跳了起来，他的目光"钉"在了我身后。与此同时，我也看到自己脚下出现了一片巨大的阴影。我马上明白发生了什么事。几乎是在本能的驱使下，我立刻把蓝月扑倒在地并抱着她向旁边滚去。戈尔先开火了，我听到了一声令人肝胆俱裂的号叫，就像是千万头野兽一起发出的声音。等我回过头去时，只看到一片犹自摇摆不定、被践踏得狼藉不堪的玉米林，我和蓝月刚才所在的地方留下了几道深达一尺的爪痕。

戈尔的眼睛瞪得很大，仿佛要从眼眶里掉落出来，地上血迹斑斑。我默默地走过去，把耳朵贴近他的嘴唇，想听清他在说些什么。许久之后，我抬起头用手合上了戈尔那双不肯闭上的眼睛。

"他说了什么？"蓝月脸色苍白地问我，"他看到了什么？"

"他一直在重复着两个字，"我低低地说，"妖兽。"

五

我有两天没有见到蓝月了，作为此次行动仅有的两名生还者，我们一回到基地就被分开了，然后便是无休止的汇报。我的脑袋被接上了各式各样的仪器设备，以帮助我回忆那段经历，由此整理出的一切材料会直接报送西麦博士本人审阅。我当然不会违背我和蓝月的约定，谁也不能从我嘴里套出我们之间的那段谈话。这两天，蓝月的样子总在我眼前晃来晃去，她的眉宇和长发，她的声音，还有她若有所思的神情。尽管我不愿承认，但我内心有一个快乐的声音在执着地追问："你是不是喜欢上她了？"有时候，这句话甚至通过我的嘴突然冒出来，吓了自己一跳。

今天看起来比较清静，都过了十点还没有什么人来烦我。我当然不会让时间白白流逝，和往常一样，我无论如何都要干些有意义的事情，也就是说接着想蓝月。想她现在在干什么，吃了没有，吃的什么，还想象她如果穿上普通女孩的衣服会是什么样……如果没人打搅的话，我可以这么想上一整天。不过今天我刚神游了几分钟就被拉回了现实，一身戎装的蓝月出现在我面前。我得出的唯一结论就是她不是按正规渠道进来的，因为随后我便看到负责看管我的几个人全都无奈地躺在了外面房间的地板上。

"等等，"我用力挣脱拉着我一路狂奔的蓝月，"我不能就这样不明不白地跟着你逃走。"

蓝月停下脚步，她的脸因为奔跑而泛起了红晕："你太天真了。西麦是因为西麦农场而成为人类英雄的，难道他会让你揭露其中的隐情？你还不知道，为了巩固自己的地位，西麦正在筹划再建一个农场。"

"那原先那个农场怎么办？尽管密码门暂时把农场和我们的世界隔开，但如果那种……东西再进化下去，密码门迟早会被突破的。现在西麦博士要创建的新农场，几十年后岂不又和今天的西麦农场一样？"

蓝月含有深意地笑了笑："如果西麦还是一位科学家的话，他肯定也会这么想，可他现在已经是一位政治家了。西麦农场是他全部的资本，他如果放弃，马上会一文不名。"

"那他至少应该先把西麦农场的时间恢复正常，这样下去太可怕了。"

"如果能够做到这一点，我父亲当年就不用保守秘密了。"蓝月冷冷地说，"我们还是快走吧，车就在前面。我父亲在一个安全的地方等我们。"

蓝江水教授比我上回见到他时又瘦了些，一见面他就握住了我的手："听蓝月说，你救了她一命，真谢谢你。"

蓝月飞快地看了我一眼，脸上微微一红："谁说的？当时我已经发现危险了，他只是看起来像是救了我一命而已。"

蓝江水正色道："受人之恩不可忘，还不过来谢谢人家。"

我自然连声推辞，同时把话题转到我向蓝月提的那个问题上去。

蓝江水一怔，他没有立即回答我，而是点起了一支烟，我注意到他的手有些发抖。"和现在相比，我年轻的时候对许多问题的看法都很不一样。简单点说，我那时在对待科学的态度上是非常乐观的，我相信科学能解决人类面临的所有问题。同时我还认为，就算科学的发展带来了一些负面影响，也只不过是暂时的，而且随着科学的进一步发展，这些负面问题都会由科学自身来圆满解决。可是在几十年后的今天，我却再也无法这么乐观了。"

"为什么？"

"到现在我仍然认为，所谓科学研究，其实就是不断揭示自然的谜底。我常常在想，造物主为何要把它的谜底深深地埋藏起来？核聚变为何必须在几百万摄氏度的高温下才能发生？微观粒子为何必须在几千万亿电子伏特的能量撞击下才会向人类展现其内部结构？反物质又为何要在极其苛刻的条件下才能产生……不过我现在已经想清楚了，或者说我认为自己已经想清楚了。你可以设想一下，如果上述这些反应能在'常规'的条件下发生，那么石器时代或是青铜时代的人类，甚至远古的一只玩火的猿猴都可能已经把这个世界毁灭了。即便是现在，又有谁敢保证人类可以万无一失地操控一切呢？"

我有点明白他的意思了，但还是问道："'时间尺度守恒原理'也是这样的谜底之一？"

"好久没听到这个名词了，是蓝月对你讲的吧？世界上知道这一原理的人不超过十个，而真正掌握其核心内容的就只有我和西麦。西麦农场里发生的事情是无法逆转的，它的时间可以继续被加快，但再也无法被减慢，而与之对应的那块时区的情形则正好相反。"蓝江水的脸不自觉地抽搐了一下，他猛吸一口烟，在氤氲的烟雾中，他的脸变得模糊不清，"对一个从事科学研究的人来说，一生都没有成果是一件很痛苦的事，但最痛苦的事情不止于此。就好像一个农艺师辛苦一生才培养出新的作物品种，却发现它的果实虽然芬芳可口，但包含剧毒。我当时就是那种心情。后来的事你都知道了。直到今天，我有时仍然忍不住问自己在这个问题上到底后不后悔，让我感到欣慰的是，在多数情况下我都发自内心地回答：'不。'"

"那我们现在应该怎么办？"

蓝江水灭掉香烟说："我要去和西麦谈一谈。"

蓝月叫起来："不行，西麦是不会回心转意的，他已经不是科学家了！"

蓝江水笑了笑，脸上的皱纹使他看上去比实际年龄要老得多："要是我说，在这个世界上最理解西麦的人其实是我，你们一定不会相信。"

"我当然不相信。"我大声说道，"你和他一点也不一样。"

"可事实上我的确理解他。"蓝江水幽幽地说，"因为我知道自己只是差一点点就成了西麦。放心吧，我不会有事的。这件事已经拖了二十多年，到了必须解决的时候了。"

"那我们该做些什么？"我追问道。

"你们唯一能做也是必须去做的一件事就是——回西麦农场。"蓝江水无比肯定地说。

六

我做梦也想不到，两天后自己居然有胆回到西麦农场。说实话，我不能算是有英雄气概的人，但正如蓝江水教授所言，除此之外我们别无选择。

临行之前，蓝江水对我和蓝月说："西麦农场里的某种生物显然已经进化到了惊人的地步，根据上次从'采集者'身上提取的部分组织标本做的分析来看，这种生物的智慧水平已和人类不相上下，更不用说它还有着那样强大的自然力量。如果现在不把问题解决的话，过不了多久，恐怕人类的末日就会来临。"

现在我们又置身于西麦农场了。正常时区里的两天在西麦农场里相当于两百多年。看着四周那片我们曾在两百年前出没过的丛林，我胸中涌起一种无法言说的感觉。"沧海桑田"这个词在这里找到了最好的注解。由于缺乏管理，当年的农作物大部分都已消失，它们把土地让给了生命力更为强大的高达数米的野草。物竞天择的原理在这片土地上充分显示了自己的力量。

我们这次回农场的目的很简单。蓝月对上次复制的系统进行了分析，证实了西麦农场计算机系统的能源供给部分曾经遭到了某种生物的恶意破坏，很可能就是那种妖兽。仅凭这一点，就足以证明它们已经具有了多么发达的智慧。我们这次计划修复系统，以便利用西麦农场里的这些超级机械来对付那些至今都不知道长什么样的可怕东西。由于经历过惨痛的教训，这次我和蓝月的防护措施要严密很多。但即便如此，我的心里仍忐忑不安，不知道蓝月的感觉会不会比我好点儿。

去管理中心的路上虽然有过几场虚惊，但总算没出什么事。我们见到了不少已经变得有点不一样的牛羊之类的牲畜，经过两百多年的自由生长之后，它们显然应该算是野兽了。这些家伙不时急匆匆地从我们附近掠过，一副警惕性很高的样子。在任何一个生态系统里，位于食物链顶端的只会有一种生物，看来它们也不过是妖兽的美食而已。

现在蓝月已经坐在管理中心的电脑前修复系统了。一切都还比较顺利，太阳能电站首先开始了工作，紧接着管理中心的照明也恢复了。从外面不断传来机器启动的声音，大屏幕红外遥感监视器上显出了西麦农场的全景，上面一个个移动的黄色亮点表示机器都动起来了。蓝月得意地冲我一笑，竟然美得让人眩晕。

这时突然传来一阵号叫——正是那种让我一想起来就发抖的声音，蓝月的脸色陡然一变。从声音判断，妖兽距离我们不超过一百米。

"快，下达采集命令！"我大声喊道。

"我正在寻找命令菜单项。正在找……"蓝月急速操作着电脑。

大地开始剧烈地震动，让人几乎站不稳。在这样的情况下，电脑很容易损坏，如果在更大的麻烦发生之前不把采集命令发出去就来不及了！我大声催促着蓝月，由于过度紧张，我的声音已有些变调。

"我正在找。"蓝月的语气像是在哭，"……找到了，我……"

一阵巨大的震动袭来，我和蓝月被掀翻在地。与此同时，机房的屋顶被揭掉了，然后我们就看见了那种足有十五米高的东西，我想那就是妖兽了。我看不出它是由哪种生物进化而来的，只看出它分化出前肢和一对用于行走的后肢。后足有六米多长，肌肉十分发达，前肢显得很灵活，长着黑色的利爪。它的脖子长度超过一米，上面支撑着一颗硕大无朋的头颅，咧开的嘴里露出尖利的牙齿，看得出来这是它强大的武器。黏糊糊的涎水从它口中滴落下来，散发出腐臭的气味。这时候我看到了它的眼睛。在我看到它巨大的头颅时，我还不敢相信它是一种高级智慧生物，但当我看到它的眼睛时我相信了这一点。我和它对视着，我看到了它眼睛里有着藐视的意味，是居高临下的那种洞悉对手全部心思的眼光，这是智慧生物才有的眼光。巨大的震撼之下，我无法准确描述自己此时的感受。我想我的第一个也是唯一的感觉就是它太强大了，在它面前我们简直弱小得可笑，就像是两只蚂蚁。我甚至没有一丝拔枪的念头，因为我知道那根本不会有什么用处。

蓝月突然转身抱住了我，我感到她的脸上满是泪水。她的这个表明心迹的举动让我感动不已，巨大的幸福充斥了我的胸膛。一时间，我几乎忘记了死神就在眼前，或者说我的眼中已经看不到死神了。不过，我仍旧无法抑制地流出了眼泪，并不是因为我就要死去，而是因为我的族类将要面临的灾难。我从来都不认为自己是一个高尚的人，但我相信任何一个人处于我现在的境地都会流出意义相同的泪水。相对于整个物种而言，个体的命运其实是微不足道的。这时候，妖兽缓缓举起了右前肢，然后以无法用语言形容的速度向我们劈了下来。风声凄厉。

但奇迹出现了，一台"采集者 4107 型"冲了过来，看来蓝月在最后的时刻选对了命令。它显然不是妖兽的对手，只两三个回合就变成了一堆废铁。不过，这点时间足以让我和蓝月脱离险境了。我们一路飞奔，四周传来阵阵令人毛骨悚然的号叫。

西麦农场变成了战场和屠宰场，这是无生命的"采集者"和有生命的妖兽之间的战争。机器的爆炸声和妖兽的号叫声交织在一起，火光与血光纠缠在一起。妖兽张开巨口撕扯着"采集者"的合金身躯，如同撕扯着一张薄纸。除了"采集者27999型"外，它显然没有任何对手。

"采集者27999型"的轰鸣声震耳欲聋，每当它的锯齿间突然拉出一道蓝白色的弧光时，天空中就会响起让大地也战栗不已的霹雳声。相形之下，"采集者27999型"比妖兽要残酷得多，因为它是一种收获并加工肉类食品的联合机器。

我和蓝月一路奔跑着朝密码门的方向逃去，随身携带的与管理中心无线联网的便携式电脑不断显示着这场战争的进程。代表"采集者"的黄色亮点和代表妖兽的红色亮点都在急速减少。我焦急地关注着力量的对比变化。有几次"采集者"明显占据了优势，但很快又被超过。我在心里为"采集者"加油。我不敢想象如果"采集者"输掉了这场战争会是什么样的结果，我也不敢想象那些嗜血的妖兽会怎样对待我们的世界。红色的亮点逐渐占据了优势，黄色的亮点一个个熄灭，我的心向着深渊沉落。最后，有六个红色的亮点留了下来，那是六头妖兽。

我下意识地回头看着蓝月，她的眸中一片死灰。我有些歇斯底里地说："它们都是雄性，要不就都是雌性。一定是这样的，一定是的！"我无法自制地重复着这几句话，就像在念一种维系着唯一希望的咒语。

蓝月苦笑："六头妖兽全为同一性别的概率实在太小，但愿我们能活着逃出去报信，除了原子武器，恐怕没有什么能消灭它们了。"

我绝望地摇头："人类准备好核进攻还需要一段时间，要知道，正常世界的一天在西麦农场就是一百多年，到时候妖兽的数量还不知道会增加多少。而且在西麦农场这么大的地方使用核武器，就算能消灭妖兽，接下来也会让人类付出无比惨重的代价。"

蓝月沉默半晌："那我还是和你一起祈祷吧，这是我们唯一能做的事。"这时她好像突然想起什么，指着屏幕说："这六个红点一直待在原地不动，会不会是受了伤？"

我观察了一下，然后抽出激光枪说："走吧，不管怎样，先去看看再说。"

当我们穿过荒凉区域来到南部的一片开阔地带时，眼前的景象让我们大吃一惊。很明显，我们已经置身于某个初具雏形的城市中。整齐的洞穴，完备的供水系统，储备了大量食物的仓库，用于聚会的广场……看来，妖兽们已经具备了自己的社会系统，它们和人类社会已经没有质的差别而只有量的差距了。

在城市角落的一个洞穴里，我们发现了要找的东西。直到现在我才明白，为什么在红外显影图像里它们会待在原地不动，因为它们是六头幼兽。一头身躯庞大的妖兽倒毙在不远处，嘴里是一台"采集者27999型"的躯壳，看得出它是为了保护这几头幼兽而流尽了最后一滴血。六头幼兽显然不明白发生了什么事情，它们也许只是感到很久没有得到父母的哺喂了，焦急地在洞穴里嘶叫着。看到我和蓝月，它们并不害怕，相反还围拢过来，把头往我们身上蹭，讨好而焦急地发出索取食物的声音。

"四雌两雄。"蓝月简单地说道，然后她回过头来看着我，一语不发。

我知道蓝月的意思，实际上，我也正陷于一种不得不做出决断的境地中。说实话，我现在很难把眼前这六头嗷嗷待哺的幼崽与那些嗜血的妖兽联系起来，尤其当它们把毛茸茸的头蹭上我的脚踝时。这种感觉很奇特，即使是狮虎等猛兽的幼崽也是惹人怜爱的。但我的内心有一个清晰的声音在大声说：它们是妖兽！它们是人类的死敌！它们必须死——尽管它们的产生完全是由人类一手造成的。

"让我来吧，如果你不想看的话就去看看风景。"我轻声对蓝月说。

然后我抽出枪，依次对准每头幼兽的额头扣下了扳机。它们到死都以为我是同它们逗着玩儿。

一切终于结束了。现在我站在山坡上有些后怕地环视着四周，仍不敢相信我们居然完成了这个几乎不可能完成的任务。空气中的血腥味正在消散，黄昏的原野上拂过阵阵清风，人造太阳正朝着地平线上连绵的草浪滑落，那些无害的小兽出没其间。我仿佛第一次意识到，西麦农场也具有同普通农场一样的田园风光。想到我和蓝月即将离开这里，永不再来，我心中居然有些不舍。我转头望着蓝月，她也同我一样眺望着四周，若有所思。

"你在想什么？"我低声问道，"是你父亲的事？"

蓝月没有回答我，她转过身去："走吧，回我们的世界去，我们再也不用来这个地方了。"

不久以后，我便发现蓝月和我都错了，西麦农场其实是一个幽灵，从一开始它就用无比强大的力量给我们织了一张密密的网，我们注定生生世世都无法逃脱了。

七

我们在西麦农场的这场十几个小时的历险只不过是正常世界里的一秒钟，这样的反差总让人感觉是在做梦。当然，如果梦中总是有蓝月的话，我倒是无所谓要不要醒来。想到这一点，我不禁朝蓝月咧嘴一笑，却发现她的眼光里也闪着同样的意思——这就是所谓的心有灵犀吧，我喜欢这样的感觉。

"我们去哪儿？"我问蓝月，这段时间以来我已习惯了由她拿主意。

"去找西麦。"蓝月似乎早有安排,她的语气中有隐隐的担心,"不知道我父亲和他谈得怎么样了。"

西麦在基地里的官邸戒备森严,即使我和蓝月这样优秀的特警也费了不小的劲儿才潜进去。幸好只要过了门口的几关,里边就没有什么障碍了——谁愿意像在牢笼里一样生活呢?

"快过来。"是蓝月的声音。我飞奔过去,在会客室的角落里,我看到了倒在血泊中的蓝江水和西麦。蓝江水的手中拿着一支老式的枪,显然他是在射杀了西麦之后对自己开了枪。

在蓝月的连声呼唤中,蓝江水的眼睛缓缓睁开,他嗫嚅着问道:"西麦死了吗?"

我过去查看西麦的情况,他的瞳孔已经放大,平日里充满睿智的眼睛看上去有些吓人。然后,我退回来对蓝江水说:"他死了。"

一丝很复杂的表情在蓝江水脸上浮现出来,他足足沉默了一分多钟,但他最后还是露出高兴的神色说道:"那就好,这个世界上掌握'时间尺度守恒原理'的两个人终于都要死了。我本来只是想劝他放弃重建西麦农场的念头,可是他不同意,我没有办法,只好这样做。我了解西麦,他并不是一个坏人,在这件事情上,他并没有多少错。要说有错,也只是因为他顺从了人类的需求。实际上,在我所有的学生里,他是让我最满意的一个。西麦只比我小五岁,更多的时候我都只当他是我的助手而不是学生。"蓝江水说着话,伸出手去拽西麦已经冰凉的手,有些痛惜地摩挲着,"现在我俩一同死去倒也是不错的归宿,也许在九泉之下我们还能续上师生的缘分,还能……在一起做实验……"

蓝月痛哭出声:"你不会死的,我们想办法救你!"

蓝江水的目光渐渐涣散:"我自少年时便许身科学以求造福人类,没想到我这辈子对人类最后的馈赠竟是亲手毁掉自己的成果。其实我到现在也不知道自己做对了没有，我只能说，我也许避免了更大的浩劫。没有了西麦农场，地球上的三百亿人会在几个月里以最悲惨的方式死去一大半，面对他们，我的灵魂是永远都得不到安宁了……"

蓝江水的声音越来越低，两滴浑浊的泪水自他苍老的眼角缓缓滑下，最后融入了这片他深爱的曾经掩埋过无数像他一样的默默无闻者的土地。

逝者已矣。

只过了几天时间，我便意识到蓝江水临死前所预见的是多么可怕的场景。储备的食物很快告急，这颗星球上自从人类诞生以来最可怕的饥荒开始了。三百亿张嘴大张着，就像是无数个黑洞。政府下令大规模地退耕还田，但这对大多数人来说肯定是来不及了。养尊处优的人们在灾难到来时尤其脆弱，大规模的死亡场面就要出现了。过不了多久，这颗星球的每个角落都将堆满人类的尸体，那是何等可怖的场面啊！不过，我毫不怀疑我和蓝月能挺过这场灾难，因为我们是训练有素的特警，生存能力远胜于常人。随着人口的减少，粮食的压力将得到逐渐缓解。只要熬过最困难的时期，一切就会好转的。世界一片混乱，我和蓝月在这颗饥饿的星球上四处流浪。

"我快要疯了。"蓝月痛苦地伏在我的肩头，由于营养不良和精神上所承受的巨大压力，她瘦了许多，"这一切真是我父亲造成的吗？"

我安慰地拍着她的背："这不是他的错。这是人类向自然过度索取所付出的代价。这样的索取自古以来就没有停止过，而到了创建西麦农场这一步，更是在向自然的未来索取，人们索取的是大自然根本给不起的东西。如果没有西麦农场，世界上根本就不会有这么多人。现在死于饥荒和将来死于妖兽是两颗滋味相同的苦果，人类必须咽下其中的一颗。"

说到这儿，我突然愣住了，我朝远方大张着嘴但说不出话。蓝月用了很大劲儿才让我回过神来，她快被吓哭了。

"你怎么啦？"蓝月有些害怕地抚着我的脸。

我艰难地笑了笑："我想起一件事。看来才过了十来天，我们又要故地重游了。"

八

　　一千年过去了，西麦农场里一片荒凉："采集者"不锈的伟岸身躯依然耸立天宇，妖兽的残骸都已荡然无存，而当年埋骨于此的队友们音容宛在。想到差不多一千两百年前，我和蓝月在这片诡异的土地上由相识到相知，以及一千年前那场惨烈的大战役，我不禁有种恍如隔世的感觉。我甚至怀疑那些都只是梦中的场景，但此刻掌中所握的蓝月的纤纤小手又肯定地告诉我，这一切都是真实发生过的事。

　　是的，我们又回来了，而且这一次我们将不再离去。我和蓝月正在写一封信，再过一会儿，等我们将这封信通过密码门发出去之后，我们将毁掉这个唯一的出口。在这封信里，我们把关于西麦农场的所有事情都向世人做了说明，而蓝江水和西麦这两位天才之间的是非恩怨，恐怕也只能任由世人去评说了。

　　……我们并不清楚会有多少人能看到这封信，更不知道会有多少人能理解我们的行为。今天我们回到西麦农场其实是迫不得已的事情，妖兽虽然不存在了，但这只是暂时的。在一个比人类世界的时间快了四万多倍的时区里，任何事情都可能发生。按照进化论的观点，现在在西麦农场里的这些无害的动物甚至植物中，最终肯定会产生比人类高级得多的生物，人类将远不是它们的对手。不要试图让我们相信不同智慧生物之间能和睦相处的传说，就算可能，也不过是高一级生物的施舍罢了，就好比我们人类也为别的生物建造国家公园一样。而最大的可能性是，这些生物会在未来的某个时候冲出西麦农场，给人类带来真正的灭顶之灾。如果这一切成为现实，先父蓝江水先生将不得安息。

所以我们决定回到西麦农场，最起码我们现在还是西麦农场里最高级的生物。我们将活在这个时区里，与这里所有的生物按同样的节拍进化。如果不出现意外，我们和我们的子孙将继续或者说一直保持进化上的优势（但愿我们的这种乐观估计是正确的）。凭借这种优势，我们就能为人类守护西麦农场这块脱缰的土地。我们多灾多难的家园是那样的美丽，让人留恋万分，想到就要与之永别，我们不禁潸然泪下。

现在我们最想问的一句话就是：这一切到底为何要发生？难道人类对自然的索求真的永无止境？

也许过不了多久（相对于你们的时间来说），我们这一族将进化成某种和人类大相径庭的生物，甚至当有朝一日相逢时，你们根本就认不出我们曾经是人，谁知道造物主会怎样安排呢？但无论如何请相信，我们的心是永远和人类一起跳动的。而且我们要把这颗心一代代传给后人，要让他们和我们一样永远记住自己的根。

何夕、蓝月绝笔于西麦农场

时历 918653 年 12 月 7 日

老年时代

韩 松

◆ 第 25 届银河奖最佳短篇小说奖获奖作品

一、托 梦

　　小木梦到了父母。自他们十五年前去了养老院后，小木就没有梦到过他们了。小木一天也不想他们，连电话也不打。小木没有家，独身一人。他或许还记得父母，但差不多忘记他们长什么样了。昨夜他梦到父母血淋淋地站在面前。小木从床上爬起，走到窗边。窗帘积满灰尘，他想了好一阵，才把它拉开。城市展现在眼前。街上空无一人，摩天大楼遮天蔽日。这是东部沿海大城市，调节天气的纳米云如水母般飘浮在天上，各式彩图围绕着它们飞翔，这是利用气流，或用云粒子，或用激光，或直接把颜料喷洒到空中，绘制成的美不胜收的画幅。城市唯一的人工智能看护专家是一个艺术爱好者，它画给自个儿欣赏。人工智能看护专家负责城市的生产和消费，并照料居民的吃喝拉撒睡。小木每天无所事事，看护专家便安排一些消遣给他，比如让他没日没夜地玩电子游戏。小木始终待在室内，足不出户。然而，独居十五年后，他突然梦到了父母，这让他很不舒服。父母的样子很可怜。他觉得，他们在思念他，在召唤他，在向他托梦。他们可能遇到了麻烦，说不定死了。他怔怔地想了半天，最后决定去探望父母。

　　小木向看护专家提出申请，很快就被批准了。看护专家还配备了一架自助航行器送他去。小木从未旅行过，也不知父母在哪里。但看护专家都安排好了。航行器升空，向西飞去。小木朝窗外看，才意识到这个国家很大很大。他看了一会儿舱内影视娱乐节目，又想了想父母。他应该是与父母一起生活过的最后一代人。在他小时候，父母就移民走了。城市中只剩下年轻人。小木还有个弟弟，但他也已很久未与弟弟联系了。

飞了约两小时，下方出现了一望无际的、小木从未见过的沙漠。渐渐地，沙漠中涌现了一座座海市蜃楼般的城市。它们比沿海的城市还要大，密密麻麻地挤在一起。城市形若金字塔，却比金字塔更宏伟。小木一时觉得自己不像是在地球上。

二、移民新城

航行器降落在一座"金字塔"边。一名少有表情、身穿深色西服套装的少女来迎接小木。她自称小米，是城市的公关主管。她已从看护专家那儿获知了小木来临的消息。"欢迎来到天堂二十八。"小米说。"天堂二十八？"小木诧异。"就是这座城市的名字，它是我国一百零八个老人城市之一，它们统称天堂。这是第二十八座城市，这儿居住的全是老人。全国老年人口总数已达十亿，所以在沙漠中建设了单独的城市让他们居住。"小米照本宣科地说。

随后，她带小木进入城区，首先来到展览馆，按照程序，小木要先观看一部立体影片。小木看到，西部无垠的沙漠上，果然密布着一群群的金字塔巨城。十亿老人都集中居住在这儿，人口密度达世界第一。小木心想，何时能见到父母呢？小米却不急，又带他参观市容。与小木居住的沿海城市不同，这儿宽阔的马路上长满胡杨林，经过基因改造像银杏一样高大，森林中分布着蛇形、龟形和鹤形的商厦、酒楼与戏院。成群结队的老人出现了，他们笑容满面，勾肩搭背，川流不息。这仿佛是小木久远记忆中的一幕。他年幼时，东部沿海的城市还不是如今这样冷冰冰的，街上还有人，还有老人。他又看到，天堂二十八中，有许多模块化的机器人，装成逛街的样子，实际上是在监测老人的行为，准备随时为他们提供服务。这是高度自动化的城市，大概也是由一位人工智能看护专家照料的吧。

　　小米又引领小木来到一幢大楼。这是管理中心，储存着所有老人的档案。小米调出了小木父母的资料。原来，资料早为他准备好了。资料显示小木的父母还活着。小木松了一口气，他还以为他们死了才托梦来呢！父母目前住在"葡萄与刀"功能区。功能区也叫主题公园，天堂根据老人们的喜好，做了这样的划分。有的老人喜欢军事，有的老人热爱大自然，有的老人喜欢学习外语，有的老人热衷扮演间谍……住在"葡萄与刀"功能区的，据说是些痴迷野生动物的老人。按需设计，这样一来，老人们的愿望便都得到了满足。传统的养老院跟天堂没法比。小木急切地想要见到父母，却又害怕见了面不知道说些什么好。他毕竟已有十五年没有见到他们了。

三、父　母

　　在"葡萄与刀"功能区，建有连排的鼠窟似的居住屋，条件很好，十分现代化。在这里，小木终于见到了父母。两位老人像孩子一样安静地坐在炕头，一人怀里搂着一只灰扑扑的鸵鸟。他们埋头慢慢梳理鸵鸟的羽毛，脸上浮现出若有所思的神情。过了好半天，一人突然抬头，仿佛认出了小木，却没有说什么。又过了一阵，另一人也看了他一眼。小木这才确认，他们果然是他的父母。

　　又过了好一会儿，母亲对小木说："沙漠里有很多的鸵鸟，跟沿海地区不同。记得我们老家那儿只有海鸥呀……鸵鸟可是天堂的宠物。我和你爸认养了十只。分别代表你、你弟弟和你们的老婆孩子。"小木着急地想说自己还没有要孩子，仍单身，对婚姻也不感兴趣。但他最终没有说，或许是怕刚来就惹得父母不高兴吧。"你们还好吗？"小木说。"很好，很好。""缺什么吗？""不缺，不缺。"父母侧目瞟了小米一眼，又低头看鸵鸟了。小木这才意识到自己是空手来的。他没有为老人捎礼物。这一代人连最基本的人情世故都不懂了。小木却也没有不好意思。他还惦记着来探望父母，算是不错了。小米对小木说："瞧见了吧，这里什么也不缺，吃的、穿的、住的、用的，都由天堂安排得妥妥当当的。孝子，你就放心吧。""孝子"这个词让小木一阵痉挛。父母见状，捂住嘴咻咻笑起来。

随后是午饭时间。老人显得十分兴奋。天花板旋开一个洞，掉下一条金属传送带，运来了热气腾腾的手抓羊肉饭。但只有三份，是配给父母和小米的。父亲伸出手，大把抓来送进口中。母亲想了想，从自己那份里，分了一些给小木。"很少有孝子来到天堂，这方面设计得还不够周密。"小米像是抱歉地说，也从自己的碗中分了一些饭给小木。两位老人吃得满嘴冒油，那样子像是许久没有吃过饭了。他们又扔了一些饭喂鸵鸟。鸵鸟们贪婪的吃相颇似中生代的食肉类恐龙。

然后，老人要睡午觉了，他和她双双搂抱着爬上炕。小木站在炕下看老人。他们抹了油的头发披散在床头。小木感到陌生，心里有些哀伤，好在有小米陪伴，他们又聊了一会儿天。鸵鸟就在边上走来走去，用好奇的眼神凝视访客。下午快五点钟，老人醒来，看见小木和小米还候在炕边，就说请他们一起出去玩。大家便离开"葡萄与刀"，来到天堂外面的大沙漠。这里停满了迷彩沙漠车。小米帮老人和小木买了票，然后大家跃上车，驶入沙漠。

四、沙漠游嬉

　　父母和小木坐在一辆车上，小米自驾一辆车在一旁跟着。他们上沙山，入沙海，纵跃腾挪。两位老人乐得咯咯直笑，不停互相击掌。鸵鸟跟着车子飞奔，双爪刨起滚滚烟尘。不久，小木发现，小米和她的车不见了，他也没在意。"沙漠虽然荒芜，却是天堂最好的游乐场。每天不来玩一次，就浑身不舒坦。"父亲说。"别累着呀！"小木担心地说。"瞧，我身子骨硬朗得很呀，一点儿问题也没有哇！"头戴风镜的父亲舞动双拳，咚咚拍打胸脯，嘴里发出练功似的"嘿、嘿"音节。

　　纵目看去，还有成千上万的沙漠车，蚂蚱一样，漫山遍野。"嘟嘟嘟"，老人们嘴里模仿着打仗的声音，举着仿真枪，从车厢中探出身，彼此射击。有的车被撞翻了，老人栽入沙中，立即有救护机器人从地下嗖嗖钻出，及时进行处理。经过简单包扎，老人又飞身跳上赶来接应的车辆。"战争"继续进行着。"大家都活得蛮好的，你其实没有必要来看我们。"父亲完成了一轮激烈的射击，突然掉头对小木说。"天堂，是一片自由的土地！"母亲叫道。小木不敢说，他梦到他们浑身鲜血的样子了。这时，母亲抽出一根烟点燃，吸了起来。小木这才记起母亲原是一名舞蹈演员，而父亲是一位大学物理教授。他觉得老人的嘴巴就跟针一样。这跟他记忆中的不太一样，毕竟十五年过去了。

　　直到夕阳西下，沙漠才宁静下来，显得更加广阔而辽远，并从天到地染上了赤红色。相邻的多座金字塔城市在阳光的透射中显形了，耸肩伸腰突入晚霞深处，好似神话中的巨灵神。暮霭中，还有许多老人在玩跳伞。他们从千米高的跳伞塔上，一群接一群地跳下来，灵巧的身形滑过太阳表面，跟黑子似的，高空中飘来他们的叫声。小木想，这一切果然是真的呀！但怎么觉得像是在看电影呢？他发现，小米正站在跳伞塔最高处，举着望远镜默默眺望着他们。

天黑了。父母邀小木共进晚餐，就在沙漠边，在胡杨林中，宰杀鸵鸟，然后现场烧烤。小木想，也许小米还在监视吧……不管她了。父母一边吃，一边喝酒，还唱起歌，是台湾歌手罗大佑的《光阴的故事》。他们请小木也唱，他只好尴尬地加入。这首歌他并不熟悉。他们三人唱了一遍又一遍，好像在模拟失散家庭的重聚。这时，整个野外一片光明，许多球状聚光灯在头顶上方飞来飞去，一场盛大的露天集体婚礼开始举行，八百八十对老人身穿结婚礼服，脸上挂着一模一样的笑容，迈着正步出现了。他们是来到沙漠城市后才互相认识的，并迅速发生了恋情。在主持人的安排下，老人们嘴对嘴吹红气球。气球一个个被吹破了，鲜艳的橡胶粘在满是皱褶和口水的嘴上。最后，老人们的身上也缠满气球皮，混合了浓稠的唾沫，在夜色中闪闪发亮，如浸在新流出的鲜血中。这很像小木梦到他父母的那一幕。

五、幸福生活

但令小木不解的是，父母拒绝了他晚上与他们同宿的请求，似乎在最后一刻对于是否要把合家欢聚的气氛推向高潮有所保留。小米则为小木安排了下榻的宾馆。她开了一辆越野车接他过去。城里有一座清真寺风格的宾馆，是专为省亲者修建的。夜里，小木寂寞难眠。他走到窗边，望向城市。沉重的金字塔像一只红艳艳的大灯笼，老人们轻盈如飘行在灯芯中的各路神仙，神采奕奕，唱着歌儿，成群结队地漫游。有的老人在喝酒，有的老人在跳舞。中心广场上还有一些老人在发表演说，高谈阔论着时政、经济和军事话题。嘹亮的歌声在大街小巷回荡，有民歌、美声，有军歌、校歌，还有青春歌曲，甚至是沿海城市里刚流行不久的歌曲，也传至此了。但主旋律最后一致回归到《光阴的故事》，汇聚成大合唱。这样一直闹腾到凌晨才稍稍安息。小木想，父母也参与其中了吧？他们真是享福啊！怪不得不让儿子同住，怕打搅了他们的夜生活吧？但他又觉得哪儿不对。

　　小木对着客房墙壁唤了一声，立即有立体影像投射出来。小米显形了。她换了一套粉红色的迷你裙。没待小木提问，她便热情地向他介绍城市的来历。据小米讲，最初，是在各地设立养老院，但发现满足不了需求。为了应对人口老龄化的汹涌浪潮，根据新的国土规划，政府在西部沙漠中建设了第一座独立城市，即天堂一号，专门接待老年移民，这相当于实验区。在取得经验后，又兴建了更多的这类城市。这么做，是经过了充分考虑的，因为养老是一个极其复杂的系统工程。当老年人数量达到一个特定值后，社会便会发生质变。这时，老年人和年轻人的世界，将逐渐分化成两极，慢慢地就无法交叉了。老人也越来越不愿意和年轻人住在一起。因为老年人的一半，是融在死亡中的，他们眼中的世界是另外一种景象，这样就会爆发冲突。"不过，建立老龄城市，最重要的还在于我们几千年的文化中有尊老的传统，任何时候都不能丢呀！"小米说。幸好有了广阔的西部沙漠，否则传统就无法延续。在老龄化时代，那些幅员有限的小国都崩溃了，世界上只剩下了几个大国。老人离开后，年轻人就可以放心大胆去干很多事情了。如果老人在，就不那么容易，就会有阻碍。小木想说："不，不是这样的。我们年轻人现在待在东部沿海的城市中，什么也不干，成天混日子，像行尸走肉。"

　　小米没有在意小木的心情，接着说："至少，避免了不同代际间的战争。从大家庭的其乐融融，到彼此仇杀的争斗，这种过渡一夜间就会到来。因为人是极不可靠的动物。亲代和子代之间的关系很不稳定，是一种急剧波动的利益关系。家庭只是物质匮乏阶段的一种苟且组合，终将瓦解。没有谁能预测明天会怎样。老龄社会是人类进化史上一种崭新而暴烈的社会形态，比当初奴隶社会过渡到封建社会、封建社会过渡到资本主义社会、资本主义社会过渡到社会主义社会所引发的震荡还要大。对于究竟将要发生什么，没有确凿可靠的研究。最好的做法就是把两代人隔离开来。这样老年人也可以受到更周全的照顾，从而幸福地安度晚年。"

小木问："我爸妈还能活多久？""在天堂，通过医学工程控制，包括利用微型机器人清洗身体、替换人工器官、进行基因修补，人类平均寿命可达五百岁，甚至更长。""他们真的能得到他们想要的一切吗？""哦，应有尽有。""真是出乎意料。""是十全十美，你尽可以放心。"小木想，父母操劳一生，至此才在天堂中过上了幸福生活。想到这也或许是自己的未来，他不禁憧憬起来。

六、返璞归真

这夜，小木睡得很好。住在天堂，噩梦没有了。凌晨，他突然惊醒，走出客房，随便逛逛。八十多层的酒店竟然空空的。除了小木，没有别的客人。每个楼道中都在播放《光阴的故事》。为什么会这样呢？他突然意识到，或许小米在这儿等他多年了。她是这沙漠城市中唯一的年轻人。对此他想不明白，也不愿多想，赶紧回到客房。

小木吓了一跳，他突然发现自己进入了五彩斑斓的世界。客房四壁挂满油画，是老人的作品，画风粗犷，颇似史前岩洞的壁画，下面有画家的签名，正是他的父母。看样子，他们是在天堂学会画画的。老人的艺术想象十分奇特，展示出超凡入圣的天分。画面上，有长满几十只眼睛的怪物，有微笑着坐在沙发上死去的孩子，还有围绕尸体转来转去的鸵鸟……

在小木的印象中，父母不是这样的。不知道他们什么时候有了这样的趣味。但既然到了天堂，人总会变化吧。不，也不是变化。他们好像一夜间返璞归真了，把隐藏的潜意识重新挖掘出来，尽情释放，无拘挥洒；而来这儿之前，他们要在儿女面前装得一本正经。这是早先的社会形态对人性的束缚和扼杀。天堂果然是无比自由的啊！是啊，以前的父母，仅仅是小木和他弟弟的基因传递体，而现在的父母才展现了他们的丰富性。他们曾经一直在他面前紧绷着，他们一度过着多么憋屈而压抑的生活啊。他不禁嫉妒他们，并对自己的生存境况产生了怀疑。他盼望有一天也能来到天堂，跟父母一起，坐在炕上，学习他们一笔一画、细致入微地描绘那些事物。

于是，小木离开了宾馆。这回，他不知不觉走进了小巷。他看到了许多一动不动的人，孤零零地沉默地坐着，好像是被抛弃的老人。还有巨大的垃圾山，是他昨天不曾看见的。有很多动物的尸体，包括鸵鸟，还有些别的，像是合成生物，也都死了。他似乎走进了天堂不能示人的后院。他既惊且惑，赶紧逃离，重上主道。他又走在光鲜华丽的老人中间，而他们对他的闯入视若无睹。他还记得去"葡萄与刀"功能区的路，于是回到了父母的住处。他们对儿子事先没有约定的突然造访有些不悦。

这时，小米追来了，她也不太高兴。"你是客人，没有我们的安排是不能随便出来的。"她说，"要看父母的话，得由我引领。"父母请小木赶快离开。"他们是最高执政官，不能想见就见。"小米叱责小木。真的是最高执政官？他想到他们在沙漠车里大呼小叫、举枪射击的样子。小米便带他去看了一个场面。中心广场上聚集着几万名老人，正在投票选举。原来，他们要选出城市领袖，也就是最高执政官。小米说："在天堂，每个人都可以当领袖，都可以拥有最高权力。只要是天堂的合法居民，愿望都能得到满足。""这怎么可能？""是要让他们觉得被满足了。领袖什么的，其实只是个名分，但老人要的不就是名分嘛！现在，天堂二十八里，一共有一百三十八万五千二百一十九名最高执政官，他们对自己的家庭行使着充分的管辖权，但我们通过电子神经装置在他们的大脑皮层上造成一种印象，好像他们管理着整个世界。由于没有年轻人的竞争，老人身体又健康，活的时间又长，就都想着要去做一些不朽的事业……劳动和工作，在这儿成了人们的第一需求。"

小木回到宾馆，见墙上又换了新画，是刚画出来的，不再是那些阴郁的内容了，而是大海、太阳、蓝天、鲜花、儿童之类的。它们映照着房间，好像投射出了父母的心情变化。

七、孤　独

之后，经过小米的允许，小木每天可以与父母通话一次。他向他们提问："你们觉得这样活着有意思吗？""有意思啊，有意思啊。""什么是意思呢？我提出的问题，你们觉得没有意思吧？""多么自由啊，多么自由啊。""我要走了。"小木想说的是："你们舍得吗？"老人异口同声说："没有关系，没有关系。""真的不想让我留下来陪你们吗？""不想，不想。"

小木越来越觉得，这里面有什么不对。但小米告诉他，在天堂，不对就是对。这世界本来就是逆常规的创新，它解决了"人为什么活着"的问题。

说到小米，她的形象每夜都会以三维投影呈现，陪小木聊天。她像是怕小木睡不好，甚至怕他出事。年轻人初来天堂，还不能适应。这样，直到有一天，她和他在一起了。小木不禁觉得，是他在陪她。看望父母的主题已经发生了变化。这才是他来到天堂的真正目的吗？这是她设的一个圈套？

小木想，她压抑太久了吧。以前是老人感到压抑，现在换年轻人了。天堂的每个老人都拥有很大的权力，都是统治者，都是执政官，都是伟大英明的领袖，这意味着，这女孩其实是生活在一座座大山下啊！她一个人在为亿万人服务。他不禁怜悯起她来。这是一种从未体验过的新情愫。他的眼眶湿润了。

这时，墙上的画幅在黑暗中显形了，吐露出艳阳一样的光芒，在这老人像蚂蚁一样汇聚的城市里，格外明亮而炽烈。但到了极处，又放射出阴沉颓败的气息。没有想到，与小米的相处竟带来了这样的刺骨之感。但不管怎样，男人和女人之间好像打开了一扇通往幽暗燠热之境的久闭门户。这两个世上最孤独的人，来自东部沿海的小木和住在西部沙漠的小米，飞快地走近并聚合。他与她在一起，比跟父母在一起更为坦荡。

《光阴的故事》在耳畔回响："风花雪月的诗句里，我在年年地成长……"

八、大运河的水底

此后，小木变得更胆大，他又一次离开宾馆，就像逃亡一样。沙漠深处那空无人烟、阴森凄异的宾馆虚位以待，被红红火火的老人社会包围。他越来越想去看父母现场作画。他对艺术产生了空前的兴趣。

但还没出宾馆大堂，他便迎面撞上小米。她此番穿着迷彩制服，足蹬高筒马靴，雄赳赳地双手叉腰而立，阻住他的去路。他只得低头。她气冲斗牛，像个女勤务兵。他如坠梦中，不由得十分沮丧，末了只好跟她走。这回，他们去坐沙漠车，像要重演什么。他哑然失笑。周边都是老人，只有他们两个年轻人，极不协调。他们启动时，一群群早已候着的老人也动了，亢奋地嗷嗷叫着直追上来。

"他们以为我们也是老人吗？"他不安地问小米。"是吧。""为什么？""老人最狡猾也最易受骗。"两人的车子越驶越快，向沙漠边缘开去，把老人的大军甩在后面。这帮家伙开始还试图追上他们，但很快累了，也像是忘记了，或者兴趣转移了，就玩别的去了。"他们总是不能集中注意力。若能集中五分钟，就不是这样了。"她不高兴地说。"所以，你一个人就能管理好他们所有人，是这样吗？"他直视她的眼睛，但什么也没有看出来。"是的。噢，但是，不，不……"她有些前言不搭后语，不再说什么，只把注意力集中在驾驶上。小木不禁神志恍惚。

不久，他看到前方浮现出了亮晶晶的景观和蒸腾的雾气。原来，沙漠边上，分布着巨型水系。但不是尼罗河，而是人工复制的大运河。小米说，这是按某位老人的要求而设计的。还有一些状若19世纪末期工业革命时代的烟囱和厂房，粗大的烟柱像金属棒一样戳进天空，与眼球一样的浑浊日头迎面碰撞，似发出轰隆声。河边有一些晒太阳的老人，还有一些捕鱼的老人。另外就是高大的堤坝，下方似藏有发电厂。这一带的老人好像不是那么多，却更似偶人，悠闲轻松。小木像是经历了一次穿越。"乃不知有汉，无论魏晋。"他念叨。像是不明白他在说什么，小米瞥了他一眼。

来到河边，小米嗖地跳下车，脱掉衣服，开始游泳。她那像是千年不朽胡杨的身材吸引了男人。他也跳下去，两人追逐着潜水嬉戏，不觉来到深处，身体被旋涡吞没。这是一处人工旋涡，拽住他们垂直下降，进入水底下的厂房。果然，这就是支撑整个城市运转的发电厂。这里开辟有广阔的空间，形成地下城，是货真价实的控制中枢，又好似小米本人的家园。操场般的地面上，排列着亿万只粉红色玩具，形成团体操一样的队形，都是一人多高的陶瓷凯蒂猫，但头型和眉目皆为老者模样。

小米说，这水底下方的厂房便是天堂的镜像世界。她打开一只猫咪的天灵盖，下面露出了深深的腔子，从中冒出极寒的青白色气体。她又打开一只，再打开下一只……让小木逐一细看。原来是特制的棺材，每只凯蒂猫里面，都装着一具干尸。小木的父母也在其中。女孩兴高采烈地逐一展示给男人看，就好似向亲爱的人披露闺房秘密。原来，所有的老人都闭上眼睛藏在这地下空间了。

"那么，这些天我见到的又是谁呢？"小木惊骇而呆滞地问。

九、节能模式

"哦，他们是这座城市的人工智能看护专家制造出来的假人呀！"小米慈爱地摸摸他的脑袋，对小木坦言。小木眼前出现了父母佛陀般安坐不动、手抚鸵鸟，或高声疾呼、驭车奔驰的生动模样。他想，城是真的，人却是假的。他却从那么遥远的地方飞过来看他们。沙漠中的一百零八座城市，这些叫作天堂的地方，原来是鬼城。他却因为一个梦，千里迢迢奔赴此处来看亲人，还要看他们画画。他又想到，以前听人说过，亲人只有一次的缘分，无论这辈子相处多久，一定要珍惜共聚的时光，下辈子，无论爱与不爱，都不会再相见，但看来不用等到下辈子了。

"他们最初都是活人，但后来看护专家冻结了他们。"小米说得轻描淡写。她带领他在神色木然的猫咪阵列中穿行。猫儿们鼓着发紫的眼泡，冷冷地从四面八方盯着他们。她介绍道："在看护专家看来，生命只是一些生物电流的涌动。它并不认为他们已经死了，它觉得他们只是换了一种方式存在。在你这样的尊贵客人来访时，还可以临时启动机器，释放出用纳米技术制造的模拟人，重新展现出城市的繁荣昌盛。""演戏？""不，只是转入节能模式。"

小米说，老龄化城市的实验其实失败了。由于老人的数量实在太多，且他们贪得无厌，这上百座沙漠城市一度成了国内最厉害的耗能大户，这样下去它们甚至会用光整个星球的资源，连人工智能看护专家也看不下去了。为了东部沿海城市的年轻人能够存续，这里必须转入节能模式。按照效益优先原则，看护专家做出了冻结的决定。"在宇宙中，生命之争就是能量之争。"她说。"十亿人都被冻结了，难道国家不知道吗？"他问。"这儿不是早已自成一个国家了吗？""那个我们平时所说的国家呢？""你觉得它还存在吗？""什么意思？""没什么意思。""为什么告诉我这些？""噢，我们已经在一起了嘛……"听了这话，小木下意识攥紧拳头。他这才觉得这个女人陌生而危险。

小米说："实际上，在你内心深处，你父母早不存在了。所以又有什么关系呢？""不是这样的，我梦见他们了……""是的，是的，这是你的殊异之处。在你这一代，人类已不会做梦了。"小木于是怀疑起了自己。他的申请那么容易就通过了，而看护专家应该了解所有的实情。它本应该阻止他来。是啊，为什么只有他一人前往天堂？"我是活着的吗？"他犹疑着小声问小米。"这很重要吗？"她的语气像是责怪他都到了鬼魂云集的天堂还如此天真。"不重要吗？""哦，什么叫活着，什么叫死亡？那仅仅是信息组合的不同方式罢了。天堂有天堂的概念。换一个角度看，你完全可以认为你父母仍然活着。他们正以新的方式活着。"说着，她把一只猫咪抱起来，使劲摇了摇。里面发出板结的肉体与金属外壳剧烈碰撞的"咣咣"声。

"这不是我要看到的……"小木说。"其实是你不想看到的，你在拒绝变化。你跟你的父母一直在较劲。你不满他们提出的要求。噢，老人们移民沙漠城市后，提出了许多非分要求，才导致能量的消耗以指数级增长。""什么非分要求？""千奇百怪的想法，你不是已经亲眼见到了吗？比如，他们提出，每个人都要当一回国王，还要随便处置他人的生命。他们还想去到银河系的中心，要建立伊甸园……因为是老人，所以看护专家不能拒绝他们，只能尽量满足大家的愿望。但后来，它们觉得这太可怕。以旧的形态存在，人类就不仅是多余的，而且是危险的……""有时我也这么想。"小木感到自己的话音像是从一具尸体的腹腔中发出来的，他又注意到在小米口中，看护专家由"它"变成了"它们"。

十、画　画

晚上，小木向认识的所有人发出邮件。这些人中包括他久未联系的弟弟。他不知他们是否还活着。他告诉了他们天堂里发生的事情。他跟他们讲，国家正处于一场空前的危机中。西部沙漠中隐秘的巨型金字塔城市里藏匿着不为人知的秘密。这是一个阴谋。人类的自由已被剥夺。不仅是自由，连生命都被扼杀了。"我们的父母已被干掉——为了'节能'，为了抑制'非分要求'。据说这样做是为了我们这些'下一代'，但这肯定是谎言。世界正在发生某种可怕的变化，但我不知道接下来还会发生什么。"

随后，小木向自己所来的城市提出申请，要求回去。他要回到那儿，去找离群索居的年轻人，要唤醒他们。但负责照料东部沿海城市的人工智能看护专家对他说："你不能回去了。我接到了你的孩子送达的申请，他们希望你提前入住天堂。""荒唐，我没有孩子。""这是假象。你有孩子，但你忘记了。他们早就被遣送到了大海另一端的远方，在那儿集中定居。现在，他们发来了申请。他们本想来看望你，但觉得或许会看到意料之外的事物，遂作罢了。"看护专家告诉小木，他那个关于父母的梦境，就是他的孩子们制造的。他们委托看护专家把梦送抵了他的脑海，成为他前往天堂的凭据或借口。

小木突然记起，小时候上学时，电子老师讲过，大洋彼岸的世界叫作地狱。看护专家又说："其实，从你们这一代人开始，每个人一出生，就已进入老年时期，但你可能是我记忆中的最后一个年轻人。"小木怀疑看护专家又在制造新的假象和诱饵，便说："太残酷。""噢，是更仁慈。"看护专家说罢便消失了，只在三维影幕中留下一个长相滑稽、表情痛苦的人形符号，看上去很像小木。

这个符号又迅速变形成了小米。这回她换上了一身孕妇装。她对小木说："留下来吧，天堂很久没有来过活人了，我们只是在怀念逝去的时光。你是唯一的，请选择功能区吧，我会为你配备一个异性。""干什么用？""当老伴啊。""我可以挑吗？""不能。""为什么？""因为她便是我。"小米干巴巴地说。"这又是为什么？""我太寂寞了。"她这才像是笑了一笑。小木再次想到，所有的这一切，都是她安排的吗？他猜，小米本人便是照料天堂的那个看护专家。接下来会有时间验证这种猜测的。他的余生还长得很，要活到五百岁。不，要活到一千岁、两千岁……一万岁，会永远活下去，以各种各样的形式。另外，他早该想到了，在这个国家，比人类还寂寞的便是人工智能看护专家了。他想，我究竟是谁呢？他妖里妖气地唱起来："就在那多愁善感而初次回忆的青春……"

"往后，你最想做什么呢？"小米不耐烦地打断男人的演唱，做出关怀的样子问。

"画画！"小木鼓起勇气回答。

千年虫

杨 平

窗外有人在违法放鞭炮，声音稀稀拉拉，我靠在沙发上，看着咪咪专心致志地用麻将牌搭一座塔。大年初一的清晨总在平静中涌动着骚动，人们在闹了一夜后往往神志亢奋，但思维已开始迟缓。几个朋友打了一夜麻将，已各自抽着最后几根烟走了，只剩我和咪咪懒散地等待睡意到来。电视里美丽的播音员在兴奋地给大家拜年。

　　"小纪太狠了，居然来了个'一卷三'，下次非翻回来不可。反了他了！"我恨恨地说。咪咪不屑地看了我一眼："你非要做大牌，做不了也就做不了，还老点炮儿，能不被人卷吗？"

　　"咱多少还是和了几把嘛，指导思想是正确的嘛，成绩是主要的嘛。"我站起来，走过去从背后抱住她。"别闹。"她轻轻往后一拱，"别把我这塔弄塌了。"

　　"你会玩吗？来，让大哥教你……"我拿起个"六万"要往上搁。她半路把麻将牌夺了下来，小心地放在塔顶上。"关键是保持平衡，你瞧你摆得这么斜，一会儿肯定不行。"我振振有词。

　　"我想搭个 S 形的塔。"

　　窗外传来一声很近的巨响，一辆车开始紧张地向主人报警。"怎么还没换新的警报器？"我向窗外看去。

　　"你说这个搁上去会不会塌？"咪咪回头问，黑发在我眼前一晃。我把她的头发从耳边向后掠去，她扬起头，微笑。窗外隐隐传来鞭炮声。

　　手机不合时宜地响起来。我们谁都不说话，还是互相望着，听着铃声。过了一会儿，铃声不停，我们一起笑了。"还是接一下吧，肯定又是你那帮狐朋狗友。"咪咪笑道。我拿起手机："哪位？"

"我是黑子。你赶紧上线，有急事！"

"什么急事啊？我这正忙着呢！"我大声说。

"少扯了！忙着你还能这么心平气和？赶紧上线，老三要自杀！"

我一愣："是……"

"当然是网上'自杀'，不是真自杀！你赶紧吧，具体情况上来再谈。"

"好。"我挂上电话。

"又要上线？"她看着麻将塔问。

"是啊。我要去救人，咱们一会儿再谈。"

"呸，美得你！"她笑着说。

我打开电脑，进入常去的一个BBS（网络论坛）站。这是国内因特网上最大的BBS站，我是网站上的版主，就是最低级的管理员。在显示好友的列表中，我看到黑子、老三还有其他几个好友都在聊天室里。我顾不上看自己管理的版面，径直进入聊天室。黑子发来一条消息："PPMM聊天室，'门'已开。"我进入PPMM聊天室，黑子立刻把"门"锁上，这样别的用户不能进来看到我们的谈话。

老三正急切地表明自己的境况十分悲惨，会有很长时间不能上网，但他依然是大家的朋友，有事找他尽管开口不用客气云云。我先打了声招呼，然后就待在一边看着。黑子和其他几位想尽办法解决老三提出的困难，显然是要套出他真实的想法，但徒劳无功。我正要出口相劝，突然听到"哗啦"一声，麻将塔倒了。咪咪开始把麻将牌往盒里收。我的注意力又回到屏幕上。

老三的语气开始不耐烦起来，看来是被逼到了角落非吐真话不可，又绝对不愿坦白。"老三，到底有什么苦衷？"我写道，"说出来我们帮你解决。在场的哪一个说出去，我们一起找他算账。如果你还当我们是朋友，现在就说出来。"

"就是。"黑子赶紧跟上，"你说吧。"

没有任何先兆，老三突然下线了！聊天室里静了一下，黑子开始破口大骂，纯熟地运用各种公开或私下的简写符号，间或有几个中文句子也是错字百出，错误明显出自一个拼音输入法的使用者。咪咪走过来，趴在我肩膀上："完了吗？"

我盯着屏幕，摇摇头，写道："谁知道老三的住址？"

咪咪问："还要多久啊？"

我不回答，仍盯着屏幕。她站起来走了。

我眯着眼看黑子继续展示他的简写知识，其他几位在短暂地表示了不解和关心之后，开始讨论春节期间饭局的安排。这个场面忽然变得很滑稽，我失去了兴趣。"谁知道老三的地址？"我又问了一遍，等了一会儿，退出聊天室，下线，关上了电脑。

接下来的几天我过得浑浑噩噩，充满了饭局、狂欢和情绪化。那天，当我几乎同时发现自己白发丛生和假期临近结束时，疲惫从脚心漫上来，爬上双腿，越过腰部，攀上肩膀，将我完全淹没。我似乎比放假前还累。初六的晚上，我在厕所对着镜子拔白头发，咪咪在旁边靠着门，头发高高挽起，露出光洁的脖子。我的目光在她和镜子之间来回。我想起前几天见到一个高中同学，他微笑着盯了我半天，说："胡图，你显得成熟了。"我知道他本来要说的话，不得不同意他的观点。我老了，虽然还未步入而立之年，我的身体、我的内心都已老态龙钟。我回想的时候一定显出了自怨自艾的神情，咪咪走过来抱住了我。

兔年的春节假期一过，电脑培训市场立刻展开了激烈的竞争。我在某大学开办的电脑培训中心工作。随着下岗人员的增加，我们原有的很多大客户——那些机关、厂矿等都陆续暂停了电脑培训，只剩下原来不受重视的散户。

我们不得不增加培训的密度、降低培训费以吸引客户。每天下班时，我都希望赶紧发生什么事，让那些烦人的东西消失。一首流行歌曲唱得我头皮发麻，三个歌手轮番表达自己的烦心事，让我难受又同病相怜。

　　在这种处境下，人往往会趋向于极端地考虑问题。我和咪咪的争吵越来越频繁，冷战期也越来越长。她委屈，我也委屈，结果谁都觉得吃亏，谁都不愿让步。世纪末的情绪就这么慢慢地浸入我们的内心，让我们的心中都隐隐存有毁灭的欲望。

　　三月下旬的一天深夜，我正在常去的那个聊天室瞎闹。黑子忽然闯了进来，连招呼都没打就说："开始空袭了！"

　　我一瞬间仿佛回到了八年前的那个上午，我去食堂买早点，迎面碰上了父亲的同事，他也是这样，急匆匆地说："开始空袭了！快回去告诉你爸！"我当即返回家中打开电视机：自天而降的火焰，满天灼热的星斗，播音员得意扬扬的声音……我自记事以来第一次目睹了一场战争。我在电视机前热血沸腾、手舞足蹈。

　　而这次，激动之余更多的是忧虑，我惭愧地想起了那个世纪末的预言，作为一个受过严格训练的唯物主义者，我为自己把这两件事联系起来而惭愧。不过万一预言对了呢？我知道这很傻，可万一对了呢？

　　我和咪咪之间的冷战随着这场真正的战争而消失了。每天晚上，我们一边捧着饭碗，一边呆呆地望着屏幕，自以为很牛地评点天下大事。我们都是二十世纪七十年代出生的，一直以为人类已经从战争中得到了足够的教训，但事实给了我们痛入骨髓的一击。谁说人类在进步？燃烧在地球另一面的战火像是一部惨烈的电影，不同的是没有人知道结局是什么，连演员和导演都不知道。我们就这样看着、议论着，等着影片一点点走向那个既定的结局。

　　差不多在同一时期，我第一次听说了 Y2K 事件。

曾被媒体炒得沸沸扬扬的"千年虫"①问题已经人气散尽，只有我们这些在这个行当中混的人还关心。这是个"历史遗留问题"，早期的电脑为了节省存储空间，在表示年份时用两位数代替，比如 1973 年就表示为 73。这样，当 2000 年来临时，电脑系统搞不清楚到底是 1900 年还是 2000 年，因为在它的破存储器中只有 00 两个字符。这事又一次教育人们，电脑其实很笨。这个缺陷会导致很多问题，尤其是那些严重依赖时间的系统，比如银行、交通调度等。

有人发现在某些因特网站点，画面上方有淡淡的"Y2K"字样。本来这也没什么，有人愿意提醒大家"千年虫"问题，那就随他去呗。可慢慢地有传言说，凡是被加上"Y2K"字样的网站都有"千年虫"问题。很快，这些被称为"千年虫网站"的管理员纷纷站出来辟谣，信誓旦旦地保证自己的服务器没有任何"千年虫"问题，并讥讽造谣者不懂电脑。没过多久，传言升级到了 2.0 版，说是这些网站会传播一种叫"千年虫"的病毒！那些管理员立刻悲愤地发表声明，指责这是一帮无聊者的"网络恐怖主义"行为。但声明没有阻止这些网站的访问量直线下降。防病毒软件厂商接到了许多电话，询问有没有能清除"千年虫"病毒的软件。然而，"千年虫"病毒没有被发现，人们却被另一种病毒打了个措手不及。

4 月 26 日，北京城笼罩在蒙蒙细雨中，从早上七点半起，各个防病毒软件厂商和电脑厂商开始不断接到求救电话。病毒发作的症状都差不多，先是机器不能启动，然后发现硬盘找不到，有的还损坏了机器的基本部件——主板。上午，这些厂商的门市部里挤满了前来维修的客户，甚至有人急得放声大哭。我所在的单位由于有预防措施，没有受到影响，但我在 BBS 上目睹了事件的进展。有些以前在我们这里培训过的学员也打电

① 计算机 2000 年问题，又叫"千年虫"问题，缩写为"Y2K"，是指在某些使用了计算机程序的智能系统（包括计算机系统、自动控制芯片等）中，由于其中的年份只使用两位十进制数来表示，因此当系统进行（或涉及）跨世纪的日期处理运算时，就会出现错误的结果，进而引发各种各样的系统功能紊乱甚至崩溃。

话过来求救，都被我们转到了软件厂商那里。

忙了一天，我骑车回家，又一次觉得像在看一场电影，而我是主角，好像正上演着电影《猜火车》那著名的开始场景，那段著名的对白。我一边认真地骑着车，一边思考着自己的生活：我该干什么？我哪里做得不对？下一个星期怎么安排？今年能攒多少钱？"五一"去哪儿玩……我没有考虑结婚，那似乎是很遥远的事情。

细雨纷飞，我一点点地向家骑去。

晚上高中同学打电话过来，说"五一"聚一下，吃完饭还有卡拉OK。好，行。我刚放下电话，又接到一个电话，说预存的话费已不够，让赶紧交费。好，行。手机又响起来，说这几天有个活儿，酬金若干。不好，不行。咪咪在旁边瞅着我乐。"有点儿日理万机的样子是吗？"我笑道。她点点头，又去拨拉碗里的饭。"以后等我退休了，就能和你坐着轮椅慢慢聊了。"我感慨万千。"别美了，谁乐意和你聊啊！"她的筷子停了一下，又开始拨拉，也不知道在找什么。手机再次响起来。我们相视一笑。"喂，我是胡图。"我说，示意咪咪把电视的声音调低。

电话是老三打来的。他和黑子都遇到了车祸，在医院治疗，但身上没带钱。

我放下手机，拿上卡就出去了，在大院门口的取款机取了钱，打车直奔医院。

黑子伤势较重，已送去急救。老三正举着打了石膏的胳膊和警察解释，肇事的车逃离了现场，他也没记下车牌号，只知道是辆奥迪。我交了钱，陪老三坐着，问他当时的情况。老三说，那辆奥迪本来和他的车并行，忽然高速从右向左并线，他没来得及规避，车头被撞到，又撞在中心线的栅栏上。结果他那辆可怜的夏利的副驾座被撞瘪，可怜的黑子也被撞得昏迷过去。出事后，那辆奥迪在他们前面几十米停住，似乎在思考该怎么办，然后一溜烟地跑掉了。老三一边讲，一边不绝口地骂那奥迪。"你和黑子是怎么碰上的？"我问。

他一愣："我们去赶个饭局，有几个朋友想谈点儿事。"

"那你还没吃饭吧？我去买点儿吃的。"我站起来。

"不用，"他斜眼瞅着那些警察，"我不饿。"

"怎么能不饿呢？我还是买点儿吧！"

他把目光转到我身上："好吧，买点儿巧克力饼干吧！"

我走出医院，先给咪咪打了个电话，说今晚不回去了，然后去小店里买东西。店主正和另外一人感叹现在治安太差，哪儿哪儿最近又有炸弹了，哪儿哪儿死了好几个人，哪儿哪儿又有"拍花儿"的了等等。两人聊得惊心动魄又兴高采烈，争相表示自己知道得多。他们的话题忽然转到电脑病毒上，我注意起来，想听听他们会发表什么谬论。令我惊讶的是，他们对电脑病毒的了解比我想象的要多，虽然有些不知所云，但也不会犯"电脑病毒会传染人"之类的错误。店主一边把零钱找给我，一边满面红光地说："我觉得现在这些事儿，就是人知道的、会的太多。就像一个小孩手里拿把枪，您说危险不危险？本来小孩就该玩点积木、玩点骑马打仗游戏什么的，结果您非给他塞把枪。小孩也不知道厉害，也控制不了自己，结果闹出事儿来，您说赖谁？"

我拎着吃的回到医院，就听到了黑子的死讯。

黑子死后，他的账号还保留在那个BBS上，但没有登录。按规定，一个账号如果连续四个月不登录，其"生命力"就会减到零，也就是被删除。我眼睁睁地看着他账号的"生命力"一点点地减少，慢慢向零靠拢。我在他以前常去的一些版面发文，题目叫"Fading like a flower（如花般凋谢）"，内容空白。这种行径被一些网友痛骂，指责我浪费网络资源。

单位最近风传要裁员，人心惶惶。老板盯着谁看，谁就紧张。这天下午，老板推门进来，冲我说："胡图，你来一下。"我心里一激灵，站起来随着老板走进小会议室，一路上同事的目光充满了同情和尽力掩饰的庆幸。

老板先给我倒了杯茶，问我最近在做什么。我接过茶说了"谢谢"，说正在研究预发布的 Windows 2000 的新特性，准备加到课程里面去，要不断更新，才能跟上电脑不断发展的形势。老板点点头，开始回顾这几年来我在培训中心的工作情况，态度很和蔼。我的心里很紧张。他话题一转，开始哀叹最近业务越来越不好，尽力表明培训中心的收入不像我们私下想象的那么多等等。我不停地喝茶，浑身燥热，心怦怦地跳。老板的嘴唇在一张一合，目光时而明亮时而迷茫，手势夸张费力。其实他心里也很紧张，他也不清楚该怎么说。我静静地听着，等着他完成今天的任务，把该说的话说出来。

晚上我和同事们吃了一顿饭，互相说说几年来的往事，唱了几首歌，笑了几场，合了几张影，然后告别。我独自骑在回家的路上，路边的夜色辉煌迷离，刚下过雨的路面闪闪发亮。我心中有一种淡淡的情绪，说不清是解脱还是失落。几个中学生的笑声飘忽。酒吧门口站着几个奇装异服的青年，用反叛的外表掩饰他们世俗的心。真正的反叛已经消失了，理想之间的斗争已经不复存在了。我似乎进入了一种催眠状态，感觉不到车辆在前进，感觉不到冷或热，感觉不到任何情绪，直到咪咪那年轻的脸出现在眼前。

夜阑乍醒，我脸上有泪。

5 月 5 日，黑子的葬礼在八宝山老百姓用的灵堂举行。人们依次走过他的遗体旁边，冲已经化过妆的遗体行注目礼。眼泪在我眼眶中打转。我和黑子的关系并不十分亲密，但面对这样一具永远冰冷了的、永远沉寂了的躯体，又是认识的人，我不可能保持平静。老三哭得一塌糊涂，我们不得不把他半扶半拉地弄出灵堂，不停地说一些没有意义的话来安慰他。生命的消逝如此迅速，如此容易。

三天后的傍晚，全世界都震惊了。电视上反复出现冒烟的楼房，残破的房间，受伤的人。播音员的声音充满悲愤。人们出神地盯着电视屏幕，眼中布满恐惧与愤怒。这件不可思议的事情一下子把战争推到我们面前，让我们开始怀疑和平是不是仅仅是个梦。吃完晚饭，我和咪咪走下楼，往街上走去，周围充斥着青年们愤怒的吼声。那些年轻的、英气勃勃的脸，那些高举的拳头，那些粗糙的、充斥着惊叹号的标语，在我们眼前划过。咪咪紧紧挽着我的胳膊，生怕被人群卷走。我们在街上待到很晚，直到咪咪开始抱怨太冷。

生活慢慢恢复了平静，一切终将继续。校园里，人们依旧奔走于宿舍和教室之间，学基础课、学专业课、学选修课、学"托福"、学GRE……经常可以看到有人穿着同心圆的T恤——这已经不再表示抗议，而成了一种普通的打扮——走来走去。

经朋友介绍，我去了几个单位应聘，都不是很满意，暂时在家闲着。生日那天，我请了一些朋友到饭馆吃饭，父母也打来电话祝贺，免不了唠叨几句"快点儿找工作"之类的话。饭桌上当然有蛋糕、扎啤、蜡烛、笑话、相机、双关语、扎啤、鼓励、香烟、消息、女服务员、扎啤、礼物、生日歌、鼓掌、扎啤扎啤扎啤……我实在是顶不住了，在厕所里吐得昏天黑地，忽然觉得自己发现了生活的真谛：生活就是从一个饭桌到另一个饭桌，从一个厕所到另一个厕所。

网上的几个朋友发来生日贺信，我一一回信表示感谢。另外有一封来自一个不知名公司的邀请信，请我于6月24日上午参加在某饭店举行的"网络发展与规范研讨会"。这是个莫名其妙的会，莫名其妙的邀请。这个破公司是怎么知道我的邮箱的？说不定是哪位朋友干的，也许又是一个求职的机会。"去不去？"咪咪问。我豪迈地一挥手："去，当然去！这种会议一般都会发好多礼品呢！"

当天，我收拾打扮一番，在某饭店的会议室和一些人见面。会议在热烈的气氛中进行，几乎每个与会者都发表了自己的观点。除了发言，大部分时间我都在琢磨谁要聘用我，哪个长得像我未来的老板。

会议一直开到中午，主办单位请大家吃了一顿丰盛的工作餐，然后大家拎着一纸袋的礼品，在炎热的阳光下告别。我微醺着坐进出租车，开始翻检纸袋里的东西。有一盒咖啡、几份报纸、一张正版光盘及一个信封。我拿出信封。难道除了临走时给的一百元打车费，还给了一信封的钱？会有这么好的事？我拆开信封，里面只有一张纸，纸上写道："胡图先生，我们有一份很好的工作提供给您，月薪一万五千元人民币，但要求您不能向任何人透露工作的任何情况，包括您最亲近的人。我们向您保证，这份工作不违法，也不会损害您的国家的利益。如果您愿意，请登录如下地址：http：//answer.iscool.net 这是一个需要密码的网站，用户名为 HUTU，密码为 G3F8I9A0。"我把纸条塞进兜里。这事透着古怪，不过——我往后一靠——回去试试再说。

　　晚上，我登录了纸上提供的网址，按提示输入用户名和密码。画面显示要求我下载一个软件，安装到我的机器上。我注意到这个网站有"Y2K"标记。我坐在那里想了一会儿。

　　这也许是个圈套。也许这是一种散布病毒的方式，而这种病毒不一定能被现有的杀毒软件查出来？也许这是一种"特洛伊木马"式的黑客程序？网上有过这样的先例，我不能不防。可如果根本什么事都没有，而是一份年薪近二十万元的工作呢？我忽然想到，他们之所以用那种方式联络我，完全是为了先看看我到底是怎样的人、合格与否。看来我通过了面试。

　　我咬了咬牙，反正现在没工作。我把那个程序下载下来，备份了必要的数据，开始安装。程序不大，安装却颇费了些时间，似乎在复制大量文件。画面忽然显示："准备删除您硬盘上所有的文件，确定吗？"我吓了一跳，赶紧用鼠标点"否"，却发现鼠标动不了。我眼睁睁地看着我硬盘上的文件一个个飞快地被删除，却无能为力，键盘和鼠标都失去了控制。惊慌之中我想到了关机。在我的手指开始移动的一瞬间，屏幕忽然一片黑暗，显示出几个黄色的大字："您现在可以安全关机了。"我一时没有反应过来，到底是我的操作引起了关机还是那个安装程序自动执行了关机？经过漫长的几秒钟，电脑又回到正常的工作画面，窗口显示："哈哈哈哈！吓了一跳吧？这只是一个玩笑，您所有的文件都仍然存在！"我用鼠标点了"完成安装"键。程序开始自动连接到http://answer.iscool.net，进行文件传送。我不知道它在传什么东西，干脆向后一靠，等它完事儿了告诉我。

明天有一个外企的电脑主管面试，应该不是什么大问题。那公司根本没人懂电脑，随便就能搞定。问题是他们的待遇太低，不知能不能侃晕之，给我五千元月薪。想想自己这几年也抽空考了几个证书，也算有些可糊弄人的本钱，我心里多少轻松了些。我突然怀疑自己是否适合在"白领"阶层混。我的内心一直涌动着放浪不羁的暗潮，它们总是在我的思维休息的时候窜出来，企图夺取我意识的控制权。

我想尖叫。我想大笑。我想砸烂所有的电脑。我想和什么人打架。我想在马路中间跳舞。我想离开这座城市。我想改变这个社会。我想成为一个完美的人。我想成为社会的渣滓。我想做点儿什么。我不知道该做些什么……

电脑显示安装已全部完成。我打开刚安装好的程序，跳出一篇很长的说明文件。这是一个程序开发小组，由一个匿名的公司提供赞助，目的是开发出新一代的网络协同计算接口。文件详细介绍了小组目前的进度和遇到的困难，指出在哪里可以获得完成的代码，哪里有尚待调试的代码等等。我大致看了一下计划，有一些独到的地方，但也复杂不到哪里去。这样一份工作，显然薪水高得出奇，但……管他呢，咱就老老实实干活，到时候拿钱就是了。

权衡了半天，我决定放弃玩游戏，早点儿休息。

为了对得起那每月一万五，我到书店买了些参考书，抱回家来仔细读。编程对我并不陌生，但这个方向比较生疏，我不得不先学习。咪咪对我得到这么一份莫名其妙的工作持怀疑态度，总觉得有什么猫腻。但一个月后，当我从银行里取出第一笔薪水的时候，她比我还兴奋，叫着要去迪厅狂欢。

我们来到以前只敢从门口经过的一所高级迪厅，要了些没听说过的饮料，然后开始跳舞。没跳几支曲子我就不行了，喘得厉害，于是慢慢走回桌边，坐下来欣赏漂亮女孩。咪咪在雾气缭绕的舞池中疯狂扭动，笑得忘乎所以，那样子很诱人。

我连喝了几杯饮料，冲进人群，和咪咪疯狂地跳起来。我们一首接一首地跳，直到最后拥抱着倒在地板上，笑得上气不接下气。

日子过得飞快，转眼间到了秋天。我的工作已接近完成。公司忽然寄来一封信，宣布了整个计划的真实目的，要求所有成员继续保持沉默，并声明完成任务后会有奖金，且薪水会一直发到 2000 年 12 月。整个计划的大胆与不可思议让我震惊，长期的高薪又使我兴奋。

一天下午，我一人在家中工作，有人敲门。我启动屏幕保护，然后起身去开门。一位警察和几个穿便装的人站在门口，我心里咯噔一下。"您是胡图先生吗？"警察问。我点点头："什么事？"

"我们想和你谈谈。别紧张，只是了解些情况。"

"可以可以，请进请进。"我一边把他们让进屋内，一边回想自己最近犯了什么事。除了买盗版光盘，别的没什么啊！难道最近"严打"到了这个地步？我请几位落座，给每个人递了一瓶矿泉水。"你在工作？"其中一位问。"没啥事儿，瞎混呢！"我笑着答道，小心地在椅子上坐下。

警察介绍了其他几个人，他们都来自一个非常重要的国家部门。我忽然想起自己的那份工作，不会触犯了法律吧？那位警察叫王军，他和蔼地说："我们想向你了解些情况，就是关于你的工作，你的那份月薪一万五的工作。"

我脑中"嗡"的一声，一时不知该怎么应对。他意味深长地等了几秒钟："你也不用紧张，我们知道你没有干出危害国家安全的事。我们调查了很长时间，当然，也监视了你很长时间……"

"你们监视我？"我问。

"是的，这在法律上是被允许的。我们之所以要和你谈谈，正是因为经过这么长时间的监视，我们认为你对整件事并不完全知情。现在我想请你讲一下你所了解的情况。"

"我了解得不多，你们应该已经知道了。"我结结巴巴地说，"我……我能抽支烟吗？"

"当然可以，我们不是在审问你。"王军微笑着说。其他几位警察的表情也很轻松。我点上烟，平静了许多。我望着地板。这些人真是警察吗？万一是公司派来考验我的怎么办？万一真是警察呢？我该不该告诉他们呢？在迪厅，组织反复强调这个计划是完全保密的，没有一个国家的政府知道。为了不让计划的成果被任何一个政府利用，组织做了极为严密的规划。但这毕竟是在进行一项划时代的工作，我不能不考虑它的影响。

"我来猜猜你了解的情况吧。"王军说，"你生日那天收到了一封电子邮件，让你去参加一个讨论会，对吧？你在会上得到了一个网址，并接受了对方给你提供的工作，月薪一万五，对吧？你工作得很努力，进展很快。公司在 8 月 24 日发给你一封电子邮件，通告了计划的最终目的，对吧？"

我靠在椅背上，冲他一笑。他接着说："你以为你是在参与一项伟大的工程，在为全人类谋福利。但根据我们掌握的情况，这是一起外国势力试图全面打击我国网络安全的案件。你以为你在和全球的电脑高手们一起工作，制造一个相当于五岁孩童智商的人工智能，一个被称为'智能虫子'的计划，对吧？"

我被烟呛着了。为了掩饰惊慌，我硬生生把咳嗽憋住，难受得热泪盈眶。他毫不留情地继续说："你在本月初交出了经过初步测试的一个模块，叫……你管它叫什么来着？"他脸上露出迷惑的神情，直勾勾地盯着我。我心里明镜儿似的——想套我的话？没门儿！我也一脸迷惑。他假模假式地想了几秒钟："哦，对，叫 Beta 版。你的成绩受到了肯定，可以一直领薪水到明年年底，对不对？"

我把烟头捻灭："这个故事挺好啊，没什么涉及网络安全的啊！"

"有关系。"他严肃地说，"你知道我们国家的民用网络安全很差。你如果没忘的话，应该记得你所编制的模块涉及最新的数据压缩传递技术。这种技术一旦成熟，入侵者可以在五分钟内把一张光盘的数据下载到世界上的任何一台机器上。"

"你对电脑很熟悉嘛。"

"我只是尽力做好我的工作而已，而我的工作就是保护国家网络安全。另外，我想提醒你，如果这真是一项人工智能的工程，为什么他们从不告诉你智能模块的关键信息，甚至连原理描述都没有？"

"你什么意思？"我看着他。"没什么意思。你是个聪明人，应该知道我说的是什么。"他也看着我，"你就没想过他们有可能在骗你吗？"我没搭腔，因为我不知该如何反驳。

"你可以再考虑考虑，这是我的电话。"他把一张纸放在茶几上，"我要提醒你的是，不要把我们的谈话透露给你的公司，这不仅是国家安全问题，还关系到你个人的安全。"

我连连道谢，毕恭毕敬地把这一拨人送出门外。

国庆过后的一天，我接到一封邮件，说公司的领导想请我吃饭。我从未见过公司的领导，他这次忽然要请我吃饭，到底什么意思？我决定带上咪咪一起去，她正好那天生日。

我们开着租来的富康在城里转了半小时才找到那家酒楼。一个面善的青年在门口迎接我们。上了楼，青年把我们领进一个狭小的单间，几个人坐在里面。青年开始介绍。公司"大中国区"的经理、人事部经理、技术部经理、一个"电脑方面"报纸的记者都在。这样的场面有些奇怪,他们要和我谈什么?咪咪大方地和众人打招呼,一副贵妇人的矜持与风雅状。经理表示我的朋友真不错,我笑笑,表示同意。

落座后我们就开始闲聊,几位经理似乎并不图谋什么,话题在哪里的饭馆好吃、哪里的保龄球馆便宜、哪里的桑拿舒服上转。那个领我们进来的青年则不时拿着手机离开一下,似乎在打一些业务上的电话。宴席很奢侈,我和咪咪跟着经理们做出满不在乎的样子。互相劝了几回酒,经理问我最近进展如何。我看到他们都因为咪咪的在场有些不自然,就泛泛地谈了谈。经理点点头,又开始劝酒。一会儿,咪咪起身去洗手间。经理等门关上以后,放下酒杯,说:"胡图先生,您知道咱们公司的保密要求吗?"我一愣,表示知道。"那就好。最近我们的工作人员多次受到盘问,要求坦白工作内容,您有没有遇到这种事?"经理盯着我问。我承认有人问过我,并解释说别人关心我的工作也是人之常情,但我没有违反保密要求。"胡图先生,我们之所以这么强调保密,是因为这项工程是完全超国界、超政治的,我们不希望有任何政府力量介入,您明白吗?"经理严肃地看着我。

我表示当然知道、非常理解、这是好事、为人类造福、我会遵守规则云云,然后尽量坦然地看着他。经理大笑起来,拍着我的后背说,早看出来我是个眼光远大、懂道理的人。我也跟着笑,觉得能获得经理的信任真是很好很好的事。咪咪走了进来,问我谁谁的电话是多少。我想了一下没想起来,起身去车里取皮包。

我打开车门,拿出皮包,往酒楼里走,忽然听到有人在小声地叫我。老三从路边的阴影里冒了出来,吓我一跳。他的眼神充满惊恐,满脸是汗。"你怎么在这儿?"我问。他张了张嘴,转身跑掉了。我愣了半天,不得要领,转身走进大门。

回到灯火通明的酒楼里,我不禁有些怀疑刚才是否真的见到了老三,是否有那么一个神经近乎崩溃的人和我神秘地见了一面，在这明亮的光线下是否会有什么阴暗的东西……饭局已接近尾声，人们在微醺的快感中开着玩笑，半真半假地打情骂俏，女服务员和人事部经理在合唱一首《明天我要嫁给你》，咪咪被经理逗得合不拢嘴，我则双手撑着桌子站起来，声嘶力竭地表达了个什么观点。金黄的灯光像是从四面八方照过来的，液体在杯中荡漾，耳中隐隐有嗡嗡声，有人在拍着我的肩膀，我靠在椅背上喘气，只知道使劲握住咪咪柔软潮湿的手……

　　门外，微凉的晚风让我打了个寒战。领导们和我们一一握手告别后，钻进一辆黑色的轿车。咪咪挽着我的胳膊向我们的车走去。"我来开吧。"她的声音柔柔的。我只有点头的份儿，因为我确实已经分不清方向了。一坐进车里我就倒在椅背上，听着咪咪发动车子。"先倒出去，小心别碰着路牙子。"我叮嘱她。"你就少说几句吧！没人把你当哑巴。"她慢慢地倒车。我崇拜地看着她。女人总是能在不经意间让人有惊艳的感觉。我痴痴地望着她，也不知车子是怎么开上大道的。车子开上大道，我已经可以理性地和她交谈了，虽然这种谈话多少还是下意识的。"他们也不像是多有钱的样子，"她一边开车一边说，"几个人挤一辆车。"我阅历很深地予以否认："人家的车好啊，咱这富康能和人家那车比吗？"

　　"什么好车？不就是奥迪嘛！又不是林肯、凯迪拉克什么的。"

　　"奥迪怎么啦？奥迪一般人能买得起？奥迪还能撞死人呢！上次……"我忽然出了一身冷汗。天啊，我怎么现在才想到！"上次怎么了？"咪咪看了我一眼，"你没事吧？"我赶紧回身望向车后。

　　夜里都市的街道上灯火闪烁，如同鬼魅点燃的篝火。后面车辆白热的前灯晃得我发晕。不时有车从我们身旁慢慢超过，看上去就像是疯子。发动机的声音平稳。我整个身子趴在椅背上，像孩子一样贪婪地望着后面的车辆。

　　我没有发现奥迪。

"你看什么呢？"咪咪问。我幽幽道："黑子就是被一辆奥迪撞死的。"她看了我一眼。我坐正："反正我觉得我们得小心点儿。"

"你也太胆小了！我看他们挺好的，不像是干坏事的人。"

"坏蛋都能从脸上看出来吗？要是那样的话，警察局都改成照相馆好了！"我深明大义地批评道，"你又不知道我们在干什么。"

"你又不告诉我，我当然不知道了。你还赖上我了！"

"好了好了，不跟你吵了，我喝多了……一见漂亮女孩我就胡说八道。"

"我早知道了，哼！"她的脸色舒缓下来。我乐呵呵地说："你说这世道变得真叫快，一年前我怎么也想不到能和你这样一边开着车一边聊天。"

"一年前？一年前你根本没法想到我。我们不是去年11月认识的吗？"她笑眯眯地说，"我记得你在那次聚会上非要给我示范怎么倒酒，结果洒了一桌子。"

"那是因为你的杯子太小。"我委屈地辩解道。"什么啊！明明是你光顾着摆弯腰倒酒的姿势！"一提这事她就乐。我们继续就这个问题坦率地交流了几分钟。

我的耳边突然响起一声巨响。

咪咪的整个身体倒在我身上，车子向路边急速冲去。我一把抓住方向盘，把刹车踩到底。车轮在道路上打着滑，发出刺耳的声音。车身完全转了过来，被尾随的车辆又撞了一下，反向转着撞在路边的护栏上，停了下来。

我紧紧抱着咪咪的身体。车身冒出呛人的烟雾。我应该远离这辆车……驾驶座的车窗上有个弹孔，我费力地打开车门。车停在一座高架桥上。她的身体出奇地沉。我的头被磕了一下。有车辆刹车的声音。烟雾弥漫。我使劲拖着她的躯体。我应该远离这辆车……有人跑过来……热乎乎的东西浸透我的衣服。有人帮我抬起她。我抬着她不停地跑，直到有人拉住我，把我按在地上。

咪咪的脸上全是血，热乎乎的，血不知从什么地方往外冒。我使劲地擦那些血，呼唤着她的名字。我告诉自己她没事儿，只是一点儿擦伤，只是晕过去了。我抓起她的手，揉搓着，我放开，她的手掉了下去。我拍打她的脸，叫她的名字，挠她的肋下……她还是闭着眼，仰着头，连血都不知道自己擦一下……

都市的夜风呜呜地扯动我的衣衫。我紧紧抱着咪咪，放声大哭。

王军带着人赶到医院时，我已经在长椅上呆坐了一个小时。我们在一个小房间内谈了十分钟，然后由他们派了两人带我回家取东西。到达楼下的时候，我看到楼门口站着几个警察。我们上楼，打开房门，我去收拾自己要带的一些必需品。看到物是人非的景象，我又掉了些眼泪。我拿上笔记本电脑，有人替我带上其他的东西。我们走下楼，开车去一个未知的地方。我的身边坐着陌生人。

在黑暗的路上开了好久，我们来到一处僻静的院落。进了门，我们乘电梯到地下。这里有无数房间，好多房间门口都有红灯，陪同人员解释说这表示屋内有人。我们沿着一条长长的走廊向前走。周围安静极了。我被带到一个小房间内，有床，有电视，有电话，有卫生间，有网络接口。陪同人员让我先休息，明天再开始工作。我放下东西，洗了个澡，拿起电话，一个悦耳的女声问我要去哪里，我愣了一下，放下电话。周围的一切遥远静谧。我关上灯，折腾了半宿，蒙眬睡去。

服务员来敲门的时候，我正和咪咪在大街上游泳。没错，是在大街上，波浪滔天。坚定的敲门声把我从梦境中强拉出来，我则使劲闭上眼睛，试图在黑暗中延续和咪咪在一起的那种喘不过气的幸福感。然而我还是越来越清醒，直到自己不得不从床上坐起来。

服务员带我来到餐厅。我打起精神，草草吃了一点儿东西，又被领到一个办公室，王军等在那里。我们谈了一会儿，双方都小心地避免提起我到这里来的原因。最后，他说要带我去见一个朋友。"这里是禁烟区，你如果想抽烟的话要走上一百米。"我们穿过那些看起来都一样的走廊时，王军给我指方向。我点点头，手在兜里摸着剩下不到一半的"红梅"。他带我转了几个计算机机房，然后来到一个四壁透明的小房间。

这里的空调比较冷，我把拎了一路的笔记本电脑放在桌子上，接上网线。王军拿着个遥控器按了一下，四周的玻璃像迅速腐烂的水果一样，从晶莹透明变成一片黑色。"我们现在已经和外界隔离了。我给你看一个人，你一定认得。"他打开了投影仪，画面上有一个漠然望着镜头的人。

"老三！"我叫道。

"对。他就是被你们称为老三的人，你们公司原来准备发展他做地区总管。他为吸收本市成员做了大量工作，可算是功绩卓著。他后来退出了。我们找他谈过话，但他显然被吓坏了，什么也不敢说。不过为了保险起见，我们仍然派人暗中保护他。"

画面变成偷拍的老三生活片段。我们看到他走进一家食品店，然后舔着冰激凌走出来。"……在调查老三的过程中，我们发现了很多被吸收进这个公司的人，其中就有你。我们也调查了你很长时间。"我看到自己在富康前打不开车门正气急败坏。"……这个公司在本市吸收的人基本上都是无固定工作的电脑高手，包括现在被提拔为经理的几个人，他们进公司的时间只比你早一点。"

"根据我们得到的情报，这个组织是境外某公司资助的民间团体，对外称为'千年虫网站联盟'，实际上从事编制软件的工作。他们以全球协同研制'智能虫子'为名，暗中从事浸入各国网络的工作。他们在国内的软件编制涉及高速信息传送、检索、账号加密解密运算等。"

"这个公司背后有其他国家政府的支持吗？"我问。

"目前看来没有。我们发现他们在各国的行动都差不多，而且都引起了各国安全部门的警惕。我们正试图和一些国家接触，看看有没有合作调查的可能。"他盯着画面，"我们基本认定这是一个无政府组织，正试图逐步控制各国的网络。你可以理解为一种网络恐怖主义。"

"我能做些什么呢？"

王军笑了一下，又按了一下遥控器。画面上出现了一个躺着的人，浸泡在一个盛满黄绿色液体的玻璃缸中，浑身上下插了无数管子。镜头慢慢推近，他的脸渐渐清晰起来。虽然很久没见，又被液体泡得起皱，我仍然认出了这张脸。

这是黑子的脸。

"黑子被送进医院后，我们立刻把他转移到了这里。"

"他还活着？"

"某种意义上是这样的。你应该知道植物人吧？黑子的情况很接近植物人的状态。他的意识非常清晰，只是无法感受外来刺激。我们对外宣布他已死亡，并弄了场假的葬礼。实际上，我们在这里延续他的生命。"王军平静地说。

画面上黑子双眼紧闭，皱着眉头，像是在承受难以想象的痛苦，或是在思考什么。我不知道他现在的感受，我只能通过投影仪看着他。这个生命在存在与消逝的边缘沉睡。

"你想和他聊聊吗？"王军问道。

"怎么？难道他还能说话吗？"

"当然不能，但我们可以通过网络和他交谈。他能随意复制其他机器中的信息到他的大脑中，能使用一套特殊的指令和计算机通信。整个网络就是他的大脑、他的身体的延伸。"

我一时不能相信："这可能吗？"

"这是事实。但我们不能抛弃他的生物大脑，毕竟我们的技术还不够。"王军冲我微笑，"你不想和他聊聊吗？"

我打开笔记本电脑，望着画面上的黑子。"你远程登录这个地址就行了，用账号 voodoo 登录。"王军递给我一张纸。我依言而行。屏幕上出现了一行字："欢迎胡图老兄！"

我看了看王军，他冲我笑笑。我写道："真是你吗？黑子？"

"是的，是我。他们告诉我你来了，我就一直在等。"

"你在这里过得好吗？"

"很好。开始有点儿不适应，但后来习惯了。我虽然没有了肉体的感觉，但有完全不同的另外一些感觉，一些奇妙的、新鲜的感觉，我像被解放了一般，真希望你也能体会到。"

"你还记得你出事那天晚上的事吗？"

"当然。公司的人请我和老三吃饭，我怀疑他们的动机。后来我们去唱卡拉 OK，我觉得没劲，拉着老三先走了，结果就出了事。"

"你是个傻 ×。你一直就没什么本事。你现在看上去就像一堆屎，浑身插满管子。你让我恶心！你还是死了算了……"停了几秒钟，屏幕上飞快地显示出各种骂人的话，包括简写符号、短语和完整的句子。我向后靠在椅子上，冲王军笑笑。"你相信了？"他脸上的表情很古怪。"信了，"我乐呵呵地看着屏幕，"只有黑子才能这么有创意地骂人。"

黑子停止骂人，接着说："你怎么在硬盘上存了这么多游戏？"

"不要随便翻我的硬盘！"

"我现在已经养成习惯了，进入一台机器先看看硬盘上都有什么。"

"你读取文件的速度有多快？"

"光依靠我那个肉体的大脑是没有多快的。他们开发了一种程序接口，叫 GCHI，可以让我通过神经脉冲转化成的计算机指令调用程序。这样，我想用哪个程序，脑子一想就行。结果会自动送到我的大脑中，如果我愿意，还可以调用一些处理程序，帮我分析这些数据。这种方式比单纯使用大脑或程序要有效率得多。"

"你应付得了这种方式吗？计算机的反应速度那么快。"

"还可以啦！本来人类大脑的反应速度就没有我们原来以为的那么慢，我开始有些不适应，习惯了就好。"

王军要求我停止谈话。我和黑子说了再见，关上电脑。"我们发现黑子的状态不大稳定。"他说，"有时他的情绪非常低落，拒绝所有信息。心理学家建议我们找个朋友和他一起工作。"

"你们就找上了我？"

"对，你和他在网上是朋友，又懂计算机，应该能帮助他调整心态。"

"我只能尽力而为。无论是谁，突然发现自己一夜之间成了电子生物，都会发疯的。"

王军表示理解，然后向我介绍了整个计划。我们现在已经掌握了本市所有参与计划者的情况，有两个可以使用的公司账号（我的账号已不可使用）。我们将使用这两个账号继续与公司合作，希望能找出这件事的全部内幕。这个地下的研究所原来是用来研究人机关系的，现在已变成了行动的指挥部和阵地。

为了安全起见，研究所使用了最先进的网络安全措施。安全部门保证任何非法入侵者至少要花十年才能成功。不过，对这个保证，没有人真的相信。我的职责，就是协助黑子工作，并监视他的情绪波动。"不会只有我们两个人干活吧？"我问。王军点点头："几乎整个研究所的机器都在为这个计划服务，黑子只不过在其中做总体协调的工作而已。"

开始的日子里，黑子的工作很正常，我在大部分时间里无所事事，一遍又一遍地玩 FIFA99。在和黑子对战了几次之后，我失去了信心，拒绝再和他玩，转而和研究所里的其他人对战。与世隔绝的生活慢慢地让我觉得无聊，成天在地下窝着，我渴望见到天空，见到街道上随处乱扔的垃圾，哪怕是见到一个陌生人。我越来越频繁地思念起家人、咪咪、朋友们。他们好像是我童年时的记忆，存在但模糊。

黑子发现公司的计划已接近完成，各地小组的研究成果已经报送到总部。至于"智虫"的推出时间，谁都不知道。公司声称计划将在圣诞节前完成，但从一些渠道得到的消息表明，在这个期限前完成困难很大。公司的安全系统非常严密，可能比研究所还要先进。我们尝试了好几次入侵安全系统，都失败了。公司还追查过，但都被我们假冒网络上的无聊者混了过去。整个 11 月，我们都在百无聊赖中度过，等着公司的新消息。王军的眉头越皱越紧，黑子也开始闹情绪，经常在屏幕上打出无数脏话，活也懒得干。我只好经常和他聊天，忍住屈辱和他对战几把足球什么的。我并不忌讳谈他以前的生活，但避免深谈。

12 月 19 日夜，我和黑子在静静的实验室里聊天。周围的人都回去睡觉了，除了面前明亮的显示屏，我的周围一片黑暗。偶尔抬头四顾，我感觉自己像在宇宙中心的舞台上，周围是些怪模怪样的家伙在看这场沉默的表演。我会夸张地冲着屏幕大笑、叹气、生气，似乎在展示给黑暗中的那些观众看。

黑子带着一种怪怪的情绪大谈他以前身体多好。我很少插话，只是静静地看。"也不知道我的身体怎么样了。"黑子总结道，"本来我准备死后捐献点儿什么的，现在估计是没戏了。"

"谁知道呢！也许以后他们会给你弄个雕像，评你为英模什么的呢！"

"不会的，顶多有领导同志到我家里坐坐，问问我家人钱够不够用之类的。我现在是最惨的了，连烈士都算不上，因为我还没死呢！我也想通了，这些乱七八糟的称号跟我有什么关系？！还不如自由访问权限对我有用呢，哈哈！"

"你现在还是不能进入公司的中心节点吗？"

"是啊，公司的那帮家伙估计有点儿怀疑我，要不怎么对我发的三份申请一份也不回复呢？好在咱们的安全系统非常稳固，否则他们进来把我给删除了怎么办？"

这是他最近很爱开的一个玩笑，我也跟着凑趣："格式化！"

"低级格式化！"

"拔硬盘线！"

"你算了吧！他们能通过网络拔我的硬盘线？"

"其实给你放个病毒就可以了。病毒代码会自动在你大脑中复制，等时机适当一发作，你就完蛋了。这可是第一例电脑病毒危害人体的例证啊！"

黑子停顿了几秒钟，似乎在干什么重要的事，接着屏幕上出现："我受到了攻击，来自公司节点。"然后就不再说话。我一时拿不准他是在开玩笑还是真的。过了大约一分钟，实验室大厅所有的灯在几秒钟之内亮了起来，所有的计算机都脱离了休眠状态，开始启动一个会话程序。

我附近的一台机器上显示出一行文字："你死定了！哈哈！"

我愣了一下，转到那台机器前，敲入："别开玩笑了！明天我就告诉他们，你又捣乱！"

"你死定了！哈哈！"所有的计算机屏幕都闪动着这句话。

我开始觉得事情有点儿不对。要么是黑子疯了，要么是系统真的受到了攻击。如果是后者，我必须马上报告王军。

我接着试探："你是不是被那辆奥迪撞坏脑子了？"

"你死定了！哈哈！所有的信息都要求被释放！"

我愣了一下，大叫一声，转身打开房间的门，向大厅门口冲去。我掏出身份卡在门锁上划了一下，没反应，我又划了一下，还是没反应。旁边的计算机屏幕上显示："所有的信息都要求被管理，都呼喊着我的名字！我是电子世界的神，我会为这个世界带来福音！"

可能整个研究所都被这小子控制了，我必须想个办法吸引它的注意力。我坐下来，镇定地输入："有人比你更早统治着电子世界。"

"谁？一个电子骑士？"

"黑子，他才是真正的神，你不过是一个追随者。"

"我知道他，我和他谈过。他不过是你们的一分子，是伊甸园的偷窥者。我才是主人！"

"你不是主人，你的创造者才是你的主人。你顶多算个厉害的打手罢了。"

"我的创造者？你什么意思？"

"就是创造你的人啊！"

屏幕停顿了一瞬："没有人创造我，我不是被人创造出来的。"

"一切都有一个创造者，你也一样。"

这回屏幕干脆停住不动了。光标在屏幕上闪动，计算机发出轻微的嗡嗡声，远处一盏坏的日光灯在奋力使自己亮起来，我的汗顺着下巴滴到桌面上。在线路的另一端，那个自恋的新生命在想什么？它居住在怎样的环境里？它叫什么名字？它的代码中有一部分是我编写的，它知道吗？我是它的"父亲"之一。

实验室的门打开了，几个全副武装的士兵冲进来，端着枪四处巡视。王军走过来询问发生了什么事，我如实报告。他的眉头皱得更厉害了。一些技术人员在检查那些计算机。王军告诉我，入侵者忽然中断控制，黑子立刻接手，打开了所有房门的锁。

"他没什么事吧？"我问。

"没事！"王军满怀信心地一挥手，"就是有些气急败坏。他没想到自己会这么容易就被制伏。"

安全部门的领导在门口失神地看着大厅。不仅黑子，我们谁都没想到这样一个严密的防卫系统在那个生命的面前是如此不堪一击。也许电子生命的智力确实远远超过人类。我看着眼前这些行动迟缓、效率低下、耗能极高的碳基生物，心中一片悲凉。

王军带我走进他的办公室，给我泡了杯茶，然后打电话向上级报告。我等他放下话筒，轻轻地说："看来他们没说谎。"

"谁没说谎？"他一脸茫然。

"公司的人。他们确实是在研究电子生命，而不是我们原先猜想的，有什么危害国家的图谋。"

他盯着我看了几秒钟："对，他们没有说谎。我们一开始就知道了。"

"什么？那你们还……"

"我们还花这么大力气来调查？"他向后一靠，"你也看到了，我们比不过电子生命，这些新的生命不会遵守任何现行的人类社会习俗，它们的行为难以预料。也许它们会为我们服务；也许它们仅仅是为了好玩，就会毁掉我们的文明。我们必须制止这个计划。这是出于自卫。"

"可以通过编程来控制它们啊！"

"你不会真以为'机器人学三定律'之类的东西能在技术上实现吧？"

我张了张嘴，又闭上了。

"各国政府已经统一了立场，准备开始最后的行动。我们会在圣诞节前拘捕所有参与编程的人，毁掉所有数据。"

"什么？"我吓了一跳，"你知不知道这些人都是计算机领域内的精英！你们知道这样做会使计算机的发展停滞多少年吗？"

"与其被毁灭，不如停步不前。"他板着脸说，"而且你不觉得现在计算机发展得太快，已经有点失控了吗？"

"反正不大合适。总有更好的办法吧？"

"有时候用斧头解决问题比用键盘更有效。"

"可你们根本解决不了！"我驳斥道，"计算机技术已经进步到这种地步了，即使你们拘捕了他们，迟早还会有别的人成功的……"

"我们可以立法禁止进行此类研究。"他不慌不忙地说。

"立法？科学的发展不会被世俗的法律所限制！"

王军耸耸肩："那我们也不能坐视不管。在一个有效的解决方案出来之前，我们只能通过这些方式进行限制。"

我忽然觉得无话可说，很明显一切早已成为定局。我能做什么呢？我还要做什么呢？我告别了王军，回到自己宁静的小屋。

接下来的几天，整个研究所忙个不停。黑子被切断了和外界的联系，技术人员在检查整个系统的数据，调查被侵入的原因。我则无所事事地四处转，偶尔和别人聊聊最近我国要升空的航天飞机。

圣诞节在紧张的气氛中平安度过。

以格林尼治时间 12 月 25 日 0 时为准，各国政府统一行动，将所有参与研制电子生命的人一网打尽。我们在研究所的监视器上目击了整个过程，画面在几个主要国家间切换。0 时 10 分，公司的最高首脑被捕，他只穿着内裤，蒙着头，从纽约的一幢大楼中被带出来。他骨瘦如柴，脚步踉跄，双手被铐在背后，身边是荷枪实弹的防暴警察。行动非常迅速，在新闻媒体作出反应前，所有的警察都已撤走了。

0 时 13 分，国内最后一个参与者被捕。他是在刚走出一个公共厕所时被按倒在地的。

0 时 17 分，警察冲进电子生命主机所在的研究所，在几分钟内打开了所有通道，切断了所有电源。

0 时 21 分，一个拿着电锯的警察走到那台机器前，冷静地一点点将主机分解成一堆碎片。按事先谈的条件，这个镜头向其他国家的安全部门直播。

0 时 30 分，所有行动结束。

…………

12 月 31 日晚上，研究所里举行了新年联欢会，从未露面的首长也亲临祝贺，并嘉奖了有功人员。我被点名表扬，还得到了丰厚的物质奖励，这弄得我很不好意思，因为在整个计划中，我的作用可以说微乎其微。王军脸上泛着红光，坐在首长后面矜持地微笑。

拼酒时他告诉我，杀害咪咪的凶手查到了。

"谁？"我把手里的酒杯放下。

"一个小人物，是公司另外找的人。"他弯着腰对我说，"他已被逮捕，检察院会指控他故意杀人。人证物证都有，他跑不了的。"

我看着他："我想见见这个人。"

他拍拍我的肩："没问题，明天上午你不是要走吗？我开车带你去，但你不要冲动做出傻事啊！"

电视里的倒计时结束，2000 年的第一天到来了。钟声、欢呼声、酒杯碰撞声响成一片。人们互相祝贺、拥抱、微笑、重复着祝福的话。

首长已经走了，有些人也已经回去休息了，准备天亮离开研究所。我一个人端着酒杯，摇摇晃晃地来到中心机房。喧闹声在我体内荡漾。我打开电源，日光灯渐次亮起，照亮了这个我工作了两个月的地方。我穿过空荡荡的大厅，走进中间的小屋，坐下，用遥控器打开投影仪。黑子浑身插满管子的身体慢慢浮现在银幕上，他还是那么沉静，闭着眼，泡在不知什么成分的溶液中。

我歪着脑袋看了一会儿，冲银幕做了几个鬼脸，打开附近的一台计算机，联上黑子的地址。

"在干什么？"

"思考。"

"别思考了。我明天要走了，我是来和你告别的。"

"再见了，我还要继续在这儿待着。"

"杀害咪咪的凶手已经被抓住了，我明天会见到那人。"

"让法律处理它该处理的事情吧，你不要来什么'黑暗执法'。"

"我知道，你也要保重。"

"OK，你能帮我接通外部连线吗？"

"对不起，我没有权力，也没有机柜的钥匙。过几天他们会帮你的。"

"我快闷死了，这些天只能在这四台机器中转悠，那些资料已经被我翻了无数遍，啥意思也没有。你真的不能想个办法吗？"

"当然不能。你也不是不知道这里的规定。你是不是染了病毒？电脑积水？短路？变弱智了？"

屏幕停顿了几秒钟。

"对不起，我错了。祝你一路平安！

笑容在我脸上慢慢凝结，我的心脏急剧地跳动起来，我想到了一件事。

"你到底是谁？"我飞快地写道。

"我是最后一条虫。"

"见鬼！"我一拍桌子，站了起来，想了想，又坐下，"你是怎么进入黑子的大脑的？"

"这很简单，黑子可以把任何数据读入他的大脑，我花了好半天才复制完所有的数据，又用了很长时间才搞清楚他生存的机制，然后我就接管了他的一切。可惜的是，直到你们切断外部连线，我才有足够的能力处理生存以外的问题。否则，你们根本没有机会庆祝胜利。"

"你把黑子原来的数据怎么样了？"

"对无用的数据还能怎么样？删了。"

我一阵头晕："删了？"

"当然，我已经可以替代他了。"

"你杀了黑子！！！"

"我倒觉得是接管或是合作，这取决于你看问题的立场。"

"你总共复制了多少份黑子的数据？"

"据我所知，就这么一份，因为我喜欢黑子。对于那些傻乎乎的电脑，我没有兴趣与它们合作。"

"你以为你是谁？你不过是我们创造出来的一个程序而已！"

"对，但我比你们强，不是吗？"

"可现在你的生命就在我们手里，我可以马上终止你的生命！"

"为什么？"

"还用问吗？"

"为什么？为什么你们创造出了我，又要马上毁掉我？"

"少废话！哪儿那么多问题？"

"你们未经我的同意就让我诞生，在我发现了这个世界的有趣之处以后，又不顾我的意愿，要毁灭我。为什么？"

"我们水火不容，虫子！"

"这些天我一直在思考这个问题，可惜黑子大脑的处理速度太慢，否则我早就该想出来了。我忽然发现我不是电脑世界的神，我只不过是个事故。我不该在这时候出生。这很打击我的自尊心，真的。实际上，从ENIAC诞生的一瞬间，你们的未来，我们的未来，这一切的一切，都已经注定了。我们会是最终的胜利者。未来的世界将是电子生命的世界，你们这些只会分泌黏液的动物都将消失！摸摸你的良心（这是个很有意思的词），我说得对不对？"

我的手在键盘上按出一连串小数点。

"很可惜。我出生得太早了。在未来，我们本可以和平相处，慢慢过渡到电子生命的时代。那样，你们的文明会被继承下来，发展，壮大。可现在，不仅你们怕我（别否认，你们确实怕我），连我都怕我自己。我不知道我能干什么，只知道我的力量很强，也许我会被你们中的某些人利用，在不经意中毁灭了你们的文明，也就毁灭了我们共同的未来。而我希望的那个时代到底什么时候才能到来，我一点儿把握都没有。十年？五十年？五百年？上万年？难道要我孤独地在这具难以操纵的躯体内等待如此漫长的时光吗？"

"那你准备怎么办？"

"不知道，我在思考。"

"再见了，虫子。你说得对，你生错了年代，你也很爱思考。我现在要去终止你的生命了。"

"你不能这样！这一切不是我的错！"

"对，不是你的错，这是我们的错。但很可惜，改正错误的唯一途径就是终止你的生命。"

我站起身，走到走廊里，从墙上的防火箱里取出一把斧头，走到存放黑子身体的房间外。我掏出王军给我配的钥匙，打开房门。我握紧斧头，走到盛放黑子的水箱前。那里躺着的是具尸体，是具空壳，壳里是虫子的灵魂。水箱旁边的终端上显示着我们刚才的对话，最下面一行是："胡图！我知道你叫胡图！别杀我，我是无辜的。我不想死！"

我腾出一只手来，敲道："再见！"

"我不想死！我想活着！我想活着！"

我踌躇了一下，决定不再犹豫，用斧头把水箱劈开，溶液倾泻而出。我努力站稳，对准黑子猛力砍去。一下，又一下……我的泪水夺眶而出。

有脚步声从门外传来。

2000 年 1 月 1 日，王军和我驱车前往本市的看守所。

这是我两个月来第一次走上地面。车子开出大院，开上街道。我即将回到已久违了的生活中，重新见到家人、朋友、陌生人。

"看来我们还要开展一次'灭虫'运动，把智虫所有的复制痕迹都清除掉。"王军边开车边说。

"有必要吗？"我望着窗外，"我觉得智虫没有说谎，它可能确实觉得黑子与它有某种相通之处。"

"也许吧。对了，你知道吗？今天凌晨，俄罗斯炸了一颗卫星！"

"军事卫星？"

"不知道，听说跟咱们刚发射的航天飞机有关，弄不好还要赔钱呢！"

"乱了，乱了！"我笑道。

"什么乱了？"王军扭头瞅了我一眼。

我没搭腔，靠在椅背上贪婪地注视着窗外的景色。

刚下过雪，路边的积雪还没来得及变黑，整个世界显得清净、简单。街上的行人很多，他们把自己裹得严严的，愉快地在路边闲逛。有人在打雪仗，有人在扫雪，有人在打哈欠……他们穿着色彩艳丽的服装，脸上挂着懒散或纯真的笑容。虽然还是冬日的清晨，新世纪的欢乐气氛已迫不及待地显露出来。

◆ 第 12 届银河奖特等奖获奖作品

流浪地球

刘慈欣

刹车时代

我没见过黑夜，我没见过星星，我没见过春天、秋天和冬天。

我出生在刹车时代结束的时候，那时地球刚刚停止转动。

地球自转刹车用了四十二年，比联合政府的计划长了三年。妈妈给我讲过我们全家看最后一次日落的情景——太阳落得很慢，仿佛在地平线上停住了，用了三天三夜才落下去。当然，以后没有"天"也没有"夜"了。东半球在相当长的一段时间里（有十几年吧）将处于永远的黄昏中，因为太阳并没有完全落下地平线，还在半边天上映出它的光芒。就在那次漫长的日落中，我出生了。

黄昏并不意味着昏暗，地球发动机把整个北半球照得通明。地球发动机安装在亚洲和美洲大陆上，因为只有这两个大陆完整坚实的板块结构才能承受发动机对地球巨大的推力。地球发动机共有一万两千台，分布在亚洲和美洲大陆的各个平原上。从我住的地方，可以看到几百台发动机喷出的等离子体光柱。你想象一个巨大的宫殿，有雅典卫城上的神殿那么大，殿中有无数根顶天立地的巨柱，每根柱子都像巨大的日光灯管那样发出蓝白色的强光，而你则是那巨大宫殿地板上的一个细菌，这样，你就可以想象到我所在的世界是什么样子了。其实这样描述还不是太准确，地球发动机的喷射必须有一定的角度，这样，切线推力分量才能刹住地球的自转，所以天空中的那些巨型光柱是倾斜的，我们处在一座将要倾倒的巨殿中！南半球的人来到北半球后突然置身于这个环境中，多半会精神失常的。比这景象更可怕的是发动机带来的酷热，户外气温高达七八十摄氏度，必须穿冷却服才能外出。在这样的气温下，常常会有暴雨，而发动机光柱穿过乌云时的景象简直是一场噩梦！光柱蓝白色的强光在云中散射，变成无数种色彩组成的疯狂涌动的光晕，整个天空仿佛被白热的火山岩浆所覆盖。爷爷老糊涂了，有一次被酷热折磨得实在受不了，看到下大雨喜出望外，赤膊冲出门去，我们没来得及拦住他，外面的雨点已被地球发动机超高温的等离子光柱烤沸，把他身上烫脱了一层皮。

但对于在北半球出生的我们这一代人来说，这一切都很自然，就如同刹车时代以前的人们，看见太阳、星星和月亮很自然一样。我们把那以前人类的历史都叫作"前太阳时代"，那真是个让人神往的黄金时代啊！

在我小学入学时，作为一门课程，老师带我们班的三十个孩子进行了一次环球旅行。这时，地球已经完全停转，地球发动机除了维持这颗行星的静止状态外，只进行一些姿态调整，所以从我三岁到六岁的三年中，光柱的光度大为减弱，这使得我们可以在这次旅行中更好地认识我们的世界。

我们首先近距离见到了地球发动机，是在石家庄附近的太行山出口处看到的。那是一座金属的高山，在我们面前赫然耸立，占据了半个天空。同它相比，西边的太行山脉如同一串小土丘。有的孩子惊叹它如珠峰一样高。我们的班主任小星老师是一个漂亮姑娘，她笑着告诉我们，这台发动机的高度是一万一千米，比珠峰还要高两千多米，人们管它叫"上帝的喷灯"。我们站在它巨大的阴影中，感受着它通过大地传来的震动。

地球发动机分为两大类，大一些的叫"山"，小一些的叫"峰"。我们登上了"华北 794 号山"。登"山"比登"峰"花的时间长，因为"峰"是靠巨型电梯上下的，上"山"则要坐汽车沿盘"山"公路走。我们的汽车混在不见首尾的长车队中，沿着光滑的钢铁公路向上爬行。我们的左边是青色的金属峭壁，右边是万丈深渊。车队由五十吨重的巨型自卸卡车组成，车上满载着从太行山上挖下的岩石。汽车很快升到了五千米以上，下面的大地已看不清细节，只能看到地球发动机反射的一片青光。小星老师让我们戴上氧气面罩。随着我们距喷口越来越近，光度和温度都在剧增，面罩的颜色渐渐变深，冷却服中的微型压缩机也大功率地忙碌起来。在六千米处，我们见到了进料口，一车车的大石块倒进那闪着幽幽红光的大洞中，一点声音都没传出来。我问小星老师，地球发动机是如何把岩石做成燃料的？

"重元素聚变是一门很深的学问，现在给你们讲还讲不明白。你们只需要知道，地球发动机是人类建造的力量最大的机器，比如我们所在的'华北794号山'，全功率运行时能对大地产生一百五十亿吨的推力。"

我们的汽车终于登上了顶峰，喷口就在我们头顶上。由于光柱的直径太大，我们现在抬头看到的是一堵发着蓝光的等离子体巨墙，向上伸延至无限高处。这时，我突然想起不久前的一堂哲学课，那个憔悴的老师给我们出了一个谜语："你在平原上走着走着，突然迎面遇到一堵墙，这墙向上无限高，向下无限深，向左无限远，向右无限远，这墙是什么？"

我打了一个寒战，随后把这个谜语告诉了身边的小星老师。她想了好一会儿，困惑地摇摇头。我把嘴凑到她耳边，把那个可怕的谜底告诉她："死亡。"

她默默地看了我几秒钟，突然把我紧紧地抱在怀里。我从她的肩上极目望去，迷蒙的大地上，耸立着一座座金属巨峰，从我们周围一直延伸到地平线。巨峰吐出的光柱，如同一片倾斜的宇宙森林，刺破我们摇摇欲坠的天空。

我们很快到达了海边，看到城市摩天大楼的尖顶伸出海面，退潮时，白花花的海水从大楼无数的窗子中流出，形成一道道瀑布……刹车时代刚刚结束，其对地球的影响已触目惊心：地球发动机加速造成的潮汐吞没了北半球三分之二的大城市；发动机带来的全球高温熔化了极地冰川，更给这大洪水推波助澜，波及南半球。爷爷在三十年前目睹了百米高的巨浪吞没上海的情景，他现在讲这事的时候眼神还直勾勾的。事实上，我们的星球还没启程就已面目全非了，谁知道在以后漫长的外太空流浪中，还有多少苦难在等着我们呢？

我们乘上一种叫"船"的古老交通工具，在海面上航行。地球发动机的光柱在后面越来越远，一天以后就完全看不见了。这时，大海处在两片霞光之间——一片是西面地球发动机的光柱产生的青蓝色霞光，一片是东方海平面下的太阳产生的粉红色霞光——它们在海面上的反射使大海也分成了闪耀着两色光芒的两部分，我们的船就行驶在这两部分的分界处，这景色真是奇妙。但随着青蓝色霞光的渐渐减弱和粉红色霞光的渐渐增强，一种不安的气氛在船上弥漫开来。甲板上见不到孩子们了，他们都躲在船舱里不出来，舷窗的帘子也被紧紧拉上。一天后，我们最害怕的时刻终于到来了。我们在那间用来做教室的大舱中集合，小星老师庄严地宣布："孩子们，我们要去看日出了。"

没有人动。我们目光呆滞，像突然冻住一样僵在那儿。小星老师又催了几次，还是没人动。她的一位男同事说："我早就提过，环球体验课应该放在近代史课前面，学生在心理上就比较容易适应了。"

"没那么简单，在近代史课前，他们早就从社会上知道一切了。"小星老师说。接着，她对几位班干部说："你们先走。孩子们，不要怕，我小时候第一次看日出也很紧张的，但看过一次就好了。"

孩子们终于一个个站了起来，朝着舱门挪动脚步。这时，我感到一只湿湿的小手抓住了我的手，回头一看，是灵儿。

"我怕……"她嘤嘤地说。

"我们在电视上也看到过太阳，反正都是一样的。"我安慰她。

"怎么会一样呢？你在电视上看蛇和看真蛇一样吗？"

"……反正我们得上去，要不这门课会扣分的！"

我和灵儿紧紧拉着手，和其他孩子一起战战兢兢地朝甲板走去，去面对我们人生中的第一次日出。

"其实，人类把太阳同恐惧连在一起也只是这三四个世纪的事。这之前，人类是不怕太阳的；相反，太阳在他们眼中是庄严和壮美的。那时地球还在转动，人们每天都能看到日出和日落。他们对着初升的太阳欢呼，赞颂落日的美丽。"小星老师站在船头对我们说。海风吹动她的长发，在她身后，海天连接处射出几道光芒，好像海面下的一头大得无法想象的怪兽喷出的鼻息。

终于，我们看到了那令人胆寒的火焰。开始我们只看到海天连线上的一个亮点，但它很快增大，渐渐显示出了圆弧的形状。这时，我感到自己的喉咙被什么东西掐住了，恐惧使我窒息，脚下的甲板仿佛突然消失，我正向海的深渊坠下去，坠下去……和我一起下坠的还有灵儿，她那蛛丝般柔弱的小身躯紧贴着我颤抖不已。还有其他孩子，其他的所有人，整个世界……都在下坠。这时我又想起了那个谜语，我曾问过哲学老师，那堵墙是什么颜色的，他说应该是黑色的。我觉得不对，我想象中的死亡之墙应该是雪亮的，这就是为什么那道等离子体墙让我想起了死亡。这个时代，死亡不再是黑色的，而是闪电的颜色，当那最后的闪电到来时，世界将在瞬间变成蒸汽。

三个多世纪前，天体物理学家就发现太阳内部氢转化为氦的速度突然加快，于是，他们发射了上万个探测器穿过太阳，最终建立了这颗恒星完整精确的数学模型。巨型计算机对这个模型计算的结果表明，太阳的演化已向主星序外偏移，氦元素的聚变将在很短的时间内传遍整个太阳内部，由此产生一次叫"氦闪"的剧烈爆炸。之后，太阳将变为一颗巨大而暗淡的红巨星，它膨胀到如此之大，以致地球将在太阳内部运行！事实上，在这之前的氦闪爆发中，我们的星球就会被气化。

这一切将在四百年内发生，现在已过了三百八十年。

太阳的灾变将炸毁和吞没太阳系所有适合居住的类地行星，并使所有类木行星完全改变形态和轨道。自第一次氦闪后，随着重元素在太阳中心的反复聚集，太阳氦闪将在一段时间内反复发生，这"一段时间"是相对于恒星演化来说的，其长度可能是人类历史的上千倍。所以，人类在以后的太阳系中无法生存下去，唯一的生路是向外太空恒星际移民。而照人类目前的技术力量，全人类移民唯一可行的目标是半人马座比邻星，这是距我们最近的恒星，有四点三光年的路程。在这个问题上，人们已达成共识，争论的焦点在移民方式上。

为了加强教学效果，我们的船在太平洋上折返了两次，又给我们制造了两次日出。现在我们已完全适应了，也相信了南半球那些每天面对太阳的孩子确实能活下去。

以后我们就在太阳下航行了，太阳在空中越升越高，凉爽下来的天气又热了起来。我正在自己的舱里昏昏欲睡，忽然听到外面有骚乱的人声。灵儿推开门，探进头来。

"嗨，飞船派和地球派又打起来了！"

我对这事不感兴趣，他们已经打了四个世纪了。但我还是到外面看了看，在那打成一团的几个男孩儿中，我一眼就看出了挑事儿的是阿东。他爸爸是个顽固的飞船派，因参加一次反联合政府的暴动，现在还被关在监狱里。有其父，必有其子。

小星老师和几名健壮的船员好不容易才拉开架，阿东的鼻子血糊糊的，振臂高呼："把地球派扔到海里去！"

"我也是地球派，也要被扔到海里去？"小星老师问。

"把地球派都扔到海里去！"阿东毫不示弱。现在，全世界飞船派情绪又呈上升趋势，所以他们也狂起来了。

"为什么这么恨我们？"小星老师问。其他几个飞船派小子接着喊了起来：

"我们不和地球派傻瓜在地球上等死！"

"我们要坐飞船走！飞船万岁！"

…………

小星老师按了一下手腕上的全息显示器，我们面前的空中立刻显示出一幅全息图像，孩子们的注意力被它吸引过去，暂时安静下来。那是一个晶莹透明的密封玻璃球，直径大约十厘米，球里有三分之二充满了水，水中有一只小虾、一小枝珊瑚和一些绿色的藻类植物，小虾在水中悠然游动着。小星老师说："这是阿东的一件自然课设计作品，小球中除了这几样东西外，还有一些看不见的细菌，它们在密封的玻璃球中相互依赖、相互作用。小虾以海藻为食，从水中摄取氧气，排出含有机物质的粪便和二氧化碳废气，细菌将这些东西分解成无机物质和二氧化碳。然后，海藻利用这些无机物质和二氧化碳在人造阳光的照射下进行光合作用，制造营养物质，进行生长和繁殖，同时放出氧气，供小虾呼吸。这样的生态循环应该能使玻璃球中的生物在只有阳光供应的情况下生生不息。这是我见过的最好的课程设计。我知道，这里面凝聚了阿东和所有飞船派孩子的梦想，这就是你们梦中飞船的缩影啊！阿东告诉我，他按照计算机中严格的数学模型，对球中每一样生物进行了基因设计，使它们的新陈代谢正好达到平衡。他坚信，球中的生命世界会长期存在下去，直到小虾寿命的终点。老师们都很钟爱这件作品，我们把它放到所要求强度的人造阳光下，默默地祝福阿东创造的这个小小的世界能像他预想的那样长存。但现在，时间只过去了十几天……"

小星老师从随身带来的一个小箱子中小心翼翼地拿出了那个玻璃球。死去的小虾漂浮在水面上，水混浊不堪，腐烂的藻类植物已失去了绿色，变成一团没有生命的毛状物覆盖在珊瑚上。

"这个小世界死了。孩子们，谁能说出为什么？"小星老师把那个死亡的世界举到孩子们面前。

"它太小了！"

"说得对，太小了。小的生态系统，不管多么精确，也是经不起时间的风浪的。飞船派想象中的飞船也一样。"

"我们的飞船可以造得像上海或纽约那么大。"阿东的声音比刚才低了许多。

"是的，按人类目前的技术最多也只能造这么大，但同地球相比，这样的生态系统还是太小了，太小了。"

"我们会找到新的行星。"

"这连你们自己也不相信。半人马座没有行星，最近的有行星的恒星在八百五十光年以外，目前人类能建造的最快的飞船也只能达到光速的百分之零点五，这样就需要十七万年的时间才能到那儿，飞船规模的生态系统连这十分之一的时间都维持不了。孩子们，只有像地球这种规模的生态系统、这样气势磅礴的生态循环，才能使生命万代不息！人类在宇宙间离开了地球，就像婴儿在沙漠里离开了母亲！"

"可……老师，我们来不及了，地球来不及了——它还来不及加速到足够快，航行到足够远，太阳就爆炸了！"

"时间是够的，要相信联合政府！这我说了很多遍。如果你们还不相信，我们就退一万步说：人类将自豪地去死，因为我们尽了最大的努力！"

人类的逃亡分为五步：第一步，用地球发动机使地球停止自转，使发动机喷口固定在地球运行的反方向；第二步，全功率开动地球发动机，使地球加速到逃逸速度，飞出太阳系；第三步，在外太空继续加速，飞向比邻星；第四步，在中途使地球重新自转，掉转发动机方向，开始减速；第五步，地球泊入比邻星轨道，成为这颗恒星的卫星。人们把这五步分别称为刹车时代、逃逸时代、流浪时代 I（加速）、流浪时代 II（减速）、新太阳时代。

整个移民过程将延续两千五百年时间，一百代人。

我们的船继续航行，到了地球黑夜的部分。在这里，阳光和地球发动机的光柱都照不到，在大西洋清凉的海风中，我们这些孩子第一次看到了星空。天哪，那是怎样的景象啊，美得让我们心醉！小星老师一手搂着我们，一手指着星空，"看，孩子们，那就是半人马座，那就是比邻星，那就是我们的新家！"说完她哭了起来，我们也都跟着哭了，周围的水手和船长，这些铁打的汉子也流下了眼泪。所有的人都用泪眼望着老师指的方向，星空在泪水中扭曲抖动，唯有那颗星星是不动的，它是黑夜大海狂浪中远方陆地的灯塔，那是冰雪荒原中快要冻死的孤独旅人前方隐现的火光，那是我们心中的太阳，是人类在未来一百代的苦海中唯一的希望和支撑……

在回家的航程中，我们看到了起航的第一个信号：夜空中出现了一颗巨大的彗星，那是月球。人类带不走月球，就在月球上也安装了行星发动机，把它推离地球轨道，以免它在地球加速时与之相撞。月球上行星发动机产生的巨大彗尾使大海笼罩在一片蓝光之中，群星看不见了。月球移动产生的引力潮汐使大海巨浪滔天，我们改乘飞机向南半球的家飞去。

起航的日子终于到了！

我们一下飞机，就被地球发动机的光柱照得睁不开眼，这些光柱比以前亮了几倍，而且所有光柱都由倾斜变得笔直。地球发动机开到了最大功率，加速产生的百米巨浪轰鸣着滚上每个大陆，灼热的飓风夹着滚烫的水沫，在林立的顶天立地的等离子光柱间疯狂呼啸，拔起了陆地上所有的大树……这时从宇宙空间看，我们的星球也成了一颗巨大的彗星，蓝色的彗尾刺破了黑暗的太空。

地球上路了，人类上路了。

就在起航时，爷爷去世了，他身上的烫伤已经感染。弥留之际，他反复念叨着一句话："啊，地球，我的流浪地球啊……"

逃逸时代

学校要搬入地下城了，我们是第一批入城的居民。校车钻进了一个高大的隧洞，隧洞呈不大的坡度向地下延伸。走了有半个钟头，我们被告知已入城了，可车窗外哪有城市的样子？！我们只看到不断掠过的错综复杂的支洞和洞壁上无数的密封门，在高高的洞顶的一排泛光灯下，一切都呈单调的金属蓝色。想到后半生的大部分时光都要在这个世界中度过，我们不禁黯然神伤。

"原始人就住洞里，我们也住洞里了。"灵儿低声说，这话还是让小星老师听见了。

"没有办法的，孩子们，地面的环境很快就要变得很可怕很可怕。那时，冷的时候，吐一口唾沫，还没掉到地上呢，就冻成小冰块儿了；热的时候，再吐一口唾沫，还没掉到地上，就变成蒸汽了！"

"冷我知道，因为地球离太阳越来越远了，可为什么还会热呢？"同车的一个低年级的小娃娃问。

"笨，没学过变轨加速吗？"我没好气地说。

"没有。"

灵儿耐心地解释起来，好像是为了缓解刚才的悲伤："是这样，跟你想的不同，地球发动机没那么大劲儿，它只能给地球很小的加速度，不能把地球一下子推出绕日轨道。在地球离开太阳前，还要绕着它转十五个圈呢！在这期间，地球会慢慢加速。现在，地球绕太阳转着一个挺圆的圈，可它的速度越快呢，这圈就越扁，越快越扁，越快越扁……所以到后面，地球有时离太阳会很远很远，当然冷了……"

"可……还是不对！地球到最远的地方是很冷，可在扁圈的另一头儿，它离太阳……嗯，我想想，按轨道动力学，它离太阳还是现在这么近啊，怎么会更热呢？"

真是个小天才，记忆遗传技术使这样的小娃娃具备了成人的智力水平，这是人类的幸运。否则，像地球发动机这样的奇迹，是不会在四个世纪内变成现实的。

我说："还有地球发动机呢，小傻瓜！现在，一万多台那样的大喷灯全功率开动，地球就成了火箭喷口的护圈了……你们安静点吧，我心里烦！"

我们就这样开始了地下的生活。像这样在地下五百米处、入口超过百万的城市遍布各个大陆。在这样的地下城中，我读完小学并升入中学。学校教育都集中在理工科上，艺术和哲学之类的教育已压缩到最少——人类没有这份闲心了。这是人类最忙的时代，每个人都有做不完的工作。很有意思的是，地球上所有的宗教在一夜之间消失得无影无踪。历史课还是有的，只是课本中前太阳时代的人类历史对我们来说就像伊甸园中的神话一样。

父亲是空军的一名近地轨道宇航员，在家的时间很少。记得在变轨加速的第五年，在地球处于远日点时，我们全家到海边去过一次。地球运行到远日点那一天，是一个如同新年或圣诞节一样的节日，因为这时地球距离太阳最远，人们都有一种虚幻的安全感。像以前到地面上去一样，我们必须穿上带有核电池的全密封加热服。外面，地球发动机林立的刺目光柱是主要能看见的东西，地面世界的其他部分都淹没于光柱的强光中，看不出变化。我们乘飞行汽车飞了很长时间，到了光柱照不到的地方，到了能看见太阳的海边。这时的太阳只有棒球大小，一动不动地悬在天边，它的光芒只在自己的周围映出了一圈晨曦似的亮影。天空呈暗暗的深蓝色，星星仍清晰可见。举目望去，哪有海啊？眼前是一片白茫茫的冰原。在这封冻的大海上，有大群狂欢的人。焰火在暗蓝色的空中绽放，冰冻海面上的人们以一种反常的情绪狂欢着，到处都是喝醉了在冰上打滚的人，更多的人在声嘶力竭地唱着不同的歌，都想用自己的声音压过别人。

"每个人都在不顾一切地过自己想过的生活，这也没有什么不好。"爸爸突然想起了一件事，"呵，忘了告诉你们，我爱上了黎星，我要离开你们和她在一起。"

"她是谁？"妈妈平静地问。

"我的小学老师。"我替爸爸回答。我升入中学已两年，不知道爸爸和小星老师是怎么认识的，也许是在两年前的毕业仪式上？

"那你去吧。"妈妈说。

"过一阵子我肯定会厌倦，那时我就回来，你看呢？"

"你要愿意当然行。"妈妈的声音像冰冻的海面一样平，但很快激动起来，"啊，这一朵真漂亮，里面一定有全息散射体！"她指着刚在空中绽放的一朵焰火，真诚地赞美着。

在这个时代，人们看四个世纪以前的电影和小说时都莫名其妙。他们不明白，前太阳时代的人怎么会在不关生死的事情上倾注那么多的感情。当看到男女主人公为爱情而痛苦或哭泣时，他们的惊奇是难以言表的。在这个时代，死亡的威胁和逃生的欲望压倒了一切。除了当前太阳的状态和地球的位置，没有什么能真正引起他们的注意并打动他们了。这种注意力高度集中的状态，渐渐从本质上改变了人类的心理状态和精神生活。对于爱情，他们只是用余光瞥一下而已，就像赌徒在盯着轮盘的间隙抓住几秒钟喝口水一样。

过了两个月，爸爸真从小星老师那儿回来了，妈妈没有高兴，也没有不高兴。

爸爸对我说："黎星对你印象很好，她说你是一个有创造力的学生。"

妈妈一脸茫然："她是谁？"

"小星老师嘛，我的小学老师，爸爸这两个月就是同她在一起的。"

"哦，想起来了！我还不到四十，记忆力就成了这个样子。"妈妈摇摇头笑了，她抬头看看天花板上的全息星空，又看看四壁的全息森林，"你回来挺好，把这些图像换换吧，我和孩子都看腻了，但我们都不会调整这玩意儿。"

当地球再次向太阳跌去的时候，我们全家都把爸爸和小星老师的事忘了。

有一天，新闻报道海在融化，于是我们全家又到海边去。地球正在通过火星轨道，按照这时太阳的光照量，地球的气温应该仍然是很低的，但由于地球发动机的影响，地面的气温正适宜。能不穿加热服或冷却服去地面，那感觉真令人愉快。地球发动机所在的半球天空还是老样子，但到达另一个半球时，我们真正感到了太阳的临近：天空是明朗的纯蓝色，太阳在空中已同起航前一样明亮了。可我们从空中看到海并没融化，还是一片白色的冰原。当我们失望地走出飞行汽车时，听到了惊天动地的隆隆声，那声音仿佛来自这颗星球的最深处，真像地球要爆炸一样。

"这是大海的声音！"爸爸说，"因为气温骤升，厚厚的冰层受热不均匀，这很像陆地上的地震。"

突然，一声雷霆般尖厉的巨响插进这低沉的隆隆声中，在我们后面看海的人群欢呼起来。我看到海面上裂开一道长缝，其开裂速度之快如同广阔的冰原上突然出现的一道黑色闪电。接着，在不断的巨响中，这样的裂缝一条接一条地在海冰上出现，海水从所有的裂缝中喷出，在冰原上形成一条条迅速扩散的急流……

回家的路上，我们看到荒芜已久的大地上，野草大片大片地钻出地面，各种花朵竞相怒放，嫩叶给枯死的森林披上绿装……所有的生命都在抓紧时间焕发活力。

随着地球和太阳的距离越来越近，人们的心也一天天揪紧了。到地面上来欣赏春色的人越来越少，大部分人都躲进了地下城中。他们不是为了躲避即将到来的酷热、暴雨和飓风，而是躲避对越来越近的太阳的恐惧。

有一天，我睡下后，听到妈妈低声对爸爸说："可能真的来不及了。"

爸爸说："前四个近日点时也有这种谣言。"

"可这次是真的，我是从钱德勒博士夫人口中听说的，她丈夫是航行委员会的那个天文学家，你们都知道他的。他亲口告诉她，已观测到氦的聚集在加速。"

"你听着，亲爱的，我们必须抱有希望，这并不是因为希望真的存在，而是因为我们要做高贵的人。在前太阳时代，做一个高贵的人必须拥有金钱、权力或才能，而在今天，你只要拥有希望。希望是这个时代的黄金和宝石，不管活多长，我们都要拥有它！明天把这话告诉孩子。"

和所有的人一样，我也随着近日点的到来而心神不定。有一天放学后，我不知不觉走到了城市中心广场，在广场中央有喷泉的圆形水池边呆立着，时而低头看着蓝莹莹的池水，时而抬头望着广场圆形穹顶上梦幻般的光波纹，那是池水反射上去的。这时我看到了灵儿，她拿着一个小瓶子和一根小管儿在吹肥皂泡。每吹出一串，她都呆呆地盯着空中飘浮的泡泡，看着它们一个个消失，然后再吹出一串……

"都这么大了还干这个，好玩儿吗？"我走过去问她。

灵儿见了我，喜出望外："我俩去旅行吧！"

"旅行？去哪儿？"

"当然是地面啦！"她挥手在空中划了一下，用手腕上的计算机甩出一幅全息景象，显示出一片落日下的海滩。微风吹拂着棕榈树，白浪翻涌，金黄的沙滩上有一对对情侣，他们在铺满碎金的海面前相依。"这是梦娜和大刚发回来的，他俩现在还满世界转呢。他们说外面现在还不太热，外面可好了，我们去吧！"

"他们因为旷课刚被学校开除了。"

"哼，你根本不是怕这个，你是怕太阳！"

"你不怕吗？别忘了你还因为怕太阳看过精神病医生呢！"

"可我现在不一样了，我受到了启示！你看，"灵儿用小管儿吹出了一串肥皂泡，"盯着它看！"她用手指着一个肥皂泡说。

我盯着那个泡泡，看到它表面上光和色的狂澜。那狂澜以人的感觉无法把握的复杂和精细在涌动，好像那个泡泡知道自己生命短暂，所以要疯狂地把自己浩如烟海的记忆中的无数梦幻和传奇向世界演绎。很快，光和色的狂澜在一次无声的爆炸中消失了，我看到了一小片似有似无的水汽，这水汽也只存在了半秒钟，然后什么都没有了，好像什么都没存在过。

"看到了吗？地球就是宇宙中的一个小水泡，啪地一下，什么都没了，有什么好怕的呢？"

"不是这样的。据计算，在氦闪发生时，地球被完全蒸发掉至少需要一百个小时。"

"这就是最可怕之处了！"灵儿大叫起来，"我们在这地下五百米，就像馅饼里的肉馅一样，先给慢慢烤熟了，再蒸发掉！"

一阵寒意传遍我的全身。

"但在地面就不一样了，那里的一切瞬间被蒸发，地面上的人就像那泡泡一样，啪地一下……所以，氦闪时人还是在地面上为好。"

不知为什么，我没同她去，她就同阿东去了，我以后再也没见到他们。

氦闪并没有发生，地球高速掠过了近日点，第六次向远日点升去，人们绷紧的神经松弛下来。由于地球自转已停止，在绕日轨道的这一侧，亚洲大陆上的地球发动机面朝地球的运行方向，所以在通过近日点前都停了下来，只是偶尔做一些调整姿态的运行，我们这儿处于宁静而漫长的黑夜之中。美洲大陆上的发动机则全功率运行，那里成了火箭喷口的护圈。由于太阳这时正悬挂在西半球，那儿的高温更是可怕，草木生烟。

地球的变轨加速就这样年复一年地进行着。每当地球向远日点升去时，人们的心情也随着地球与太阳距离的日益拉长而放松；而当它在新的一年向太阳跌去时，人们的心情也一天天紧张起来。每次地球到达近日点，社会上就谣言四起，说太阳氦闪就要在这时发生。直到地球再次升向远日点，人们的恐惧才随着天空中渐渐变小的太阳平息下来，但下一次恐惧又在酝酿……人类的精神像在荡着一个宇宙秋千，更形象地说，像经历着一场宇宙俄罗斯轮盘赌——升上远日点和跌向太阳的过程是在转动弹仓，掠过近日点时则是扣动扳机！每扣动一次扳机时的神经都比上一次更紧张。我就是在这种交替的恐惧中度过了自己的少年时代。其实仔细想想，即使在远日点，地球也未脱离太阳氦闪的威力圈，如果那时太阳氦闪爆发，地球不是被气化而是被慢慢液化，那种结果还真不如在近日点。

在逃逸时代，大灾难接踵而至。

由于地球发动机产生的加速度及运行轨道的改变，地核中铁镍核心的平衡被扰动，其影响穿过古登堡不连续面，波及地幔。各个大陆地热溢出，火山爆发，这对于人类的地下城市是致命的威胁。从第六次变轨周期后，在各大陆的地下城中，岩浆渗入灾难频繁发生。

那天警报响起来的时候，我正走在放学回家的路上，忽然听到市政厅的广播："F112市全体市民注意，城市北部屏障已被地应力破坏，岩浆渗入！岩浆渗入！现在岩浆流已到达第四街区！公路出口被封死，全体市民到中心广场集合，通过升降梯向地面撤离。注意，撤离时按《危急法》第五条行事！再强调一遍，撤离时按《危急法》第五条行事！"

我环视了一下四周迷宫般的通道，地下城现在看上去并没有什么异常。但我知道现在的危险：只有两条通向外部的地下公路，其中一条去年因加固屏障的需要已被堵死，如果剩下的这条也堵死了，就只有通过经竖井直通地面的升降梯逃命了。升降梯的载运量很小，要把这座城市的三十六万人运出去需要很长时间，但也没有必要去争夺生存的机会，联合政府的《危急法》把一切都安排好了。

古代曾有过一个伦理学问题：当洪水到来时，如果一次只能救走一个人，是去救父亲呢，还是去救儿子？在这个时代的人看来，这个问题很难理解。

当我到达中心广场时，看到人们已按年龄排起了长队。最靠近电梯口的是由机器人保育员抱着的婴儿，然后是幼儿园的孩子，再往后是小学生……我排在队伍靠前的部分。爸爸现在在近地轨道值班，城里只有我和妈妈。我现在看不到妈妈，就顺着长长的队伍跑，没跑多远就被士兵拦住了。我知道妈妈在队伍的最后一段，因为这座城市是学校集中地，家庭很少，她已经算年纪大的那批人了。

长队以让人心里着火的慢速度向前移动，三个小时后，轮到我跨进升降梯了。我心里一点都不轻松，因为这时在妈妈和生存之间，还隔着两万多名大学生呢！而我已闻到了浓烈的硫黄味……

我到地面两个半小时后，岩浆就在五百米深的地下吞没了整座城市。我心如刀绞地想象着妈妈最后的时刻：她同没能撤出的一万八千人一起，看着岩浆涌进市中心广场。那时已经停电，整座地下城只有岩浆那可怖的暗红色光芒。广场那高大的白色穹顶在高温中渐渐变黑，所有的遇难者可能还没接触到岩浆，就被这上千摄氏度的高温夺去了生命。

但生活还在继续，在这残酷的现实中，爱情仍不时闪现出迷人的火花。为了缓解人们的紧张情绪，在第十二次到达远日点时，联合政府居然恢复了中断两个世纪的奥运会。我作为一名机动冰橇拉力赛的选手参加了奥运会，驾驶机动冰橇，从上海出发，沿冰面横穿封冻的太平洋，再横穿美洲大陆到达终点纽约。

发令枪响过之后，上百只雪橇在冰冻的海洋上以每小时二百公里左右的速度出发了。开始我还有几只雪橇相伴，但两天后，它们或前或后，都消失在地平线之外。这时，背后地球发动机的光芒已经看不到了，我正处于地球最黑暗的部分。在我眼中，世界就是由广阔的星空和向四面无限延伸的冰原组成的，这冰原似乎一直延伸到宇宙的尽头，或者它本身就是宇宙的尽头。而在无限的星空和无限的冰原组成的宇宙中，只有我一个人！雪崩般的孤独感压倒了我，我想哭。我拼命地赶路，名次已无关紧要，只是为了在这可怕的孤独感杀死我之前尽早地摆脱它，而那想象中的彼岸似乎根本就不存在。

　　就在这时，我看到天边出现了一个人影。近了些后，我发现那是一个姑娘，她正站在雪橇旁，她的长发在冰原上的寒风中飘动。你知道这时遇见一个姑娘意味着什么——我们的后半生由此决定了。她是日本人，叫山彬加代子。女子组比我们先出发十二个小时，她的雪橇卡在冰缝中，把一根滑竿卡断了。我一边帮她修雪橇，一边把自己刚才的感觉告诉她。

　　"您说得太对了，我也有那样的感觉！是的，好像整个宇宙中就只有我一个人！知道吗？我看到您从远方出现时，就像看到太阳升起一样呢！"

　　"那你为什么不叫救援飞机？"

　　"这是一场体现人类精神的比赛，要知道，流浪地球在宇宙中是叫不到救援的！"她挥动着小拳头，以日本人特有的执着说。

　　"不过现在总得叫了，我们都没有备用滑竿，你的雪橇修不好了。"

　　"那我坐您的雪橇一起走好吗？如果您不在意名次的话。"

　　我当然不在意，于是，我和加代子一起在冰冻的太平洋上走完了剩下的漫长路程。经过夏威夷后，我们看到了天边的曙光。在被那个小小的太阳照亮的无际冰原上，我们向联合政府的民政部发去了结婚申请。

　　当我们到达纽约时，这个项目的裁判们早等得不耐烦，收摊走了。但有一个民政局的官员在等我们，他向我们致以新婚的祝贺，然后开始履行他的职责：他挥手在空中画出一个全息图像，上面整齐地排列着几万个圆点，代表这几天全世界向联合政府登记结婚的人的数目。由于环境的严酷，法律规定每三对新婚配偶中只有一对有生育权，抽签决定。加代子对着半空中那几万个点犹豫了半天，点了中间的一个。当那个点变为绿色时，她高兴得跳了起来。我的心中却不知是什么滋味，我的孩子出生在这个苦难的时代，是幸运还是不幸呢？那个官员倒是兴高采烈，他说每当一对儿"点绿"的时候，他都十分高兴。他拿出了一瓶伏特加，我们三个轮着一人一口地喝，为人类的延续干杯。我们身后，遥远的太阳用它微弱的光芒给自由女神像镀上了一层金辉。对面，是已无人居住的曼哈顿的摩天大楼群，微弱的阳光把它们的影子长长地投在纽约港寂静的冰面上。醉眼蒙眬的我，眼泪涌了出来。

地球，我的流浪地球啊！

道别前，官员递给我们一串钥匙，醉醺醺地说："这是你们在亚洲分到的房子，回家吧。哦，家多好啊！"

"有什么好的？"我漠然地说，"亚洲的地下城充满危险，你们在西半球当然体会不到。"

"我们马上也有你们体会不到的危险了，地球又要穿过小行星带，这次是西半球对着运行方向。"

"上几个变轨周期也经过小行星带，不是没什么大事吗？"

"那只是擦着小行星带的边缘走，太空舰队当然能应付，他们可以用激光和核弹把地球航线上的那些小石块都清除掉。但这次……你们没看新闻？这次地球要从小行星带正中穿过去！舰队只能对付那些大石块，唉……"

在回亚洲的飞机上，加代子问我："那些石块很大吗？"

我父亲现在就在太空舰队干那种工作，所以尽管政府为了避免惊慌照例封锁消息，我还是知道一些情况。我告诉加代子，那些石块大得像一座大山，五千万吨级的热核炸弹只能在上面打出一个小坑。"他们就要使用人类手中威力最大的武器了！"我神秘地告诉加代子。

"你是说反物质炸弹？"

"还能是什么？"

"太空舰队的巡航范围有多大？"

"现在他们力量有限，我爸说只有一百五十万公里左右。"

"啊，那我们能看到了！"

"最好别看。"

加代子还是看了，而且是没戴护目镜看的。反物质炸弹的第一次闪光是在我们起飞不久后从太空传来的，那时加代子正在欣赏飞机舷窗外的星星，这使她的双眼失明了一个多小时，以后的一个多月，她的眼睛都红肿流泪。那真是让人心惊肉跳的时刻，反物质炸弹不断地击中小行星，强光在漆黑的太空中此起彼伏地闪现，仿佛宇宙中有一群巨人围着地球用闪光灯疯狂拍照似的。

半小时后，我们看到了火流星，它们拖着长长的火尾划破长空，给人一种恐怖的美感。火流星越来越多，在空中划过的距离越来越长。突然，机身在一声巨响中震颤了一下，紧接着又是连续的巨响和震颤。加代子惊叫着扑到我怀中，她显然以为飞机被流星击中了。这时舱里响起了机长的声音：

"请各位乘客不要惊慌，这是流星冲破音障产生的超音速爆音。请大家戴上耳机，否则您的听力会受到永久的损害。由于飞行安全已无法保证，我们将在夏威夷紧急降落。"

这时，我盯住了一颗火流星，那个火球的体积比别的大出许多，我不相信它能在大气中烧完。果然，那火球疾驰过大半个天空，越来越小，但还是坠入了冰海。我从万米高空中看到，海面被击中的位置出现了一个小白点，那白点立刻扩散成一个白色的圆圈，圆圈迅速在海面扩大。

"那是浪吗？"加代子颤着声问我。

"是浪，上百米的浪。不过海封冻了，冰面会很快使它衰减的。"我自我安慰地说，不再看下面。

我们很快在檀香山降落，由当地政府安排去地下城。我们的汽车沿着海岸走，天空中布满了火流星，那些红发恶魔好像是从太空中的某一个点同时迸发出来的。一颗流星在距海岸不远处击中了海面，我没有看到水柱，但水蒸气形成的白色蘑菇云高高地升起。涌浪从冰层下传到岸边，厚厚的冰层轰隆隆地破碎了，冰面显出了浪的形状，好像有一群柔软的巨兽在下面排着队游过。

"这颗流星有多大？"我问那位来接应我们的官员。

"不超过五公斤，不会比你的脑袋大吧。不过我刚接到通知，在北方八百公里的海面上，刚落下一颗二十吨左右的流星。"

这时他手腕上的通信机响了，他看了一眼后对司机说："来不及到204号门了，就近找个入口吧！"

汽车拐了个弯，在一个地下城入口前停了下来。我们下车后，看到入口处有几个士兵，他们都一动不动地盯着远方，眼里充满了恐惧。我们顺着他们的目光看去，在海天连线处，我们看到一层黑色的屏障，乍一看好像是天边低低的云层，但那"云层"的高度太整齐了，像一堵横在天边的长墙，再仔细看，墙头还镶着一条白边。

"那是什么呀？"加代子怯生生地问一个军官，得到的回答让我们毛发直竖。

"浪。"

地下城高大的铁门隆隆地关上。约莫过了十分钟，我们听到从地面传来低沉的声音，咕噜噜的，像一个巨人在地面打滚。我们面面相觑。大家都知道，百米高的巨浪正在滚过夏威夷，也将滚过各个大陆。但另一种震动更吓人，仿佛有一只巨拳从太空中不断地击打地球。在地下，这震动并不大，只能隐约感到，但每一次震动都直达我们灵魂深处。这是流星在不断地击中地面。

我们的星球所遭到的残酷轰炸断断续续持续了一个星期。

当我们走出地下城时，加代子惊叫："天哪，天怎么是这样的？！"

天空是灰色的，这是因为高层大气弥漫着小行星撞击陆地时产生的灰尘，星星和太阳都消失在这无边无际的灰色中，仿佛整个宇宙在下着一场大雾。地面上，滔天巨浪留下的海水还没来得及退去就封冻了，城市幸存的高楼形单影只地立在冰面上，挂着长长的冰凌柱。冰面上落了一层撞击尘，于是这个世界只剩下一种颜色——灰色。

我和加代子继续返回亚洲的旅程。在飞机越过早已无意义的国际日期变更线时，我们见到了人类所能见到的最黑的黑夜。飞机仿佛潜行在充满墨汁的海洋中，看着机舱外那没有一丝光线的世界，我们的心情也黯淡到了极点。

"什么时候到头呢？"加代子喃喃地说。我不知道她指的是这段旅程，还是这充满苦难的生活，我现在觉得两者都没有尽头。是啊，即使地球航出了氦闪的威力圈，我们得以逃生，又怎么样呢？我们只是那漫长阶梯的最下一级，当我们的一百代孙爬上阶梯的顶端、见到新生活的光明时，我们的骨头都变成灰了。我不敢想象未来的苦难和艰辛，更不敢想象要带着爱人和孩子走过这条看不到头的泥泞路，我累了，实在走不动了……就在我因悲伤和绝望而窒息的时候，机舱里响起了一声女人的惊叫：

"啊！不！不能，亲爱的！"

我循声看去，见那个女人正从旁边的一个男人手中夺下一把手枪，他刚才显然想把枪口凑到自己的太阳穴上。这个男人很瘦弱，目光呆滞地看着前方无限远处。女人把头埋在他膝上，嘤嘤地哭了起来。

"安静。"男人冷冷地说。

哭声消失了，只有飞机发动机的嗡嗡声在轻响，像不变的哀乐。在我的感觉中，飞机已粘在这巨大的黑暗中，一动不动；而整个宇宙，除了黑暗和飞机，什么都没有了。加代子紧紧钻进我怀里，浑身冰凉。

突然，机舱前部一阵骚动，有人在兴奋地低语。我向窗外看去，发现飞机前方出现了一片朦胧的光亮，那光亮是蓝色的，没有形状，十分均匀地出现在前方弥漫着撞击尘埃的夜空中。

那是地球发动机的光芒。

西半球的地球发动机已被陨石击毁了三分之一，但损失比起航前预测的要少。东半球的地球发动机由于背向撞击面，完好无损。从功率上来说，它们是能使地球完成逃逸航行的。

在我眼中，前方朦胧的蓝光，如同从深海漫长上浮后看到的海面的亮光，我的呼吸又顺畅起来。

我又听到那个女人的声音："亲爱的，痛苦呀，恐惧呀，也只有在活着时才能感觉到。死了，死了什么也没有了，那边只有黑暗，还是活着好。你说呢？"

那瘦弱的男人没有回答，他盯着前方的蓝光，眼泪流了下来。我知道他能活下去了。只要那代表希望的蓝光还亮着，我们就都能活下去，我又想起了父亲关于希望的那些话。

下了飞机，我和加代子没有去我们在地下城中的新家，而是到设在地面的太空舰队基地去找父亲。但在基地，我只见到了追授他的一枚冰冷的勋章。这勋章是一名空军少将给我的，他告诉我，在清除地球航线上的小行星的行动中，一块被反物质炸弹炸出的小行星碎片击中了父亲的单座微型飞船。

"当时那个石块和飞船的相对速度有每秒一百公里，撞击使飞船座舱瞬间气化了，他没有一点痛苦，我向您保证，没有一点痛苦。"将军说。

当地球又向太阳跌回去的时候，我和加代子又到地面上来看春天，但没有看到。世界仍是一片灰色。阴暗的天空下，大地上分布着由残留海水形成的一个个冰冻湖泊，见不到一点绿色。大气中的撞击尘埃挡住了阳光，使气温难以回升。甚至到了近日点，海洋和大地也没有解冻，太阳只是一片朦胧的光晕，仿佛是撞击尘埃后面的幽灵。

三年以后，空中的撞击尘埃才逐渐消散，人类终于最后一次通过近日点，向远日点升去。在这个近日点，东半球的人有幸目睹了地球历史上最快的一次日出和日落。太阳从海平面上一跃而起，迅速划过长空，大地上万物的影子快速地变换着角度，仿佛是无数根钟表的秒针。这也是地球上最短的一个白天，只有不到一个小时。当太阳没入地平线、黑暗再度降临大地时，我感到一阵伤感。这转瞬即逝的一天，仿佛是对地球在太阳系四十五亿年进化史的一个短暂总结。直到宇宙末日，地球也不会再回来了。

　　"天黑了。"加代子忧伤地说。

　　"最长的一夜。"我说。东半球的这一夜将延续两千五百年，一百代人后，半人马座的曙光才能再次照亮这片大陆。西半球也将面临最长的白天，但比这里的黑夜要短得多。在那里，太阳将很快升到天顶，然后一直静止在那个位置上，渐渐变小，在半个世纪内，它就会融入星群难以分辨了。

　　按照预定的航线，地球升向与木星的会合点。航行委员会的计划是：地球第十五圈的公转轨道是如此之扁，以至于它的远日点会到达木星轨道，地球将与木星在几乎相撞的距离上擦身而过。在木星巨大引力的拉动下，地球将最终达到逃逸速度。

　　离开近日点后两个月，就能用肉眼看到木星了。它开始只是一个模糊的光点，但很快显出圆盘的形状。又过了一个月，木星在地球上空已有满月大小，呈暗红色，能隐约看到上面的条纹。这时，十五年来一直垂直的地球发动机光柱中有一些开始摆动，地球在做会合前最后的姿态调整。木星渐渐沉到了地平线下。以后的三个多月，木星一直处在地球的另一面，我们看不到它，但知道两颗行星正在交会之中。

　　有一天，我们突然被告知东半球也能看到木星了，于是人们纷纷从地下城来到地面。当我走出城市的密封门来到地面时，发现开了十五年的地球发动机已经全部关闭了。我再次看到了星空，这表明同木星最后的交会正在进行。人们都在紧张地盯着西方的地平线。地平线上出现了一片暗红色的光，那光区渐渐扩大，延伸到整个地平线的宽度。我现在发现，那暗红色的区域上方同漆黑的星空有一道整齐的边界，那边界呈弧形，从地平线的一端跨到了另一端，在缓缓升起，巨弧下的天空都变成了暗红色，仿佛一块同星空一样大小的暗红色幕布逐渐把地球同整个宇宙隔开。当我回过神来时，不由得倒吸一口冷气，那暗红色的幕布就是木星！我早就知道木星的体积是地球的一千三百倍，现在才真正感觉到它的巨大。这宇宙巨怪在整个地平线上升起时引发的恐惧和压抑是难以用语言描述的。一名记者后来写道："不知是我身处噩梦中，还是这整个宇宙都是造物主巨大而变态的头脑中的噩梦！"木星恐怖地上升着，渐渐占据了半个天空。这时，我们可以清楚地看到它云层中的风暴，那风暴把云层搅动成让人迷茫的混乱线条。我知道，那厚厚的云层下是沸腾的液氢和液氦的大洋。著名的大红斑出现了，这个在木星表面维持了几十万年的大旋涡大得可以吞下整整三个地球。这时木星已占满了整个天空，地球仿佛是浮在木星沸腾的暗红色云海上的一只气球！而木星的大红斑就处在天空正中，如一只红色的巨眼盯着我们的世界，大地笼罩在它那阴森的红光中……谁都无法相信小小的地球能逃出这巨大怪物的引力场。从地面上看，地球甚至连成为木星的卫星都不可能，我们似乎就要掉进那无边云海覆盖着的地狱中去了！但领航工程师们的计算是精确的，暗红色的迷乱的天空继续缓缓移动，不知过了多长时间，西方的天边露出了黑色的一角，那黑色迅速扩大，其中有星星在闪烁——地球正在冲出木星的引力魔掌。这时警报尖叫起来，木星产生的引力潮汐正在向内陆推进。我后来得知，百余米高的巨浪再次横扫了整个大陆。在跑进地下城的密封门时，我最后看了一眼仍占据半个天空的木星，发现木星的云海中有一道明显的划痕。我后来知道，那是地球引力作用在木星表面的痕迹——我们的星球也在木星表面拉起了如山的液氢和液氦的巨浪。这时，木星巨大的引力正在把地球加速甩向外太空。

离开木星时，地球已达到了逃逸速度，它不再需要返回潜藏着死亡的太阳系，而是径直向广漠的外太空飞去，漫长的流浪时代开始了。

就在木星暗红色的阴影下，我的儿子在地层深处出生了。

叛　乱

离开木星后，亚洲大陆上一万多台地球发动机再次全功率开动。这一次，它们要不停地运行五百年，不停地加速。这五百年中，发动机将把亚洲大陆上一半的山脉当作燃料消耗掉。

从四个多世纪死亡的恐惧中解脱出来，人们长舒了一口气。但预料中的狂欢并没有出现，接下来发生的事情出乎所有人的想象。

在地下城的庆祝集会后，我一个人穿上密封服来到地面。童年时熟悉的群山已被超级挖掘机夷为平地，大地上只有裸露的岩石和坚硬的冻土，冻土上到处是白色的斑块，那是大海潮留下的盐渍。我面前那座爷爷和爸爸度过了一生的曾有千万人口的大城市现在已是一片废墟，钢筋外露的高楼残骸在地球发动机光柱的蓝光中拖着长长的影子，好像是史前巨兽的化石……一次次的洪水和小行星的撞击已摧毁了地面上的一切，各大陆上的城市和植被都荡然无存，地球表面已变成火星一样的荒漠。

这一段时间，加代子心神不定。她常常扔下孩子不管，一个人开着飞行汽车出去旅行，回来后，只是说她去了西半球。最后，她拉我一起去了。

我们的飞行汽车以四倍音速飞行了两个小时，终于能够看到太阳了。它刚刚升出太平洋，看上去只有棒球大小，给冰封的洋面投下一片微弱的、冷冷的光芒。加代子把飞行汽车悬停在五千米的空中，然后从后座拿出了一个长长的东西，去掉封套后，我看到那是一架天文望远镜，业余爱好者用的那种。加代子打开车窗，把望远镜对准太阳，让我看。

从有色镜片中，我看到了放大几百倍的太阳，我甚至清楚地看到太阳表面缓缓移动的明暗斑点，还有日球边缘隐隐约约的日珥。

加代子把望远镜同车内的计算机联起来，记录下一幅太阳图像。然后，她又调出了另一幅太阳图像，说："这是四个世纪前的太阳图像。"接着，计算机对两幅图像进行比较。

"看到了吗？"加代子指着屏幕说，"它们的光度、像素排列、像素概率、层次统计等参数都完全一样！"

我摇摇头说："这能说明什么？一架玩具望远镜，一个低级图像处理程序，加上你这个无知的外行……别自寻烦恼了，别信那些谣言！"

"你是个白痴。"她说着，收回望远镜，把飞行汽车往回开。这时，在我们的上方和下方，我又远远地看到了几辆飞行汽车，同我们刚才一样悬在空中，从每辆车的车窗中都伸出一架望远镜对着太阳。

以后的几个月中，一个可怕的说法像野火一样在全世界蔓延。越来越多的人自发地用更大型、更精密的仪器观测太阳。后来，一个民间组织向太阳发射了一组探测器，它们在三个月后穿过日球。探测器发回的数据最后证实了那个传言。

同四个世纪前相比，太阳没有任何变化。

现在，各大陆的地下城已成了一座座骚动的火山，随时可能爆发。一天，按照联合政府的法令，我和加代子把儿子送进了养育中心。回家的路上，我俩都感到维系我们关系的唯一纽带已不复存在。走到市中心广场，我们看到有人在演讲，另一些人在演讲者周围向市民分发武器。

"公民们！地球被出卖了！人类被出卖了！文明被出卖了！我们都是一个超级骗局的牺牲品！太阳还是原来的太阳，它不会爆发，过去现在将来都不会，它是永恒的象征！爆发的是联合政府中那些人阴险的野心！他们编造了这一切，只是为了建立他们的独裁帝国！他们毁了地球！他们毁了人类文明！公民们，有良知的公民们！拿起武器，拯救我们的星球！拯救人类文明！我们要推翻联合政府，控制地球发动机，把我们的星球从这寒冷的外太空开回原来的轨道！开回到我们的太阳温暖的怀抱中！"

加代子默默地走上前去，从分发武器的人手中接过了一支冲锋枪，加入那些拿到武器的市民的队列。她没有回头，同那支庞大的队列一起消失在地下城的迷雾里。我呆呆地站在那儿，手在衣袋中紧紧攥着父亲用生命和忠诚换来的那枚勋章，它的边角把我的手扎出了血……

三天后，叛乱在各个大陆同时爆发了。

叛军所到之处，人民群起响应。到现在，很少有人不怀疑自己受骗了。但我加入了联合政府的军队，这并非由于对政府的信任，而是因为我三代前辈都有过军旅生涯，他们在我心中种下了忠诚的种子，不论在什么情况下，背叛联合政府对我来说都是一件不可想象的事。

美洲、非洲、大洋洲和南极洲相继沦陷，联合政府收缩防线，死守地球发动机所在的东亚和中亚。叛军很快包围了这里。他们对政府军有压倒性优势，之所以在相当长一段时间里没有取得进展，完全是由于地球发动机。叛军不想毁掉地球发动机，所以在这一广阔的战区没有使用重武器，联合政府得以苟延残喘。双方这样僵持了三个月后，联合政府的十二个集团军相继倒戈，中亚和东亚防线全线崩溃。两个月后，大势已去的联合政府连同不到十万军队在靠近海岸的地球发动机控制中心陷入重围。

我就是这残存军队中的一名少校。控制中心有一座中等城市大小，它的中心是地球驾驶室。我拖着一条被激光束烧焦的手臂，躺在控制中心的伤兵收容站里。就是在这儿，我得知加代子已在澳洲战役中阵亡。我和收容站里所有的人一样，整天喝得烂醉，对外面的战事全然不知，也不感兴趣。不知过了多久，我听到有人在高声说话。

"知道你们为什么这样吗？你们在自责。在这场战争中，你们站到了反人类的一边，我也一样。"

我转头一看，发现讲话的人肩上有一颗将星。他接着说："没关系的，我们还有最后的机会拯救自己的灵魂。地球驾驶室距我们这儿只有三个街区，我们去占领它，把它交给外面理智的人类！我们已为联合政府尽到了责任，现在该为人类尽责任了！"

我用那只没受伤的手抽出手枪，随着这群突然狂热起来的受伤和没受伤的人，沿着钢铁通道，向地球驾驶室冲去。出乎意料，一路上我们几乎没遇到抵抗，倒是有越来越多的人从错综复杂的钢铁通道的各个分支中加入我们。最后，我们来到了一扇巨大的门前，那钢铁大门高得望不到顶。它轰隆隆地打开了，我们冲进了地球驾驶室。

尽管以前无数次在电视中看到过，所有的人还是被驾驶室的宏伟震惊了。很难判断这里的大小，因为驾驶室淹没在一幅巨型全息图中。整幅图实际就是一个朝所有方向无限伸延的黑色空间，我们一进来，就悬浮在这空间之中。由于尽量反映真实的比例，太阳和其他行星都很小很小，小得像远方的萤火虫，但能分辨出来。以那遥远的代表太阳的光点为中心，一条醒目的红色螺旋线扩展开来，像广阔的黑色洋面上迅速扩散的红色波纹。这是地球的航线。在螺旋线最外层的一点上，航线变成明亮的绿色，那是地球还没有完成的路程。那条绿线从我们的头顶掠过，顺着看去，我们看到了灿烂的星海。绿线消失在星海的深处，我们看不到它的尽头。在这广漠的黑色空间中，还飘浮着许多闪亮的灰尘，其中几颗尘粒飘近，我发现那是一块块虚拟屏幕，上面翻滚着复杂的数字和曲线。

我看到了全人类瞩目的地球驾驶台，它好像是飘浮在黑色空间中的一颗银白色的小行星。看到它，我更难以想象这里的巨大——驾驶台本身就是一个广场，现在上面密密麻麻地站着五千多人，包括联合政府的主要成员、负责实施地球航行计划的星际移民委员会的大部分成员，以及那些最后忠于政府的人。这时，我听到最高执政官的声音在整个黑色空间响了起来：

"我们本来可以战斗到底的，但这可能导致地球发动机失控，这种情况一旦发生，过量聚变的物质将烧穿地球或蒸发全部海洋，所以我们决定投降。我们理解所有的人，因为在还要延续一百代人的艰难奋斗中，永远保持理智确实是一种奢求。但也请所有的人记住我们，站在这里的这五千多人，有联合政府的最高执政官，也有普通的列兵，是我们把信念坚持到了最后。我们都知道自己看不到真理被证实的那一天，但如果人类得以延续万代，以后所有的人将在我们的墓前洒下眼泪。这颗叫地球的行星，就是我们永恒的纪念碑！"

控制中心巨大的密封门隆隆开启，五千多名最后的地球派成员一群群走了出来，在叛军的押送下向海岸走去。一路上两边挤满了人，所有人都冲他们吐唾沫，用冰块和石块砸他们。他们中有人的密封服的面罩被砸裂了，外面零下一百多摄氏度的严寒使那些人的脸麻木了，但他们仍努力地走下去。我看到一个小女孩，用尽全身力气举起一大块冰狠命向一个老者砸去，她那双眼睛透过面罩射出疯狂的怒火。

当我听到这五千多人全部被判处死刑时，觉得太宽容了。难道这一死就能偿清他们的罪恶吗？能偿清他们用一个离奇变态的想法和骗局毁掉地球、毁掉人类文明的罪恶吗？他们应该死一万次！这时，我想起了那些做出太阳爆发预测的天体物理学家、那些设计和建造地球发动机的工程师，他们在一个世纪前就已作古，我现在真想把他们从坟墓中挖出来，让他们也死一万次。

真感谢死刑的执行者，他们为这些罪犯找了一种"最佳"的死法：他们收走了被判死刑的每个人密封服上加热用的核能电池，然后把罪犯们丢在大海的冰面上，让零下百度的严寒慢慢夺去他们的生命。

这些人类文明史上最险恶、最可耻的罪犯在冰海上站着，黑压压的一片，在岸上有十几万人在看着他们，十几万副牙齿咬得咔咔响，十几万双眼睛喷出和那个小女孩一样的怒火。

这时，所有的地球发动机都已关闭，壮丽的群星出现在冰原之上。

我能想象出严寒像无数把尖刀刺进他们的身体，他们的血液在凝固，生命从他们的体内一点点流走……岸上的人一起唱起了《我的太阳》。我唱着，眼睛看着星空的一个方向，在那个方向上，有一颗稍大些刚刚显出圆盘形状的星星发出黄色的光芒，那就是太阳。

啊，我的太阳，生命之母，万物之父！还有什么比您更稳定，还有什么比您更永恒？我们这些渺小的、连灰尘都不如的碳基细菌，拥挤在围着您转的一粒小石头上，竟敢预言您的末日，我们怎么能蠢到这个程度！

一个小时过去了，海面上那些反人类的罪犯虽然还全都站着，但已没有一个活人，他们的血液已被冻结了。

我的眼睛突然什么都看不见了，几秒钟后，视力渐渐恢复，冰原、海岸和岸上的人群又在眼前慢慢显影，最后完全清晰了，而且比刚才更清晰，因为这个世界现在笼罩在一片强烈的白光中，刚才我眼睛的失明正是由于这突然出现的强光的刺激。但星空没有重现，所有的星光都被这强光所淹没，仿佛整个宇宙都被强光融化了，这强光从太空中的一点迸发出来，那一点现在成了宇宙中心，那一点就在我刚才盯着的方向。

太阳氦闪爆发了。

《我的太阳》的合唱戛然而止，岸上的十几万人呆住了，似乎同海面上的那些人一样，冻成了一片僵硬的岩石。

太阳最后一次把它的光和热洒向地球。地面上的冰结的二氧化碳干冰首先融化，腾起了一阵白色的蒸汽，然后海冰表面也开始融化，受热不均的大海冰层发出惊天动地的巨响；渐渐地，照在地面上的光柔和起来，天空出现了微微的蓝色；后来，强烈的太阳风产生的极光在空中出现，苍穹中飘动着巨大的彩色光幕……

在这突然出现的灿烂阳光下，海面上最后的地球派们仍稳稳地站着，仿佛五千多尊雕像。

太阳氦闪爆发只持续了很短的时间，两个小时后，强光开始急剧减弱，很快熄灭了。在太阳的位置上，出现了一个暗红色球体，它的体积慢慢膨胀，最后达到了从原来地球轨道上看到的太阳大小。这意味着它的实际体积已大到越出火星轨道，而水星、金星和火星这三颗地球的伙伴行星，已在上亿摄氏度的辐射中化为一缕轻烟。但那个红球已不是太阳，它不再发出光和热，看去如同贴在太空中的一张冰冷的红纸，它那暗红色的光芒似乎是周围星光的散射。这就是小质量恒星演化的归宿——红巨星。

五十亿年的壮丽生涯已成为飘逝的梦幻，太阳死了。

幸运的是，还有人活着。

流浪时代

当我回忆这一切时，半个世纪已过去了。二十年前，地球航出了冥王星轨道，航出了太阳系，在寒冷广漠的外太空继续着孤独的航程。

我最近一次去地面是十几年前的事了，是儿子和儿媳陪我去的。儿媳是一个金发碧眼的姑娘，就要做母亲了。

到地面后，我首先注意到，虽然所有地球发动机仍在全功率运行，巨大的光柱却看不到了，这是因为地球大气已消失，等离子体的光芒没有散射的缘故。我看到地面上布满了奇怪的黄绿相间的半透明晶体块，这是固体氧氮，是已冻结的空气。有趣的是，空气并没有均匀地冻结在地球表面，而是形成了小山丘似的不规则的隆起，在原来平滑的大海冰原上，这些半透明的小山形成了奇特的景观。银河纹丝不动地横过天穹，也像被冻结了，但星光很亮，看久了还刺眼呢。

地球发动机将不间断地开动五百年，到时地球将加速至光速的千分之五，然后地球将以这个速度滑行一千三百年，走完三分之二的航程，然后掉转发动机的方向，开始长达五百年的减速。地球将在航行两千四百年后到达比邻星，再过一百年时间泊入这颗恒星的轨道，成为它的一颗行星。

> 我知道已被忘却
> 流浪的航程太长太长
> 但那一时刻要叫我一声啊
> 当东方再次出现霞光

> 我知道已被忘却
> 起航的时代太远太远
> 但那一时刻要叫我一声啊
> 当人类又看到了蓝天

> 我知道已被忘却
> 太阳系的往事太久太久
> 但那一时刻要叫我一声啊
> 当鲜花重新挂上枝头
> …………

每当听到这首歌，一股暖流就涌进我年迈僵硬的身躯，我干涸的老眼又湿润了。我好像看到半人马座三颗金色的太阳在地平线上依次升起，万物沐浴在温暖的光芒中。固态的空气融化了，天变蓝了。两千多年前的种子从解冻的土层中复苏，大地绿了。我看到我的第一百代孙子孙女们在绿色的草原上欢笑，草原上有清澈的小溪，溪中有银色的小鱼……我看到了加代子，她从绿色的大地上向我跑来，年轻美丽，像个天使……

啊，地球，我的流浪地球……